岩 波 文 庫

32-604-2

スペードの女王
ベールキン物語

プーシキン作
神 西　清訳

Пушкин

Пиковая Дама

1834

Повести Покойного Ивана Петровича Белкина

1831

目　次

スペードの女王

スペードの女王は悪《あ》しき下心をしめす。

『新版骨牌《カルタ》占い』

お天気の　わるい日は
皆の衆
　寄り合って
五十から　穴かしこ
百両と
　場を張った
当たったり　外《はず》したり
白墨で
　しるしたり*
お天気の　わるい日の
皆々の
　稼ぎはこれ*

或る日のこと、近衛《このえ》の騎兵士官ナルーモフの所に、骨牌《カルタ》の寄合いがあった。さすが長い冬の夜も知らぬ間に過ぎて、明け方になった。朝の四時もすぎてから夜食の卓を囲んだ。勝った者は大いに食欲を見せたが、でない者は茫然《ぼうぜん》として、空っぽの皿に対していた。やがて三鞭酒《シャンパン》が出ると話ははずみ出し、口を開かぬ者はなかった。

「スーリン、君はどうだったね」と主《あるじ》がたずねた。

「例によって例の如《ごと》しさ。僕はつまり運がないのだね。ミランドール*をやるときにしろ、僕は一度だって昂《あが》ったことはない、ちっとも冷静を失いはしない。でもやっぱり駄目さ。」

「だが君はちっとも釣られなかったね。一度だってルテ*を張らなかったじゃないか。……君の意地っぱりにはほとほと恐れ入るよ。」

「ところで、ゲルマンはどうだ」と客の一人が、年若な工兵士官を指して言った、「生まれてこのかた、骨牌《カルタ》札に手を触れたことも、ましてや倍賭け勝負なんか一ぺんだってやった事もない癖に、五時までも坐り通して、われわれの勝負をじっと見ているのだからね。」

「勝負はとても好きなのです」とゲルマンは言った、「ただ僕は、余分な金を手に入れようとして、入用な金が投げ出せる身分でないまでです。」

「ゲルマンはドイツ人なり、故に勘定高い。それだけの話さ」とトムスキイが喝破《かっぱ》した、「だが、およそ不可解と言ったら、お祖母《ばあ》さんのアンナ・フェドトヴナ伯爵夫人だ。」

「それは、どう言う訳かね」と皆が口々に叫んだ。

「僕にはどうしても呑み込めないのだ」とトムスキイは続けた、「一体なぜお祖母さんが骨牌《カルタ》をやらないのか。」

「ちっとも不思議はないじゃないか」とナルーモフが言った、「八十婆さんが骨牌《カルタ》をやらないだって。」

「じゃ君は、あの人のことをちっとも知らないのだね。」

「ああ、何にも知らない。」

「よし、じゃ聴きたまえ。まず知って置いて貰《もら》いたいのは、六十年ほど昔お祖母さんはパリへ行って、あそこの人気の的だったことだ。モスクヴァのヴィナスを拝もうというので、皆が後を蹤《つ》け廻したものだ。リシュリュー*までが懸想《けそう》した。何でもお祖母さんの話だと、余りの無情《つれな》さに、流石《さすが》の彼も自殺をするしないの騒ぎだったとか。あの頃の婦人連はファラオン*をやったものだが、或るときお祖母さんは宮中の骨牌《カルタ》会で、オルレアン公*と争ってそれこそ散々な負け方をしてしまった。帰って来ると黒の面紗《ムーシュ》を脱ぎ箍《わ》骨《ぼね》を外しながら、お祖父《じい》さんに負けを打ち明けて支払いを命じた。僕の記憶するかぎり、亡くなったお祖父さんは、まるでお祖母さんの家令みたいな風だったからね。お祖父さんはお祖母さんを火のように怖《おそ》れていたのだが、今度の飛んでもない負け高を聞くといよいよ勘忍袋の緒がきれたと見え、算盤《そろばん》を持ち出して来て、半年のうちに五十万も使い果したの、パリにはモスクヴァ近在やサラトフ県みたいな地所は無いのと言って、きっぱりと撥《は》ねつけたのだ。するとお祖母さんはお祖父さんの頬桁《ほおげた》にひとつ喰《くら》わして、私は憤《おこ》っていますよというしるしに、その晩はさっさと別間で寝てしまった。翌《あく》る日になると、お祖母さんは良人《おっと》を呼びつけた。内心はこの夫婦生活の罰の効目《ききめ》を当てにしていた訳だが、どうして相手は自若《じじゃく》たるものだ。そこで生まれてはじめて己れを屈して、良人の前に理窟《りくつ》を並べたり、言い訳をしたりした。言葉つきからしてずっと卑下《へりくだ》って、借金にも色々と種類のあること、公爵と馬車大工とは一緒にならぬことを、分からせようとかかった。だが、いっかな聴かばこそだ。お祖父さんは本当に反旗を飜《ひるがえ》してしまって、駄目の一点張りなのだ。お祖母さんは途方に暮れてしまった。が幸いなことに、彼女は或る非常に有名な人物と昵懇《じっこん》だった。君たちはサン・ジェルマン伯*の話を聞いたことがあるかね。色々な噂話の種《たね》になっているあの人物さ。漂泊《さまよ》えるユダヤ人*を気取って、長生薬や仙丹の発見者を以《もっ》て自ら任じていたことは、君たちも知っているね。世間では山師だと莫迦《ばか》にしていたが、カザノーヴァはあの『回想録*』のなかで、本当は間諜《かんちょう》だったのだと書いている。が兎《と》に角《かく》、その神韻《しんいん》飄々《ひょうひょう》たる生活にも似ず、サン・ジェルマンは堂々たる威容をつくり、社交界に出ても頗《すこぶ》る慇懃《いんぎん》を極めていたらしい。お祖母さんは未《いま》だに渝《かわ》らぬ敬愛の念を抱いていて、彼のことを悪くでも言おうものなら、ひどく腹を立てるのだよ。お祖母さんは、サン・ジェルマンが巨額の金を意のままに出来ることを知っていた。で、彼の助力を仰ぐことにきめて、即刻お越しを願いたいと書いて使いに持たせてやった。奇体な老人は間もなくやって来たが、見るとお祖母さんはひどく悲歎《ひたん》に暮れている様子じゃないか。彼女は、ありったけの黒絵具を絞って、良人のむごい仕打ちを描いて見せた挙句《あげく》に、今となっては貴方《あなた》の友情と御親切に頼るほかはありませんと結んだ。サン・ジェルマンは暫《しばら》く考え込んでいたが、やがて、『奥さん、そのお金を御用立てするのは訳もないことですが』と言った、『ですが、それを私に返済なさるまでは、やはりお心は休まりますまい。貴女《あなた》を今の苦労から出して差し上げるのはいいが、また別の苦労をお掛けするのも私の本意ではありません。もっとよい遣《や》り方があります。それは、負けをお取り返しになることです。』『でも、伯爵様』と、お祖母さんは答えた、『私どもにはもう一文《いちもん》のお金もないと申し上げたでは御座いませんか。』『いや、お金は少しもいりません』と、サン・ジェルマンは言い返した、『まあ、私の申し上げることをお聴き下さい。』そこで彼は、お祖母さんに或る秘伝を授けた。これが知れることなら、僕たちみな金に糸目をつけまいにね。……」

若い賭博者《とばくしゃ》たちは一斉に聴き耳を立てた。トムスキイはパイプに火を移し、悠然《ゆうぜん》と一吸いくゆらして、あとを続けた。――

「その夜お祖母さんの姿は、ヴェルサイユに催された王妃の骨牌《カルタ》会にあらわれた。オルレアン公が元締めだった。お祖母さんは、まだ借りを払わぬことを一言二言詫《わ》びて、申し訳にちょっとした作り話をやってから、彼を相手に骨牌《カルタ》を闘わせはじめた。彼女は三枚の札を選んで、一枚一枚と賭けて行った。三枚ともソニカ勝ち*になったので、お祖母さんはものの見事に負けをとり戻してしまった。」

「まぐれ当たりだ」と客の一人が言った。

「お伽噺《とぎばなし》さ」とゲルマンが指摘した。

「札に仕掛けがあったに極《きま》ってる」と三人目が調子を合わせた。

「僕はそうは思わない」と、トムスキイは重々しく答えた。

「だが、どうした事だ」とナルーモフが言った、「三枚も立て続けに当てるお祖母さんが現にありながら、今の今までその秘密がつかめないなんて。」

「そう、実に残念だよ」と、トムスキイは答えた、「お祖母さんには息子が四人あって、僕の父もその一人なのだが、みんな骨牌《カルタ》にかけては死にもの狂いの連中ばかりだった。だのにお祖母さんは、その一人にだって秘伝を授けなかったのさ。秘伝を授かれば、父や伯父さんたちは固《もと》より、僕だって悪かろう筈《はず》はないのにね。だがここに、伯父のイヴァン・イーリイチ伯が僕に話してくれた事があるのだ。伯父さんは正銘偽《いつわ》りのない話だと言っていたがね。死んだチャプリツキイ、何百万と使い果したあげく乞食《こじき》同然の死に方をしたあの男が、若い頃に、そうそう、ゾーリチ*にだったが、三十万ほど負けてしまった。無論自棄《やけ》になったさ。お祖母さんは若い連中の無分別には容赦のない方だったが、どうした風の吹き廻しだか、チャプリツキイを可哀相《かわいそう》に思ったのだね。そこで、順々に賭けるようにと三枚の札を授けたのだ。尤《もっと》も、もう二度と再び骨牌札《カルタ》は手にしないと約束をさせた上でね。そこでチャプリツキイは相手の家へ行った。勝負がはじまった。チャプリツキイは最初の札に五万を賭けて、見事ソニカ勝ちになった。倍賭け四倍賭けとぐんぐん張った。で結局、先の負けを返してもまだお釣りが来た。……」

「ところで、もう寝る時刻だよ。六時十五分前だ。」

本当に、もう明るくなっていた。青年たちは杯を乾《ほ》して別れた。

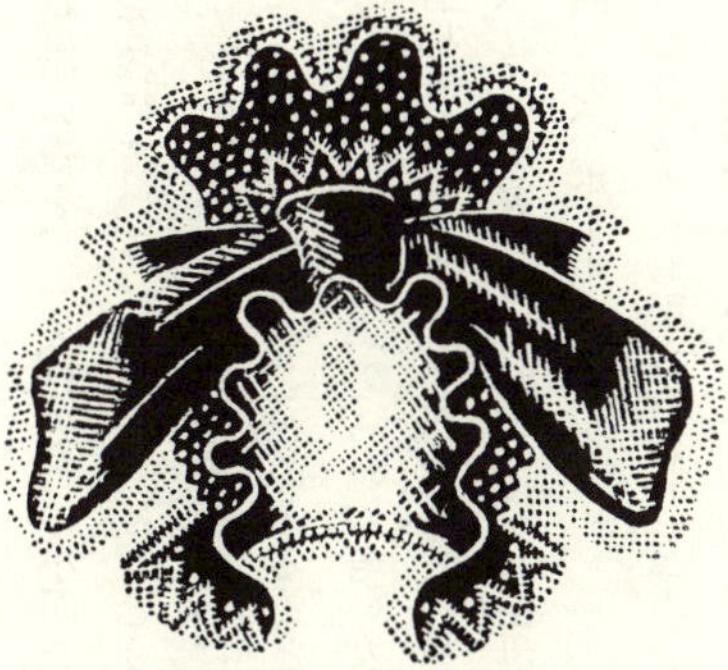

——どうやらお前様は、腰元どもがきつうお気に召したげな。
——はて、奥方。あれらの方が*みずみずしくて居《お》りまする。

『社交界の会話』

年老いた伯爵夫人＊＊＊は、化粧の間《ま》の鏡に対していた。かしずく三人の侍女の、一人は臙脂《べに》の壺《つぼ》を、一人は髪針の小函《こばこ》を、もう一人はリボンの色どり燃えるような丈高い帽子を捧げている。伯爵夫人は、とうの昔に褪《あ》せ凋《しぼ》んだ容色には少しの心も置いていなかったけれど、ただ若い頃の慣《なら》わしは悉《ことごと》く棄《す》てずに、相も変らぬ七十年代＊の流行にしたがって、丹念に身装《みなり》をととのえることに六十年の昔と同じく時を惜しまなかった。窓際ちかく、この館《やかた》に養いとられた若い女が、刺繡《ししゅう》の架に向かっていた。

「お早う御座います、お祖母様《グラン・ママン》」と、一人の青年士官が入って来て言った、「ボン・ジュル、マドモアゼル・リーズ。お祖母様《ばあ》、お願いがあって参りました。」

「何なの、ポール。」

「ひとり友人をお引き合わせして、金曜の舞踏会に招《よ》んでやって頂きたいのですが。」

「では舞踏会へお連れおし。そのときにお眼にかかるとしましょう。昨夜は＊＊＊様の所へお出《い》でだったの。」

「ええ、仰しゃるまでもなく。――頗《すこぶ》る愉快でした。五時までも踊りましたよ。エレーツカヤ夫人の素晴らしさといったら。」

「いいや、お前、何の好《い》いことがあるものですか。あれのお祖母様のダーリヤ・ペトローヴナ公夫人は、どうしてあれ所ではありませんでしたよ。……けれど、どうだったの、公爵夫人は余程お年を召して見えましたか。」

「お年を召すですって？」トムスキイはうっかりと答えた、「亡くなってもう、七年にもなるではありませんか。」

若い女が顔を上げて、青年士官にめくばせをした。老齢の伯爵夫人には同じ年配の人々の死を匿《かく》すことになっていたのを思い出して、青年は唇を噛《か》んだ。しかし夫人は、この新しい消息を耳にしながら、少しも動ずる気色はなかった。

「亡くなられたって？」と彼女は言った、「すこしも知りませんでした。二人して女官に上って拝謁を賜《たま》わったとき、女皇さまには……」

そこで伯爵夫人は、百ぺん目の昔噺《むかしばなし》を孫にして聞かせた。

「さあ、ポール」と話し終わって彼女が言った、「私を起こしておくれ。リーザニカ、私のたばこ盒《いれ》はどこなの。」

そう言いながら夫人は、身仕舞いを済ませるため、侍女たちに伴われて衝立《ついたて》の蔭《かげ》にかくれた。トムスキイと若い女だけになった。

「誰方《どなた》をお引き合わせになりますの」と、リザヴェータ・イヴァーノヴナが小声に尋ねた。

「ナルーモフです。貴女《あなた》は知ってるの?」

「いいえ。そのかた軍人?　それとも文官ですの。」

「軍人です。」

「工兵のかた?」

「いや、騎兵ですよ。だが何故、工兵だなんて思ったのです。」

若い女は笑って答えなかった。

「ポール」と伯爵夫人が衝立の蔭から呼んだ、「何か新しい小説を届けておくれでないか。でも今様趣味のだけはお断りですよ。」

「と仰しゃると、お祖母様。」

「つまり、親を踏みつけにする人間や、水死人*の出て来ないのにして貰《もら》いたいのさ。私は水死人はあまり好かないのでね。」

「お望みのようなのは今どきありませんよ。いっそロシヤのでは如何《いかが》です。」

「おや、ロシヤに小説があるの、じゃお前、それにしましょう。きっと届けてお呉れ、待っていますよ。」

「じゃ御免下さい、お祖母さま。急ぎますから。……さよなら、リザヴェータ・イヴァーノヴナ。貴女《あなた》は何故、ナルーモフを工兵だなんて思ったのだろう。」

トムスキイは化粧の間《ま》を出て行った。

リザヴェータは独りになった。彼女は仕事を傍《わき》へやって、窓の外を眺めはじめた。間もなく、往来の向こう側の角屋敷《かどやしき》の蔭から、一人の青年士官が姿をあらわした。すると頰《ほお》を紅《あか》らめた彼女は仕事に戻って、また顔を布地のうえに伏せた。やがて伯爵夫人がすっかり身仕舞いを済ませてはいって来た。

「リーザニカ、馬車の用意を」と彼女は言った、「散歩に出ましょうよ。」

リーザニカは刺繡の架から起《た》ち上がって、仕事を片づけはじめた。

「まあ、何というお野呂《のろ》さんでしょ」夫人は声を荒らげた、「早く馬車をそうお言いというに。」

「ただ今」と若い女は小声に答えて、次の間《ま》へと小走りに消えた。

公爵パーヴェル・アレクサンドロヴィチからの本を捧げて、召使がはいって来た。

「そう、宜《よろ》しくとお言い」夫人は言った、「リーザニカ、リーザニカ、本当に何をしているのだろう。」

「ただ今、着がえをいたして。」

「まだ大丈夫ですよ、お前。ここへお出《い》で。一冊目をあけて、読んでお聴かせ。……」

若い女は本を取って、二、三行ほど読み上げた。

「もっと大きく」と夫人は言った、「一体どうおしなの。声が嗄《か》れたとでもお言いなの。お待ち、足台をすこし寄せてお呉れ。もっと……そ、よし。」

リザヴェータが二頁ばかり読んだとき、伯爵夫人は欠伸《あくび》をした。

「もう沢山《たくさん》」と彼女は言った、「何という莫迦《ばか》げた本だろう。パーヴェル公爵に返しておやり、まことに有難うございましたって。……馬車はどうなったの。」

「ご用意は出来ております」リザヴェータが、往来に眼をやって言った。

「で、お前の着がえはどうおしなの?」夫人は言った、「いつもいつもお前には待たされますよ。とてもやり切れやしない。」

リーザは自分の部屋に駈《か》け込んだ。二分もたたぬうちに、夫人は力一ぱいに鈴を鳴らしはじめた。一方の扉には三人の侍女が、別の扉には従僕が駈けつけた。

「お前たちの耳はどうかしていると見えるね」夫人が言った、「私が待っていると、リザヴェータ・イヴァーノヴナにそうお言い。」

リザヴェータは外出のマントに帽子をかぶって、その時はいって来た。

「やっとお出来だね」夫人が言う、「まあ大層なおめかしだこと。一体どうした事なの。誰か見せる人でもおありなの。……お天気はどうか知ら。風が出たらしいね。」

「いいえ少しも、奥様。至極おだやかで御座います」と従僕が答えた。

「お前がたの話は当てにはなりません。風窓を開けて御覧。そうら、やっぱり風だ。それに冷え冷えすること。馬を外《はず》しておしまい。リーザニカ、出掛けるのはやめですよ。折角のお化粧《つくり》だけれど。」

「なんというみじめな境涯だろう」と、リザヴェータは思った。

リザヴェータは本当に不幸な娘であった。「他人《ひと》の麵麭《パン》のいかばかり苦《にが》く」とダンテは言う、「他人《ひと》の階子《はしご》の昇降《のぼりくだり》のいかばかりつらき。＊」もし束縛の絆《きずな》が、高貴の老夫人の許に養い取られた哀れな娘の身にこたえぬとしたら、ほかの誰がその苦さを知ろうか。伯爵夫人＊＊＊はもとより邪《よこしま》な人ではないが、世に甘やかされた女の例《ため》しに漏れず、気儘《きまま》な人であった。また、花の時を楽しみつくし、今の世に縁遠になった老婆の例しに漏れず、吝嗇で、冷たい我執に満ちていた。彼女は今もなお、社交界のあだな催しには何時《いつ》も欠かさず姿を見せた。華やかな舞踏会にも出入りして、厚化粧を凝らし時代遅れな衣裳をまとうた彼女は、広間には無くてはならぬ怪奇な置物として、片隅にうずくまっていた。来着する客人たちは、定めの儀式ででもあるかの様《よう》に一応は彼女に近づいて、鄭《てい》重《ちょう》な挨拶《あいさつ》を致すのであったが、それが済めばもはや誰も振り向こうとはしなかった。夫人は都じゅうの人々を、厳格を極めた礼法のもとに邸《やしき》に引見したが、しかし誰一人の顔も見別ける力は失《う》せていた。そして数多《あまた》の召使たちは、控えの間《ま》や女中溜《だま》りで思うさま脂ぎり白髪を加えながら、片足を棺に踏み入れたこの老媼《おうな》の物を、われがちにくすね取った。

リザヴェータ・イヴァーノヴナはこの館の殉教者である。お茶を注《つ》いでは、砂糖の使い方が荒いと叱《しか》られた。小説を読み上げては、作者の罪咎《つみとが》を一人で着た。散歩のお伴をしては、天気や道がわるいと責められた。定めの給金をきちんと払って貰えた例しはないのに、いつも皆の衆と、と言うのはつまり極めて少数の婦人と同じに、身仕舞いをととのえていなければ夫人の御機嫌は悪かった。社交界に出れば、その役割は一層《いっそう》哀れなものであった。誰でも顔見知りでない者はないのに、人並に扱って呉れる人は一人もなかった。舞踏会で彼女が踊れるのは、組合《ヴィザヴィ》せの足りない時だけである。そのくせ貴婦人たちは、化粧の間《ま》へ行って衣裳の具合でも直すときには、遠慮なく彼女の腕を引いた。彼女にも自尊の心はあった。彼女は辛《つら》い境遇を、痛々しい迄《まで》に感じぬいていた。そして何時も救いの手を待ち設けながら、四囲に気を配っていた。けれど、虚《うつ》ろな名に酔い痴《し》れた青年たちは、彼女に見向きもしなかった。本当を言えば、彼らが纏《まつ》わり着く相手の情薄く驕《たか》ぶった令嬢たちよりも、リザヴェータは百倍も可愛らしいのに。華やかな、けれど侘《わび》しいサロンをそっと抜け出て、自分の貧しい部屋の、壁紙で貼った衝立や用簞笥《ようだんす》や、鏡台や塗木の臥床《ふしど》のうえに、銅燭台《どうしょくだい》の暗い光の揺らぐあたりへ、泣きに行くのも幾たびか知れなかった。

或る日のこと、この物語の始めに書いた晩から二日ののち、今われわれが立ちどまった場面に先立つ一週間のことであったが、リザヴェータが小窓の下で刺繡の架に向かっているうち、ふと往来を見やると、一人の若い工兵士官がじっと佇《たたず》みながら、こちらに眼を注いでいるのが見えた。彼女は顔を伏せて、そのまま仕事を続けたが、やがて五分ほどしてまた見ると、その士官はやはり同じ場所に佇んでいた。固《もと》より通りすがりの士官と戯《たわむ》れる慣わしもないまま、もう往来を見るのはやめて、今度は二時間ほども面《おもて》を上げずに針を運んだ。食事の報《しら》せがあったので、彼女は起《た》ち上がって仕事を片づけはじめたが、何とはなしに往来を見やると、まだその士官が立っていた。これは彼女にとって、如何《いか》にも不思議なことであった。昼食が終わってのち、なぜか胸が騒がれて小窓に寄って見たが、もう士官の姿はなかった。そのまま彼のことは忘れた。……

二日たって、伯爵夫人と一緒に馬車に乗ろうとすると、また彼が姿をあらわした。玄関際に佇んで、獺《かわうそ》の襟《えり》を立てて顔をかくしてはいたが、黒い眼はきらきらと眼庇《まびさし》のかげに光って見えた。リザヴェータは故しらぬ恐怖にとらわれ、戦《おのの》きながら馬車に乗った。

散歩から帰ると彼女は小窓に馳《は》せ寄った。士官はもとの場所に佇んで、じっとこちらを見上げている。彼女は胸をときめかせ、生まれて初めて知る感情に顫《ふる》えながら窓辺を去った。

その日からこの方、若い士官の姿が定まった時刻に、窓の下にあらわれぬ日は無かった。二人の間には、言わず語らずの間柄が成り立った。彼女は何時《いつ》もの場所に針仕事をしながら、彼の近づいて来る気配をおのずから悟るようになった。すると彼女は面をあげて、じっと彼を見つめる。見つめる時間も、日ましに長くなりまさった。青年はこの無邪気なもてなしに感謝の心を抱くかに見えた。二人の眸《ひとみ》が合わさるごとに、男の蒼白《あおじろ》い頰をさっと紅の射《さ》すのを、彼女は若い女に特有の眼ざとさで見て取った。七日を経て、彼女は彼に微笑《ほほえ》みかけた。

トムスキイが伯爵夫人に、その友人を紹介する許しを乞うたとき、哀れな娘の心臓はつよく鳴った。けれど、ナルーモフは工兵ではなく近衛《このえ》騎兵だと聞かされ、いらぬ問い立てをしたために自分の秘事を、軽薄なトムスキイに知られたことを悔いた。……

ゲルマンは、ロシヤに帰化したドイツ人を父として、僅《わず》かながらその遺産を承《う》け継いでいたが、不羈《ふき》独立を標榜《ひょうぼう》している彼は利子などは当てにせず、俸給だけで暮しを立てて、些《いささ》かの気紛れにも心を許さなかった。それでいて野心家でもあり、且つはうち融《と》けぬ性分なので、その過度な倹約を朋輩《ほうばい》の笑い草にされる隙《すき》を、なかなか見せなかった。彼は裡《うち》に烈《はげ》しい情熱と燃えるような空想を蔵していながら、堅固な意志の力で、世の常の青年客気の迷いには陥らずにいた。たとえば、彼が心《しん》からの賭博《とばく》好きでありながら、まだ一度も骨牌《カルタ》札に手を触れないのは、「余分な金を手に入れようとして、入用な金を投げ出す」ほどの身代ではないと、口にも出し、また自分にも思い込んでいたからである。その癖、夜どおし骨牌卓《カルタづくえ》の前を離れずに、転変極まりない勝負のさまを、熱っぽい眸でただわくわくと追っているのであった。

三枚の骨牌《カルタ》の話は、著しく彼の空想を刺戟《しげき》して、一晩じゅう頭を去らなかった。『若《も》し、ひょっとして』と、彼はその翌《あく》る日ペテルブルグの街をさまよいながら考えた、『若し、ひょっとしてあの年寄りの伯爵夫人が、この俺《おれ》に秘伝を明かして呉れたら。さもなければ、ただ三枚の勝ち札だけでも教えて呉れたら。そうなれば俺も、何で運だめしをせずに置くものか。……何とかして会って見て、うまく取り入るか。いっそのこと情人《いろ》にでもなるかな。だが、これは如何にも気のながい話だ。何しろ相手は八十七の婆さんだからな。七日して死ぬかも知れない。二日して死ぬかも知れない。……所であの話だが、一体あれは本当なのかな。いやいや、倹約、節制、勤勉、これが俺の三枚の勝ち札だ。これこそ俺の身代を築き上げるどころか七層倍にもして、安楽と独立を齎《もたら》すものなのだ。』

こんな風に思い量るうち彼は、ペテルブルグのとある大通りの、ひどく古めかしい構えの邸に来かかった。往来は馬車の列《つら》なりに堰《せ》かれていた。車が次々に、燭火《しょっか》まばゆい玄関口へ乗りつける。すると車の踏段のかげに、嫋《たお》やかな美女の脚や、かまびすしい乗馬靴、縞《しま》模様の沓下《くつした》、外国使臣の細靴などが、絶え間なくさし伸べられる。毛皮の物々しい外套《がいとう》や瀟洒《しょうしゃ》なマントが、威儀を正した門衛の傍を奥へと消える。ゲルマンは歩みを止めた。

「誰方《どなた》のお邸でしょう」と彼は街角の巡警に尋ねた。

「＊＊＊伯爵夫人のです」と巡警が答えた。

ゲルマンは身顫《みぶる》いした。不思議な話がまたも浮かんで来た。彼は邸のまわりをうろつきながら、この邸の主と、その神秘な術のことを考えた。見すぼらしい自分の部屋に彼が帰ったのは、その夜更《ふ》けてからであった。長いあいだ寝つかれなかったが、やっと睡《ねむ》りに落ちると、骨牌《カルタ》札や緑色の卓や、紙幣の束や金貨の堆《やま》を夢に見た。一枚一枚と張りながら、ぐんぐん倍賭けにして行くと、面白いほど勝ちはなして、金貨を掻《か》き集めたり紙幣を衣嚢《ポケット》に押し込むのであった。日が高くなってやっと眼を覚ました彼は、消え失せた幻の巨富を追って溜息《ためいき》をついたが、また街に出て当てどもなくさまよった末に、＊＊＊伯爵夫人の邸に通りかかった。え知れぬ或る力が彼を導くようであった。彼は立ちどまって、じっと窓を見あげた。その窓の一つに、房々とした黒髪が、何かの本か手仕事のうえにうつむいているのが窺《うかが》われた。ふと顔がこちらを向いて、ゲルマンはそのみずみずしい面立《おもだ》ちと黒い眼とを見た。彼の運命はこの一瞬に決した。

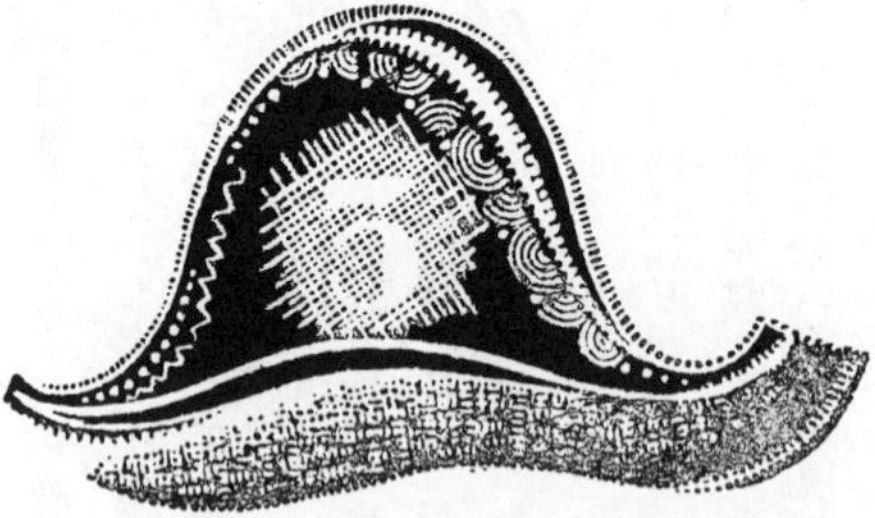

天使のきみよ、御身は
わが読みおうるひまも
あらせず、四まいの玉*
ずさ遣わせたまいぬ。
『消息文』

リザヴェータ・イヴァーノヴナが外出のマントと帽子を漸《ようや》く脱いだとき、伯爵夫人のお迎いが来た。また馬車の用意が言い附けられた。彼女らが馬車に乗ろうとし、従僕が二人がかりで老夫人を抱え上げて車の扉口《とぐち》へ押し入れたとき、リザヴェータは、例の工兵士官が車の輪にぴったりと身を着けているのを認めた。やがて自分の手が握りしめられるのを感じたが、怖《おそ》ろしさに何事も覚えぬうちに青年の姿は消えて、掌には一通の手紙が残った。彼女はすばやくそれを手袋に秘めた。途々《みちみち》何も耳にはいらず、何も眼にはうつらなかった。馬車のなかで夫人は、「いま会ったのは誰方《どなた》」とか、「この橋は何という橋」とか、「あの招牌《かんばん》には何と書いてあるの」の類の質問を、しきり無しにするのが常であったが、その日リザヴェータは時外《はず》れに上《うわ》の空な返事ばかりしたので、仕舞いには夫人を怒らせてしまった。

「まあまあ、この子はどうおしなのだろう。気が遠くでもおなりなの、聞こえないの、それとも分からないの。……有難いことに、私はまだまだ舌も縺《もつ》れないし、気も確かですよ。」

リザヴェータは聴いてはいなかった。帰り着くのも待ち遠く自分の部屋に駈《か》け込み、手袋から例の手紙を抜き出した。手紙は封印がしてなかった。リザヴェータは読んだ。――それは恋の思いを綴《つづ》ったものであった。あくまでも優しく、あくまでも礼を失わず、一字一句みなドイツの小説から抜いたものながら、ドイツ語を知らぬ彼女にとっては、随分と感動の深いものであった。

とはいえ彼女は、受け取った手紙の始末に困《こう》じ果てた。生まれ落ちてはじめて、若い男と人目を忍ぶことをしたのである。男の大胆さを思うと身顫《みぶる》いが出た。自分の軽はずみを叱《しか》っては見たものの、さてどうしよう当てもなかった。もう小窓の所に坐るのはやめて、そ知らぬ顔して、若い士官の執心の冷めるのを待とうか。手紙を送り返そうか。それとも、きっぱりとした返事を書いてやろうか。……彼女には相談すべき友達も、頼りとする師もなかった。リザヴェータは返事を書くことに決めた。

彼女は書き卓《づくえ》に向かって、ペンと紙を手に取りあげて、さて考えに沈んだ。幾度か書きはじめては破り棄《す》てた。文句が鄭重《ていちょう》にすぎたり、無慈悲にすぎたりした。終《つい》に彼女は、満足のゆく数行を得た。――

『み心の』と彼女は書いた、『清らにいますおん方が、よもこの身恥じしめようとてあの様《よう》なこと遊ばしたとは存じ寄りませぬながら、さりとて御交らいこの様にして取り結ぶも叶いませぬので、御文はひとまず御返し申します。この上また、無躾《ぶしつけ》のおん返りしたためます折もなきよう、祈りまいらせつつ。』

翌《あく》る日、来かかるゲルマンの姿が目にはいると、リザヴェータは刺繍《ししゅう》の架を起《た》って広間へ出て、そこの風窓から往来めがけて手紙を投げた。案に違《たが》わず、若い士官は眼ざとくそれを見てとり、小走りに拾い上げて菓子店*にはいった。封印を破って見ると、中には自分の手紙と、リザヴェータの返事が見出された。別段思い設けぬことでもなかったから、彼はなお今後の手立てをさまざまに思い廻《めぐ》らしながら、その日は家に帰った。

三日ののち、婦人帽子の店からという眼のくりくりした少女が、一通の書附《かきつけ》をリザヴェータに齎《もたら》した。リザヴェータは何か払い漏らした勘定ででもあろうかと、心を騒がせながら開封して見たが、忽《たちま》ちゲルマンの筆蹟《ひっせき》を見て取った。

「何かの間違いではなくて？」と彼女は言った、「この書附、私のではありませんもの。」

「いえ、大丈夫でございます」とその少女は、悪賢い笑《え》みを包みかくしもせずに言い切った、「どうぞ御覧あそばして。」

リザヴェータは書附に眼を走らせた。それは逢引《あいびき》をもとめた文面であった。

「そんな筈《はず》はありません」とリザヴェータは、男の気早さに魂消《たまげ》もし、この文使《ふみづかい》の心許なさに呆《あき》れもして言った、「どうしても人違いですわ。」

そして手紙をきれぎれに引き裂いた。

「もしもお人違いなら、何故お破り遊ばしますの」と少女は言った、「私、あの方にお返し致さなくてはなりませんのに。」

「どうぞお願いですから」とリザヴェータは、抜け目ないその言葉に面を赤らめて言った、「もう二度と、こんなもの持って来ないで頂戴。そして貴女《あなた》が頼まれた方には、少しはお慎み遊ばせと申しあげて。……」

しかしゲルマンは思い止《とど》まらなかった。一日も欠かさぬ手紙が、手を変え品を変えてリザヴェータに届けられた。それはもうドイツ小説の引き写しではなかった。ゲルマンは激しい情に浮かされて、迸《ほとばし》る思いをそのまま筆にした。文面には、抑えがたい心の乱れと撓《たゆ》まぬ欲望とが跡をとどめた。リザヴェータの方でも、送り返そうと考えるどころか次第に酔わされて、やがては返事を出しはじめた。その返事も時とともに、長く優しくなりまさった。で、或る日、彼女は次のような手紙を窓から投げた。

『今夜＊＊＊大使の館《やかた》に舞踏会がございます。伯爵夫人も参られます。わたくしどもは二時までそちらに居《お》りましょう。今夜こそは、人目にかからずお目もじいたすによき折でございます。奥様がお出ましになれば、召使どもは直《す》ぐに引き取ってしまいましょう。門衛は入口に居残りましょうが、それとて普段は部屋に退《さが》っております。十一時半にお越し遊ばして、真っ直ぐに表の段をお上りなさいませ。もしも誰かが控えの間《ま》におりましたなら、伯爵夫人はお内かとお尋ね下さいませ。すれば御不在の由《よし》申しましょうから、そのままにお引き取り下さいますよう。十のうち九までは咎《とが》める者もないことと存じます。女共はみな一つ部屋に寄って居りますから。さて控えの間から左へ真っすぐお出《い》で遊ばせば、奥様の御寝所でございます。御寝所の衝立《ついたて》のかげに小さな扉が二枚ありまして、右手のは奥様が絶えておはいり遊ばした例《ため》しのない内房に、左手のは廊の間《ま》に出ます。廊の間の狭い廻り梯子《ばしご》をお上りになればわたくしの部屋でございます。』

定めの時刻を待つあいだ、ゲルマンの総身は虎《とら》のように顫《ふる》えた。宵《よい》の十時にはもう、夫人の館の前に佇《たたず》んでいた。その夜は凄《すさ》まじく荒れた。風は咆《ほ》え、雪は羽毛を引きちぎるように降りしきった。街燈は煙りわたり、道を行く人影もなかった。時折、家路に遅れた客はないかと鵜《う》の目鷹《たか》の目、怪しげな馭者《ぎょしゃ》が痩《や》せ馬に鞭《むち》打って過ぎた。ゲルマンはフロック一重《ひとえ》で佇みながら、風も雪も覚えなかった。やがて伯爵夫人の馬車が曳《ひ》き出された。貂《てん》の外套に佝僂のような猫背を包んだ老媼《おうな》を、従僕たちが馬車へ担ぎ上げる後から、髪には生花《きばな》を挿し、薄手のマントをまとった養い子の姿が垣間《かいま》見られた。馬車の扉が音を立てて閉じ、車は雪の夜道を行きなずみながら去った。門衛が大扉を閉めて、窓が薄暗くなり館に人声が絶えた頃、ゲルマンは再び行きつ戻りつし始めた。街燈に寄って時計をすかして見ると、十一時を二十分過ぎていた。彼はもう街燈の下を去らずに、時計の針の残る歩みを見守った。

十一時半丁度に、ゲルマンは表の石段を昇り光まばゆい玄関にはいった。門衛の姿はなかった。一息に階段を馳《は》せのぼって控えの間《ま》の扉を開けると、ラムプの灯影《ほかげ》に僕が一人、壊れかけの古めかしい椅子《いす》を継ぎ合わせて睡りこけていた。ゲルマンは確かな足取りを爪立《つまだ》てながら、僕の傍を通り抜けた。つづく広間にも客間にも灯影は無く、控えの間の光が幽《かす》かに這《は》うばかりであった。ゲルマンは寝間にはいった。

古びた聖者の画像に満ちた櫃《ひつ》の前には黄金の御燈が燃えていた。絹の色も褪《あ》せた大椅子、金泥《きんでい》の剝《は》げ落ちた長椅子が、羽の坐褥《クッション》もろとも唐《から》模様の壁の下に鬱々《うつうつ》と相対していた。パリのルブラン夫人*の筆に成る肖像画が二枚、壁に掲げてあった。一枚は年の頃四十ばかりの赭顔《あからがお》の肥大漢をあらわし、その淡緑の軍服の胸には勲章が輝いている。もう一枚は年若な鉤鼻《かぎばな》の美女で、打ち粉した髪を額《ひたい》ぎわ深く撫《な》で上げ、薔薇《ばら》の花を挿している。部屋の四隅には牧童の焼き物や、名高いルロワ*が腕を振るった置時計、飾り小函《こばこ》、ルーレットの道具、羽扇などのほか、前世紀の末年モンゴルフィエの気球*やメスメルの磁気*と一緒に発明された様々の貴婦人の遊び道具が、所せまいまで並べ立ててあった。ゲルマンは衝立のかげへ進んだ。そこには小さな鉄の寝台があり、手紙の通り右手に内房の扉が、左手には廊下へ出る扉があった。左手のを開けると、哀れな娘の部屋へ導く狭い廻り梯子が見えた。けれど彼は歩を返して、真っ暗な内房に踏み入った。……

　時は徐《おもむ》ろに過ぎた。闃《げき》として物音もない。客間の時計が夜半を報ずると、遠近の間《ま》の時計も次々に十二を打ったが、軈《やが》てもとの静寂に帰った。ゲルマンは火の無い煖炉《だんろ》に凭《もた》れていた。彼は全く平静であった。避け得られぬ危難を覚悟した人のように、その心臓は正しい響きを伝えた。時計が一時を打ち、続いて二時を報ずると、やがて遥《はる》か遠く馬車の音を聞いた。吾《われ》にもなくゲルマンの胸は騒いだ。馬車の音は間近に来て止まり、踏台を下ろす響きがした。忽ち館の内がざわめき立って、召使たちは馳せ交《か》い高声に呼びかわし、部屋部屋に灯がとぼされた。三人の老女中が寝間に駈け入ると、やがて伯爵夫人は生きた心地もなげな様子で姿をあらわし、ヴォルテール風の背の高い肱掛椅子《ひじかけ》に沈むように掛けた。隙見《すきみ》しているゲルマンの直ぐ鼻先を、リザヴェータ・イヴァーノヴナが通り過ぎた。続いてゲルマンは、狭い階段を気忙《きぜわ》に上って行く足音を耳にした。心臓が良心の疼《うず》きを訴えるような気のしたのも束《つか》の間《ま》で歇《や》み、彼は石と化した。

伯爵夫人は鏡の前で衣裳を脱ぎはじめた。薔薇を散らした髪飾りをはずし、打ち粉の仮髪《かつら》を取り去ると、短く刈り込んだ白髪頭があらわれた。髪針は四囲に雨とみだれ散った。銀糸を縫い取った黄色い衣裳が、浮腫《むく》んだ足もとに落ちて、ゲルマンは心ならずも女の化粧の、興ざめな秘密を目《ま》のあたりにした。やがて伯爵夫人は夜帽をかぶり寝衣姿になった。楚々《そそ》としたその服装の方が彼女の老齢によく似合って、最早それほど怖ろしくも醜《みにく》くもなかった。

老人の例《ため》しに漏れず、伯爵夫人は不眠に悩むらしかった。着がえを済ませた彼女は、窓の下の大椅子に掛け、老女中らを退《さが》らせた。燭台も序《つい》でに下げたので、室内は再びただ一つの御燈に照らされることになった。夫人は真っ黄な顔をして、弛《ゆる》み果てた唇をしきりに動かし、首を絶えず左右に揺すった。どんよりとしたその両眼は、心の虚《うつ》ろを語っている。この老媼《おうな》の身の揺れ工合を眺めていると、それは意志の作用ではなくて、何かしら電流性の皮膚反射と思えるかも知れぬ。

突然、その死人のような顔には、名状しがたい変化があらわれた。唇は動きを止め、眼は生気を取り戻した。伯爵夫人の面前に、見知らぬ男が立った。

「お静かに。どうぞ、お落ち着きになって」とその男は低いながら明晰《めいせき》な口調で言った、「私は決して怪しい者ではありません。お願いがあって参った者です。」

老媼は無言で彼を見詰めた。何事も聞こえぬ様子であった。ゲルマンは耳が遠いのかと思い、すぐ耳許でもう一度同じことを繰り返した。老媼はやはり黙っていた。

「貴女《あなた》なら」とゲルマンは続けた、「生涯の幸福を授けて下される筈《はず》です。しかも貴女にとって、何の御損もないのです。私は、貴女が三枚の骨牌《カルタ》を立て続けにお当てになると伺って参りました。」

ゲルマンは言葉を切った。伯爵夫人はやっと彼の望みが呑み込めた風であった。そして、返事の言葉を捜すらしかった。

「あれは笑談《じょうだん》でした」と、やがて彼女は言った、「本当に、あれは笑談なのです。」

「いいえ、違います」とゲルマンはむっとして言い返した、「チャプリツキイに教えて、あんなに勝たせてお遣《や》りになったのを、もうお忘れですか。」

老夫人は不安げな様子をした。激しい心の動揺が面にあらわれた。が間もなく、もとの無表情に帰った。

「私に」とゲルマンは続けた、「その三枚の札を教えて下さいますまいか。」

夫人は答えなかった。ゲルマンは言葉を継いだ。

「誰のために、札の秘伝を守り通すおつもりなのです。お孫さんのためにですか。お孫さんは皆、それがなくとも金持です。お金の値打ちも知らぬ人達です。道楽者に三枚の札などは無益な業《わざ》です。親の遺産を失《な》くすような男は、たといどんな悪魔のお助けがあろうと、野たれ死にするのが落ちでしょう。私は道楽者ではありません。お金の有難さを知って居ります。三枚の骨牌《カルタ》は決して無駄には致しません。ですから……」

彼は言葉を切って、総身を顫わせながら返事を待った。夫人は答えない。ゲルマンは跪《ひざまず》いた。

「もしもその昔」と彼は言った、「貴女《あなた》のお胸に恋が宿ったことがあるなら、その悦《よろこ》びをまだお忘れでないのなら、一度でも赤さんの生《う》ぶ声に微笑をされたことがあるなら、お胸に何かしら人間らしいものの声を聞かれたことがあるならば……もしそうならば貴女の奥方とし、恋人とし、人の母としての愛にかけて、この世の有りとある聖なるものにかけて、どうぞ私のこのねがいをお聴き届け下さい。秘伝を明かして下さい。それが貴女にとって何でしょう。……たといその為《ため》、怖ろしい罪咎《つみとが》をお着になろうと、永遠の至福とお別れになろうと、悪魔とどんな取引をなさろうと、まあ考えても御覧なさい——貴女はもう御老体です、この先の命もお長くはありますまい。貴女の罪咎は私の魂にお引き受けします。ですから秘伝をお明かし下さい。男一匹のどんな大きな幸運が、貴女のお手に握られているか、考えて見ても下さい。いやこの私だけではなく、子々孫々までも貴女の記念をどんなに敬い尊び、聖体のように崇《あが》めるか……」

老媼《おうな》は一言も答えなかった。

ゲルマンはすっくと起《た》った。——

「老いぼれの鬼婆め」と彼は歯切りして叫んだ、「それなら厭《いや》でも吐かせてやる……」

そう言うか言わぬに、衣嚢《ポケット》の拳銃を引き出した。

拳銃が目にはいると、伯爵夫人は再び烈《はげ》しい恐怖をあらわした。己れの身を庇《かば》おうとでもするように、首を振り両手を上げた。が、やがて後へのけぞると、そのまま動かなかった。……

「子供じみた真似はやめましょう」とゲルマンは老媼の手を取った、「もう一度だけお尋ねします。札の秘伝をお明かし下さるか、それともお厭か。」
伯爵夫人の答はなかった。見れば彼女は死んでいた。

一八＊＊年五月七日

帰依《きえ》も無《の》う行儀あやしの御仁かな＊

『消息文』

まだ舞踏会の衣裳のまま部屋に坐って、リザヴェータ・イヴァーノヴナは深い物思いに沈んでいた。館《やかた》に帰るとすぐ、ほんのお役目に身の廻りの世話をたずねた寝呆《ねぼ》け顔の小女を、着がえは一人でするからと退《さ》がらせ、ゲルマンが忍んで来ていて呉れればいいがと思い、またどうか居ないで呉れればと願いながら、顫《ふる》える手に部屋の扉を開けた。男の来ていないことを一目で知った彼女は、逢引《あいびき》の邪魔をした旋毛《つむじ》曲がりの天運に感謝を捧げた。彼女は着がえもせずに坐って、ほんの僅《わず》かの間にこれ程の深入りしたのは、一体どうした事か知らと様々に思い返した。小窓の所であの若い士官の姿を始めて見た日から、数えればまだ二十日にもならぬのに、繁々《しげしげ》と文《ふみ》も通わせ、既に男に夜更《よふ》けの逢引をまで許したとは。もしも手紙の末に書いてなかったなら、その名も知らずにこの部屋に迎えることとなったに違いない。言葉を交したことも、声を聞いたことも、いや今《こ》宵《よい》という今宵まではその人柄を、噂話に聞いたことすら無かった。何とした事だろう。……

その晩トムスキイは、常とは違って＊＊＊公爵の令嬢ポーリン姫が、他の男と戯《たわむ》れるのを見て面を脹《ふく》らし、それなら此方《こっち》にも考えがあるとばかりリザヴェータを招き寄せて、いつ果てるとも見えぬマズルカの一曲を彼女相手に踊り抜いた。そのあいだ彼は、リザヴェータが工兵士官にばかり現《うつつ》を抜かしていると揶揄《からか》い、よもやと思うあたりまでも夙《とう》に承知しているぞと仄《ほの》めかした。笑談口《じょうだんぐち》の合い間にはちくりと急所を刺す言葉もあるので、リザヴェータが本当に自分の秘事が知れたのかしらと、思ったことも一度や二度ではなかった。

「そんなこと、誰方《どなた》にお聞きになりまして？」と、微笑《ほほえ》みながら彼女は尋ねた。

「御存知の人の友達にさ」とトムスキイは答えた、「その名も高いさる男にさ。」

「名高いお方って、誰方ですの。」

「その名はゲルマン。」

リザヴェータは何も答えなかったが、手足は凍ってしまった。……

「このゲルマンと言うのがね」とトムスキイは続けた、「いともロマンティクな男でね、横から見ればナポレオン、心を割ればメフィストフェレスという塩梅《あんばい》なのさ。僕の見る所だけでも、奴の良心には苛責《かしやく》の種《たね》が少なくも三つはあるね。おや、どうかしたの。蒼《あお》い顔をして……」

「頭《つむり》が痛みますの。……で、そのゲルマン様とか申す方が何と仰しゃいましたの。」

「ゲルマンはね、その友達のことを歯痒《はがゆ》がっているのさ。俺《おれ》ならあんな風にはやらないと、力《りき》み返っているのさ。……どうやらゲルマン大人《たいじん》御自身も、君に思召《おぼしめし》があるらしい。少なくも、その友達のお惚気《のろけ》を聞くたびに、顔色甚《はなは》だ穏やかならずさ。」

「でもその方、どちらで私を御覧遊ばしたのでしょう。」

「お寺かな。それとも野遊びの道すがらかな。まあそんなことは神のみぞ知《しろ》しめすさ。ひょっとしたら君の部屋で、君が夢を見ている間かも知れないのさ。何しろあの男は……」

そのとき、三人の貴婦人が近づいて来て、『お忘れ《ウブリ》？　それとも《・ウ・》お心残り《ルグレ》？』＊の問いを掛けたので、折角リザヴェータにとって悩ましくまた興の乗りかけた話は、中途で断たれてしまった。

運まかせの選択でトムスキイに当たったのは、他ならぬ＊＊＊公爵令嬢であった。令嬢は定めの度数のうえに踊りを繰り返して、席に近づくと見せてはまた身を翻《ひるがえ》しなどするうち、巧みな口説《くぜつ》で相手の拗《す》ね心の縺《よじ》れを戻してしまい、席に帰ったトムスキイの思いには最早《もはや》ゲルマンもなく、リザヴェータもなかった。リザヴェータとしては先刻の話の続きが聞きたくてならなかったが、やがてマズルカの曲も終わり、伯爵夫人の御帰館となった。

思わせ振りなトムスキイの言葉は、その実マズルカには附物《つきもの》の戯《ざ》れ口《ぐち》に他ならなかった。けれども夢見がちな女の胸には、その一言一句も深くしみ渡った。トムスキイのなぐり書きした肖像は満更《まんざら》自分に思い描かなかった図柄でもない上に、近頃の小説趣味も手伝って、今ではもう厭《いや》らしくもあり慕わしくもある、俗で下賤《げせん》な男の面輪《おもわ》であった。

……こうして露《あら》わな手を十字に組み合わせて、凋《しお》れた花もそのままの頭を、はだけた胸に落としているとき、遽《にわ》かに扉があいてゲルマンがはいって来た。彼女は身を顫わせた。

「どちらにおいで遊ばして」と怯《おび》えた小声で彼女は尋ねた。

「伯爵夫人のお寝間に」とゲルマンは答えた、「たった今出て来たばかりです。あの人は亡くなりました。」

「え、何と、何と仰しゃいますの。」

「それもどうやら」とゲルマンは言葉を継いだ、「この僕のせいらしい。」

リザヴェータは彼を見上げた。すると、トムスキイの言葉が胸の底に響き返った――この人の魂には苛責の種が少なくも三つはあるのだ。ゲルマンは彼女に近い窓框《まどわく》に腰をおろして、一切を物語った。

リザヴェータは怖《おそ》れにわななきながら聴き入った。では、情に満ちたあの手紙は、燃えるようなあの願い事は、傍若無人《ぼうじゃくぶじん》のあの執心は、みんな恋ではなかった。この男の心を燃え立たせたのは、あの賤《いや》しいお金なのだ。彼の渇きを医《いや》し、幸福にしてやれたのは、この自分ではなかった。私という可哀相《かわいそう》な娘は、押込み強盗どころか自分の恩人を手に掛ける男とも知らずに、その手引きをしてやったのだ。……彼女は、今は及ばぬ後悔に咽《むせ》び泣いた。ゲルマンは無言で女を見詰めていた。その胸もやはり引きちぎられる思いであった。とはいえ彼の冷たい心を騒がせるのは、哀れな娘の涙ではない。嘆き悶《もだ》える有様のひとしお美しい姿でもない。現に目の前で息絶えた老媼《おうな》の姿を思ってさえ、彼の良心は疼《うず》きはせぬ。巨富を夢みたあの秘伝が、今となっては手に入れる術《すべ》もない、それを思うと胸が張り裂けた。

「あなたは怖ろしい魔物」と、やがてリザヴェータが言った。

「殺すつもりはなかったのに」とゲルマンは答えた、「弾丸《たま》も塡《こ》めてはないのだし。」

二人は無言に帰った。

やがて東雲《しののめ》が訪れた。リザヴェータが燃え崩れた蠟燭《ろうそく》を吹き消すと、白々とした光が部屋に流れた。彼女は泣き濡れた眼から手巾《ハンカチ》を離して、ゲルマンを見上げた。彼はまだ窓框に掛けたまま、腕を組み眉《まゆ》を嶮《けわ》しくひそめていた。そうしている彼はナポレオンに生き写しであった。その似通いが、リザヴェータには怖ろしくも、またはっと胸を衝《つ》かれる思いでもあった。

「どうしてお出し申したらいいでしょう」やがてリザヴェータが口を切った、「隠し梯《ばし》子《ご》にお連れする心算《つもり》でしたのに、今ではお寝間を通るのが怖くて。……」

「その梯子の在処《ありか》を教えて下さい。一人で出て行きます。」

リザヴェータは立ち上がって箪笥《たんす》から鍵《かぎ》を取り出し、手渡ししながら道順を詳しく教えた。ゲルマンは女の応《こた》えのない冷え果てた片手を握りしめ、俛首《うなだ》れた額際《ひたいぎわ》に接吻《せっぷん》して出て行った。

彼は廻り梯子を降りて、再び伯爵夫人の寝間に踏み入った。死んだ老媼は石像さながら椅子に掛けて、その面に底知れぬ安らぎを湛《たた》えている。ゲルマンは夫人の前に立ちどまり、実相の怖ろしさを見極めようと願うかのように、じっと眸《ひとみ》を離さなかった。やがて彼は内房にはいり、壁紙のうえを手探りで隠し扉を捜し出して、一寸先も見えぬ梯子段を下りはじめた。闇の中で不図《ふと》、奇妙な思いが湧《わ》いて来た――『この梯子を伝わって』と彼は考えた、『六十年の昔には、それも丁度この刻限に、粋《いき》な上衣《うわぎ》を裾長《すそなが》に王鳥髷《まげ》*の果報者が、三角帽を抱きしめ抱きしめ、やっぱりあの寝間へ通ったものだろう。其奴《そいつ》が塚穴の底でとうの昔に腐れ切ったころ、その日の色女の君は、やっと今しがたお目出たくおなりだ。……』

階段が尽きて、また扉があった。それも同じ鍵で苦もなく開けて、ゲルマンは往来へ抜ける廊下に出た。

その夜故《こ》男爵夫人フォン・Vなにがし白装束して余《よ》の面前に立って曰《いわ》く。久闊《きゅうかつ》なりや議定官どの。

——スウェーデンボルグ＊

この宿命の夜から三日目の朝の九時に、ゲルマンは＊＊＊寺院で行われる故伯爵夫人の葬式に出掛けた。悔やむ心は無いものの、それでも矢張り『老婆殺し』と繰り返す心の声を、抑える術《すべ》もなかった。信心も無い癖に迷信の深い彼は、老媼《おうな》の怨霊《おんりよう》の祟《たた》りもあろうかと、その恕《ゆる》しを念ずるため葬式に列《つら》なることに極《き》めたのである。

寺は一ぱいの人であった。ゲルマンは群衆を掻《か》き分けて進んだ。天鵞絨《ビロード》の天蓋《てんがい》の下に、柩《ひつぎ》を安置した葬龕《ずし》が据えてあった。柩のなかには死人が、笹縁《ささべり》頭巾《ずきん》に白繻子《しろしゆす》の衣のいでたちで、胸に合掌して横たわっている。家の者が柩を取り囲んでいた。下男は黒の長衣《カフタン》を着て、肩には紋章結びのリボンを附け、手に手に蠟燭《ろうそく》を持っていた。子、孫、曾孫《ひまご》などの一族の者は、大喪の服に身を包んでいる。

誰も泣いてはいなかった。泣く者があるなら、それはいわゆる空《ユヌ・アフエクシオン》涙に極《きま》っている。伯爵夫人はあれ程の高齢であって見れば、亡くなっても今更《いまさら》心を傷《いた》める者もなく、一族の者などはとうの昔から、この世の人の扱いはしていなかった。若い僧が棺前の説教をはじめた。感動の深い分明な口調で、永年のあいだ信者としての大往生を念じつつ、感心な修業を静かに積んだ故人の、安らかな昇天を説いた。「死の御使はやがて」と講師が言った、「いと清らかに行い澄まして天《あめ》なる婚姻《よめいり》を待ち焦がれたる、一つの魂を見出されました。」法会《ほうえ》はしめやかに終わりに近づいた。親族縁者がまず屍《かばね》に別れを告げた。つづいて、その昔仇《あだ》な愉楽を共にした女に最後の別れを告げようと、一般会葬の群が長い列をなして進んだ。召使の列がそれに続いた。一ばん遅れて、故人の永年の話し相手であった年の頃も同じ老女が、二人の婢に両脇を支えられながら進んだ。もはや跪《ひざまず》く力も失《う》せてはいたが、落涙しながら主の冷え果てた手に接吻《せっぷん》したのは、彼女だけであった。

老女が棺前を退くと、ゲルマンはいよいよ決心を固めて出て行った。彼は樅《もみ》の若枝を敷いた冷たい床にひれ伏したまま、暫《しばら》くは動かなかった。やがて起《た》ち上がると、夫人の死に顔にも劣らぬ蒼白《そうはく》な顔をして、葬龕の階段を上った。彼が屍の上に身をかがめた時、不図《ふと》死人が片眼をしばたたいて嘲《あざけ》りの一瞥《いちべつ》を呉れたと見えた。ゲルマンは急いで後《あと》退るはずみに、足を踏み外《はず》して仰向けに床に倒れ落ちた。人々は駈《か》け寄って彼を起こした。丁度そのとき、リザヴェータ・イヴァーノヴナも気を失って、寺の入口へと担ぎ出された。……この挿話のため荘厳な空気は暫く破れて、会葬者の間に低い呟《つぶや》きが起こった。故人の近親という痩身《そうしん》の侍従職が、傍の英国人を顧みて、あの青年士官は夫人の隠し子なのだと耳打ちした。英国人は冷然とした「ほう」で応じた。

その日の暮れるまで、ゲルマンは快々《おうおう》として楽しまなかった。寂《さび》れた小料理屋へ行って夕食を認《したた》めながら、珍しく酒をあおった。それで内心の疼《うず》きが鎮まろうかと思ったが、酒の勢いで妄想は弥《いや》が上にも募った。家に帰ると着がえもせずに寝床に倒れ、そのまま深い睡《ねむ》りに落ちた。

夜中に眼を覚ますと、月光はひたひたと部屋を浸していた。時刻を見ると三時に十五分前。眼が冴《さ》えてしまったので彼は床の上に起き返り、伯爵夫人の葬式に思いを馳《は》せた。

そのとき往来から、誰かしら窓を覗《のぞ》き込んだが、直《す》ぐに行き過ぎた。ゲルマンは気にも留めなかった。一分ほどすると、今度は表の間《ま》で扉の開く音がした。従卒が例の通りに酔い痴《し》れて、夜遊びから帰って来たのだろうとゲルマンは思った。が続いて、聞き馴《な》れぬ足音がした。誰か知らが上沓《うわぐつ》の音をしのばせながら歩いている。扉が開いて、白衣の婦人がはいって来た。ゲルマンは年老いた乳母の姿と思って、この時刻に何しに来たのかと訝《いぶか》るうち、白衣の影は風のように近づいた。見れば、枕辺《まくらべ》に立ったのは紛う方ない伯爵夫人であった。

「今夜来たのは私の本意ではありません」と夫人は力の籠《こも》った声で言った、「お前の望みを叶えてやれとの仰《おお》せです。『三《トロイカ》』、『七《セミヨルカ》』、『一《トウズ》』――この順で張れば勝ちです。唯《ただ》ひと夜《よさ》に一枚だけしか張ってはなりません。また勝った上は死ぬまで、二度と再び骨牌《カルタ》を手にしてはなりません。また、あのリザヴェータを嫁に貰《もら》うなら、私を殺《あや》めた咎《とが》は消してあげます……」

言い終わると夫人は静かに身を反《かえ》して、扉から姿を消した。上沓の響きが暫く残った。やがて入口の扉の音が聞こえ、誰かしらまた窓を覗き込んだ。……

彼は長いあいだ茫然《ぼうぜん》としていた。やがて次の間《ま》へ行って、床《ゆか》に倒れ臥《ふ》した従卒を揺り起こして見たけれど、相変らず酔い潰《つぶ》れた彼の口からは何の消息も聞き出せなかった。玄関の扉を見ると、錠は下ろしてあった。ゲルマンは部屋に戻って蠟燭をとぼし、幻に見たことを書きとめた。

――待った！
――やあ、身共に向かって待ったとは慮外な奴。
――滅相もないこと。おん待ったと申しました。

精神界に二つの固着観念の共に存し得ぬのは、恰《あたか》も物質界に二つの物体が同時に同じ場所を占め得ぬと同断でもあろうか。軈《やが》てゲルマンの心には『三』『七』『一』が拡がって、亡き伯爵夫人の面影を蔽《おお》い尽くした。『三』『七』『一』は瞬時も彼の脳裡《のうり》を去らず、絶えずその唇を漏れた。若い娘を見掛ければ、「いい様子だな、まるでハートの『三《トロイカ》』だ」と言う。時を問われれば、「今『七《セミヨルカ》』に五分前」と答える。布袋腹《ほていばら》した男に逢えば、きっと『一《トウズ》』を思い出す。『三』『七』『一』は夢にまで追い掛けて来て、さまざまな形を現わした。『三《トロイカ》』は見事な大輪の花となって開き、『七《セミヨルカ》』はゴチック式の門となって閉じた。その上『一《トウズ》』は女郎蜘蛛《じょろうぐも》に化けた。彼の思いは一つに凝った。かくも高価に購《あがな》った秘伝を、心ゆくまで使って見たい。休暇を取って旅に出ようか。堂々とパリの賭場《とば》へ乗り込んで、まんまと蕩《たら》し込んだ運の女神を、うんと搾《しぼ》って呉れようか。……不図《ふと》した機会が、彼をこの心労から救った。

モスクヴァに、貴紳をすぐった賭博倶楽部《クラブ》があった。倶楽部を統《す》べるのは名高いチェカリンスキイで、これは骨牌《カルタ》を終生の友として、勝てば利の高い手形で取り、負ければぱっぱと現生《げんなま》で払ううち、何時《いつ》か巨万の富を積んだという男である。彼の持つ経験の深さは会員の信望をつなぐに足りたし、愛想よい陽気な性格は跨《また》ぎ易い閾《しきい》、腕利きの料理番と相俟《あいま》って、世の尊敬をすらかち得た。その彼がペテルブルグに来たのである。で、舞踏会は骨牌《カルタ》の札に、口説《くぜつ》の妙趣はファラオンの滋味にと、それぞれ見変えた若い連中が、たちまちその家に群がり寄った。ナルーモフもゲルマンを連れて来た。

二人は礼儀正しい給仕人に迎えられて、立派な部屋を幾つか通り抜けたが、どの部屋も人で一ぱいであった。将軍や顧問官が寄ってホィストを闘わせる一方では、若い連中が絹張りの長ソファに寝そべって、氷菓を嘗《な》めパイプを吹かしなどしている。サロンには細長い卓の周りに二十人程の不孝者がぎっしりと居並び、主《あるじ》が元締めをつとめていた。彼は年の頃六十ばかり、いかにも温雅な風采《ふうさい》で、銀髪をいただく血色のよい丸顔は、心の善《よ》さを物語っている。溌剌《はつらつ》たる微笑を絶やさぬその眼許《みす》も見棄てがたい。ナルーモフはゲルマンを引き合わせた。チェカリンスキイは打ち融《と》けた物腰で手を握り、お宅同様にお寛《くつろ》ぎ下さいと言い置いて、また元締めをつづけた。

札の分配は頗《すこぶ》る手間取った。卓上の札数は三十を越すうえに、チェカリンスキイは一枚投げては手を休めた。こうして居並ぶ連中に、考えをまとめ又は負け高の覚え書きする裕《ゆと》りを与える一方には、人々の要求に一々慇懃《いんぎん》に耳を傾け、更に一層《いっそう》慇懃を極めた態度で、放心の手に折り曲げられた『稜余《かど》り』*を伸ばしなどした。

やっと一順廻った。チェカリンスキイは骨牌《カルタ》を切って、新たに配る用意にかかった。

「僕にもひとつ配って下さい」と、やはり勝負に加わっている肥大な紳士の後ろから、ゲルマンが手をさし伸べて言った。

チェカリンスキイは微笑して、承知のしるしに黙って頭を下げた。ナルーモフも笑いながら、ゲルマンが永年の断食を解いたことを祝し、幸《さち》ある首途《かどで》を祈った。

「よし来た」と、持ち札の背に白墨で金額を書き込むと、ゲルマンが言った。

「いか程でございましょうか」と元締めは眼を細めて覗《のぞ》き込みながら尋ねた、「失礼でございますが、ちょっと見え兼ねますので。」

「四万七千」とゲルマンは答えた。

それを聞くと皆が一斉に振り向いて彼を見た。

「奴、調子が狂ったぞ」とナルーモフは思った。

「念の為《ため》申し上げさせて頂きますが」とチェカリンスキイは変わらぬ微笑を湛《たた》えながら言った、「それは少々大き過ぎは致しますまいか。てまえ共ではまだ誰方様《どなた》も、単賭け《セムペル》二百七十五以上をお張りになった方は無いように存じますが。」

「いや結構です」とゲルマンは言い返した、「で、僕の札をお受けになるか、それとも……」

チェカリンスキイは承諾のしるしに穏やかに頭を下げた。

「ただ申し上げたいと存じますのは」と彼が言った、「皆様の御信用を忝《かたじけの》うして居《お》ります私と致しましては、現金で御座いませんと少々元締めを勤め兼ねるのでございます。固《もと》より私一個と致してはお言葉だけでもう充分で御座いますが、何分《なにぶん》賭け事の定めもあり、旁《かたがた》と計算の都合もある事で御座いますから、恐れ入りますが札に現金をお載せ置き願えますまいか。」

ゲルマンは衣嚢《ポケット》から一枚の手形を取り出して、チェカリンスキイに渡した。彼はざっと眼を通したのち、それをゲルマンの札に載せた。

札は配られた。右手には『九』が、左手には『三』が出た。

「やった!」とゲルマンは持ち札を示しながら言った。

其処此処《そこここ》に呟《つぶや》きの声が高まった。チェカリンスキイはちらと眉《まゆ》を曇らせたと見えたが、すぐに元の穏やかな微笑に帰った。

「お支払いをお受け下さいましょうか。」

「では、そう願いましょう。」

チェカリンスキイは衣嚢《ポケット》から数枚の手形を引き出し、きれいに払いを済ませた。ゲルマンは金を受け取ると卓を離れた。ナルーモフがまだ茫然《ぼうぜん》としているひまに、彼は檸檬《レモン》水を一杯飲んで家途についた。

翌《あく》る晩、彼はまたチェカリンスキイの家に姿をあらわした。やはり主が元締めをしていた。ゲルマンが卓に近づくと、人々はすぐに席を明けて呉れた。チェカリンスキイも愛想のよい会釈を見せた。

ゲルマンは一勝負済むのを待って札を張り、その背のうえに、昨夜の勝ちに併《あわ》せて、更に四万七千を載せた。

札が配られた。右手には『小姓』が、左手には『七』が出た。

ゲルマンが持ち札を起こすと、それは『七』であった。

感嘆の声が広間に満ちた。チェカリンスキイは明らかに動揺の色を見せた。彼は九万四千を数えてゲルマンに渡した。ゲルマンは冷やかな素振りで受け取り、すぐに卓を離れた。

次の晩、ゲルマンの姿はまたも卓の前にあらわれた。一同は彼を待ち設けていた。将軍や顧問官までが、この珍しい勝負を見物しようと、ホイストの卓を見棄てた。青年たちも長ソファから跳《は》ね起き、給仕も残らず寄って来てゲルマンの周りに環《わ》を作った。今まで勝負をしていた連中も張るのはやめて、どうなる事かと片唾《かたず》をのんだ。相も変らぬ微笑を湛えてはいるものの、その顔色の蒼白《そうはく》を蔽うべくもないチェカリンスキイと卓を挟んで対しながら、ゲルマンは一騎打ちの覚悟を決めた。

二人の手は一斉に動いて、二組の骨牌《カルタ》の封が宙に飛んだ。チェカリンスキイの先《ま》ず切った札を、ゲルマンが切り直した。更に彼は自分の札を張り、そのうえに手形を山と積んだ。それは恰も決闘を見るようであった。無気味な沈黙が四囲を領した。

チェカリンスキイは顫《ふる》える手に札を配った。右手には『女王』が、左手には『一』が出た。

「『一《トウズ》』がやった！」とゲルマンは言って、持ち札を起こした。

「いや、『女王《ダーマ》』の負けと存じますが」とチェカリンスキイが優しく言い直した。

ゲルマンは愕然《がくぜん》と自分の手を見た。張った筈《はず》の『一』は消えて、開いたのはスペードの『女王』であった。彼は自らの眼を疑った。――この指が引き違いをする筈はないのだが。——

そのとき、スペードの『女王』が眼を窄《すぼ》めて、北叟笑《ほくそえ》みを漏らしたと見えた。その生き写しの面影に、彼は悚然《しょうぜん》とした。……

「あいつだ!」彼は眼を据えて絶叫した。

チェカリンスキイは素早く手形の山を掻き寄せた。ゲルマンは立ち竦《すく》んだまま動かなかった。やっと彼が卓を去ったとき、人声は一時にわき立った。「ああ、天晴《あっぱ》れな勝負だった!」と一同は卓に就きながら、口々に感嘆した。チェカリンスキイは新たに札を切った。人々は自分の勝負に帰った。

結び

　ゲルマンは気が狂った。今はオブホーフ精神病院の十七号室にいる。何を尋ねても返事はしないで、ただ異常な早口で呟《つぶや》くだけである――

「『三《トロイカ》』『七《セミヨルカ》』『二《トウズ》』――『三《トロイカ》』『七《セミヨルカ》』『女王《ダーマ》』……」

　リザヴェータ・イヴァーノヴナは気立ての優しい或る青年と結婚した。この青年は、嘗《かつ》て老伯爵夫人の家令をしていた男の息子で、何かの役所に勤めて相応に暮している。リザヴェータは、貧しい縁者の娘を引き取って養っている。

　トムスキイは大尉に昇進して、例のポーリン姫を娶《めと》った。

ベールキン物語（短篇五種）

A《ア》・*P*《ペ》によって刊行されたる
故イヴァン・ペトローヴィチ・ベールキンの物語

プロスターコヴァ夫人
それならもう、あなた、この子は小さな時から
稗史《おはなし》は大好きですの。
スコチーニン
ミトロファンは私《わし》に似ましてな。
――『坊ちゃん』*

刊行者のことば

いま読者の高覧に供せられるI《イ》・P《ペ》・ベールキンの物語集の刊行を企てるに当たって、私どもはたとえ簡単でもいいから故作者の伝記を添えて、祖国の文学を愛好せられる人士にしてみればさらさら無理からぬ好奇心を、満たす一助ともしたいと考えた。そのため私どもは、イヴァン・ペトローヴィチ・ベールキンの最も近い縁者であり且つ遺産相続人である、マリヤ・アレクセーヴナ・トラフィーリナに照会を発したのだが、遺憾ながら彼女は、彼に関する一片の消息をも私どもに伝えることができなかった。つまり彼女は、故人に一面識すらもなかったのである。その代り彼女は、この件についてはイヴァン・ペトローヴィチ生前の親友であった、さる尊敬すべき紳士に依頼するがよかろうと勧めて呉れた。私どもはこの助言に従って同氏に照会状を発したところ、次のような打ってつけの返事を受けとったのである。それを一字半句も改めず、また何等の註釈をも加えずに、茲《ここ》に掲げることにする。――高風まさに欽慕《きんぼ》すべき物の考え方、および感動すべき友情の貴い記念物として、同時にまた語り得て余蘊《ようん》なき伝記的消息として。

＊＊＊様尊下。

本月十五日附の御高書、同月二十三日まさに拝受、迂生《うせい》の莫逆《ばくぎゃく》の友たり且つ隣村の地主たりし故イヴァン・ペトローヴィチ・ベールキンの死生年月日、その軍隊勤務、家庭の状況、またその仕事及び性格について委細御承知相成度《あいなりた》き趣、正《まさ》に拝誦仕《はいしょうつかまつ》り候。みぎの貴需に相添い候事は、迂生のまことに本懐とする所に有之《これあり》、よって謹んで、故人の談話ならびに迂生自身の目に映じ申し候事どもを、記憶にのぼり候まま左に逐一申し進ぜ候。

イヴァン・ペトローヴィチ・ベールキンは、高潔にして由緒正しき父母の間に、一七九八年を以《もっ》てゴリューヒノ村に出生す。亡父陸軍二等少佐ピョートル・イヴァーノヴィチ・ベールキンは、トラフィーリン家の女《むすめ》ペラゲーヤ・ガヴリーロヴナを娶《めと》りしものに有之候。亡父は格別富裕とにはあらねど、まず中等の資産を有し、而《しか》も経営にかけては頗《すこぶ》る腕利きに候いき。その一子は、村の役僧より初等教育を受け申し候。彼が読書及びロシヤ文学方面に趣味を有せしは、思うにこの尊敬すべき役僧に負うものの如《ごと》くに存ぜられ候。一八一五年、故人は歩兵猟兵聯隊《れんたい》(隊号は記憶せず)に入隊、一八二三年まで引き続き同聯隊に勤務致し候。然《しか》るに両親が殆《ほとん》ど時を同じゅうしてこの世を罷《まか》り候ため、退職を願い出、世襲領地たるゴリューヒノ村に帰郷致すの余儀なきに立ち至り候。

さて領地の支配を致す身となるや、イヴァン・ペトローヴィチはその無経験と温厚なる性情とのため、程無く経営を等閑に附し、亡父の手によって布《し》かれたる厳格なる秩序を弛緩《しかん》せしむるに至り候。実直にして敏腕なる名主は、百姓共の不満を買いおりしが（これ彼等の習性に有之）、彼は之《これ》を罷免《ひめん》し、村の管理をば女中頭の老婆の手に委《ゆだ》ね申し候。そもそもこの老婆は、その物語り上手を以て主人の信用を博したる者にて、生来愚鈍、およそ二十五ルーブル紙幣と五十ルーブル紙幣の区別も曾《かつ》てつきたることなき底の人物に有之候。百姓どもは、この老婆が彼等悉《ことごと》くの名附け親たりし関係上些《いささ》かの畏怖《いふ》の念をも抱かず、また百姓が選挙せる新しき名主は、彼等に処すること頗る寛大、馴《な》れ合いにて詐欺《さぎ》を働き、遂《つい》にはイヴァン・ペトローヴィチをして賦役を廃して、極めて低額なる人頭税を定むるの余儀なきに立ち至らせ申し候。しかのみならず百姓どもは、主人の弱気につけ入り、一年目には莫大の免租を強請いたし、その後は年々人頭税の三分の二以上を、胡桃《くるみ》、越橘《こけもも》の類を以て支払い、それすらもなお未納のもの有之候いき。

迂生はイヴァン・ペトローヴィチの亡父と交友関係にありし者なれば、その一子にも忠言を呈するの義務ありと愚考し、彼が等閑に附したる先代の秩序を再興いたすよう直言致したることも一再にとどまらず。或る時のごときは、此《こ》の目的を以て彼を訪問、帳簿の提示方を要求すると共に、かの騙児《かたり》名主を呼び出し、イヴァン・ペトローヴィチの面前にて、右帳簿の検査に取り掛かり申し候。弱年の主人は、最初が程は能《あた》う限りの注意と精励とを以て、迂生のなすところに追随しおりしが、勘定の結果、最近二ケ年間に百姓の員数は増したるに反し、家禽《かきん》家畜の数は著減せることが判明致すや、イヴァン・ペトローヴィチは最早《もはや》この最初の情報をもって満足いたし、そのうえ迂生の言に耳を傾けんともせず、軈《やが》て迂生が己れの穿鑿《せんさく》と厳しき糺明《きゅうめい》とを以て、かの騙児名主をば困惑の極に陥れ、遂に一言をも発し得ざるの窮境に立ち至らせ申し候折には、嗚呼《ああ》そも何たる無念ぞや、イヴァン・ペトローヴィチがその椅子《いす》の上にて、既に鼾声《かんせい》雷の如くなるを耳に致し候。この時以来、迂生は彼の家政管理に容喙《ようかい》いたすことを断念、彼の事業をもまた彼自身をも、なべて天意のままに相任することと致し候。

とは申せこのため、迂生等の友情が害われたる次第には決して無之《これなく》候。如何《いかん》となれば迂生は、わが国の若き貴族の多分に漏れざる彼が弱気と、破滅の因なる懈怠《けたい》とを憫《あわれ》みて、心底よりイヴァン・ペトローヴィチを愛したるが故に有之《これあり》候。まことに斯《か》くも温順にして高潔なる青年は、愛せざらんと欲するもなお愛せざるを得ず。一方またイヴァン・ペトローヴィチも、迂生を年長者として敬い呉れ、心より迂生に信服いたし居《お》り候いき。実のところ習慣に於《お》いても、物の考え方に於いても、また性格に於いても、迂生等は殆ど互いに一致する所無かりしにも拘《かか》わらず、彼は迂生が談論の率直なるを喜び、その最期《いまわ》の際《きわ》まで迂生と相見ざる日は殆ど一日もなかりし次第に有之候。

イヴァン・ペトローヴィチは極めて控え目なる暮らし振りにて、苟《いやしく》も放肆《ほうし》にわたることは一切之《これ》を避け申し候。彼が酩酊《めいてい》いたしおるを見掛けしことは、迂生ただの一度も無之（これ実に当地方にあっては空前の奇蹟《きせき》とも申すべし）、また女性にかけては中々の好《す》き者にて候いしも、その内気さに至っては実に処女のごときもの有之候いき。★

御高書中に御名指しの物語数種の他に、イヴァン・ペトローヴィチは数多《あまた》の草稿を遺《のこ》し候いしが、その一部は迂生の手許に存し、また一部は例の女中頭によって、家庭の雑用に充てられ申し候。現に昨冬の如き、彼女の住する離れの窓は悉く、故人が完成するに至らざりし長篇小説の第一篇を以て貼り塞《ふさ》がれし次第に御座候。御申し越しの物語数種は、故人の試みし最初の述作かと存ぜられ候。イヴァン・ペトローヴィチの申しおり候所によれば、その大部分は実話にて、故人がさまざまの人物より聞き及びたるものの

由《よし》に有之《これあり》候。★★

さりながら、篇中に現わるる人名は殆ど全部故人自身の創案に係り、地名村名に至ってはこの界隈《かいわい》より借りたるものにして、従って迂生の持ち村の名も何処《どこ》やらに見ゆる次第に御座候。尤《もっと》もこれは悪意より出《い》でたることには無之《これなく》、唯々《ただただ》想像力の不足によるものに有之候。

イヴァン・ペトローヴィチは一八二八年の秋、感冒熱の侵す所となり、次いで熱病に変じ、当郡の医師の撓《たゆ》まざる努力もその甲斐《かい》なく逝去《せいきよ》致し候。因《ちな》みにこの医師は、特に胼胝《たこ》等の如き慢性諸病の治療にかけては頗る名医に有之候。イヴァン・ペトローヴィチは数え年三十にして迂生の腕の中にて息を引きとり、ゴリューヒノ村の教会なる亡父母の身近に埋葬せられ申し候。

イヴァン・ペトローヴィチは中背にて、眼は灰色、髪は亜麻色《あまいろ》、鼻筋通り、顔色白く、細おもてに有之候いき。

さて迂生が今は亡き隣人また友人の、暮らし振り、仕事、性格、および、風貌《ふうぼう》に関して思い出《い》で候ことは、右に相尽き申し候。但し万一本状のうちに何等かの御役に相立ち申し候こと有之候とも、迂生の名を御掲出のことは平に御容赦賜《たまわ》り度く願上候。蓋《けだ》し迂生は、作者なるものを敬愛することに於いては敢《あ》えて人後に落ち申さずとはいえ、その職業に入るは無用のことども、また年甲斐《としがい》もなき業《わざ》とも存ぜらるるが故に有之候。終わりに衷心より敬意を表し、併《あわ》せて云々《うんぬん》。

一八三〇年十一月十六日

ネナラードヴォ村にて

故作者の尊敬すべき親友の意志を重んずることを義務と考え、私どもはここに、同氏が私どもに提供せられた報道に対して深甚の謝意を表し、併せてまた読者が以上の報道の誠実と懇切とに敬意を払われんことを期待するものである。

A《ア》・*P*《ペ》

★（原註）　ここに一つの逸話が続いているが、余計のものと思われるので茲《ここ》に掲げない。とはいえその逸話には、イヴァン・ペトローヴィチ・ベールキンの思い出を傷つけるようなものは一切含まれていない事を読者に断言するを憚《はばか》らない。

★★（原註）　実際ベールキン氏の原稿には、各篇のはじめに著者の手蹟を以て、何某（官等又は職業、名及び姓の頭文字）より聞く、という風に頭記せられている。物好きな穿鑿家のために茲に書き抜いてみると、『駅長』は九等官A・G・Nが物語った所であり、『その一発』は陸軍中佐I・P・Lが、『葬儀屋』は手代B・Vが、『吹雪』及び『百姓令嬢』は少女K・I・Tがそれぞれ物語った所である。

その一発

決闘沙汰《ざた》とはなりにけり。

——バラティンスキイ*

余《よ》は決闘の認むる当然の権利によって彼を射《う》ち殺さんと心に誓った（余の彼に対する一発は未《いま》だ残されていたのである）。

——『露営の宵《よい》』*

一

私たちは＊＊＊という小さな町に駐屯していた。地方師団の将校生活といえば、せんこく御承知の通りである。午前は教練と馬術、昼食は聯隊長《れんたいちょう》の官舎か、でなければユダヤ人の小料理屋でやる、さて晩になればポンスと骨牌《カルタ》だ。＊＊＊には舞踏会を催して呉れるような家庭は一つもなかったし、年頃の娘なんぞは一人もいなかった。私たちはお互いの宿に集まるのだったが、そこには軍服姿のほかは何一つ見られなかった。

ただ一人、軍人でなしに私たちの仲間に加わっている男があった。年は三十五ほど、そのため私たちは彼を老人扱いにしていた。世間を見てきただけに、私たちに比べれば色々な点で立ち優《まさ》っていたし、且つその平生の沈鬱《ちんうつ》さ、烈《はげ》しい気性、また毒舌癖などが、若い私たちをひどく敬服させたものである。何かしら一種の神秘が彼の運命を包んでいた。どうもロシヤ人らしいのに、名前は外国風である。曾《かつ》ては驃騎兵《ひょうきへい》聯隊に勤めて、相当の昇進をしたというが、それがなぜ職を退いて、こんな寂《さび》れた田舎町《いなかまち》にひっ込み、貧乏くさい一方には金遣いの荒い生活をするようになったのか、その動機を知るものは一人もなかった。古びた黒フロックを一着に及び、外出にも乗物を使ったことのないくせに、聯隊の士官には誰彼の差別なく御馳走《ごちそう》して呉れるのだった。尤《もっと》も御馳走といっても、退役兵士のこしらえた二品か三品に過ぎなかったが、その代りシャンパンは大河を決するが如《ごと》くに出た。彼の資産や収入のことを知るものは一人もなく、また無遠慮にそれを彼に訊《たず》ねるものもなかった。なかなかの蔵書家だったが、その多くは兵書と、それに小説類だった。彼は喜んで貸して呉れるが、返却を求めたことは決してない代りには、自分の借りた本も持ち主に返した例《ため》しがなかった。彼のおもな日課はピストルの練習で、部屋の壁は一面の弾痕《だんこん》に蝕《むしば》まれて、まるで蜂《はち》の巣のように孔《あな》だらけだった。ピストルの豊富な蒐集《コレクション》は、彼の住むみすぼらしい小屋に見られる唯一の贅沢品《ぜいたくひん》であった。その腕前と来たらとても人間業《わざ》とは思えないほどで、彼がお前の軍帽に載せた梨《なし》を射落としてやろうかと言い出せば、頭を差し出すことをためらう者は聯隊じゅうに一人もなかった。私たちの間にはよく決闘の話が出たが、シルヴィオ（と彼を呼ぶことにしよう）はその話になると決して口を出さなかった。決闘したことがあるかという問いには、素気《そっけ》なく「ある」と答えるだけで詳しい話はせず、そうした質問を不愉快に思うらしかった。どうやらその良心には、何者か彼の戦慄《せんりつ》すべき腕前の不幸な犠牲者が横たわっているらしい――そんな風に私たちは推量していた。とはいえ、彼に何か臆病に類したところがあるなんぞとは、私たちは疑ってみたこともなかった。その風貌《ふうぼう》だけで、そうした疑念を一掃する人間がいるものである。と、思いがけぬ出来ごとが、私たち一同を愕《おどろ》かすことになった。

或る日のこと、私たち将校が十人ほどで、シルヴィオの家で昼食をよばれた。いつもの調子で飲んだ――と云《い》うのはつまり大いに痛飲したのである。食事が済むと私たちは、ひとつ骨牌《カルタ》の親になって呉れと主人に強請《ねだ》りはじめた。彼は滅多に賭《か》け遊びはしない男だから、なかなか承知しなかったが、とうとう骨牌札《カルタ》を持って来させ、テーブルに金貨を五十枚ほどぶち撒《ま》けて、札をくばりにかかった。私たちは彼を取り巻いて坐り、勝負が始まった。シルヴィオは勝負のあいだは全く黙りこくって、決して口争いや弁解じみたことをやらない男だった。賭け手がどうかした拍子に勘定違いをすると、彼は即座に不足額を支払うか、または余分の額を書き留めるのだった。私たちは先刻それを承知だったから、彼が自己流に切り盛りするに任せて置いた。ところがここに一人、近ごろ私たちの隊へ転任して来た士官がまじっていた。彼も勝負に加わっていたが、ついうっかりして札の稜《かど》を余計に折ってしまった。*シルヴィオは白墨を手に取って、例の通り算盤《そろばん》を合わせて置いた。士官はそれをシルヴィオの間違いだと思って、くどくど弁じ立てだした。シルヴィオは黙って札をくばりつづけた。士官は我慢がならなくなって、刷毛《ブラシ》を手にとると、余計だと思う書き込みを消してしまった。シルヴィオは白墨をとって再び書き込んだ。酒と勝負と同僚の笑い声にのぼせ上がった士官は、非常な侮辱を受けた気になって、かっとして卓上の銅燭台《どうしょくだい》を摑《つか》むと、シルヴィオめがけて投げつけた。こちらは纔《わず》かに体をかわした。私たちは狼狽《ろうばい》した。シルヴィオは起《た》ちあがると、憎悪に色蒼《いろあお》ざめて、両眼をぎらつかせながら言った。「君、どうぞお引き取りを願います。そしてこれが私の家で起こったことを、せめて有難いと思いなさるがいい。」

その先がどうなるかは私たちには明らかだった。私たちはこの新しい同僚を、もはや殺されたも同然と思ったのである。その士官は、どうなりと「親」のお気に召す仕方でこの侮辱のお礼をしようと言い棄《す》てて、さっさと出て行った。勝負はまだ暫《しばら》く続いたが、主人にとってはもう骨牌《カルタ》どころの騒ぎでないのを感じると、一人抜け二人抜けして、「間もなく欠員ができるな」などと語り合いながら、それぞれの宿に散って行った。

翌《あく》る日、馬場へ出た私たちが、あの可哀《かわい》そうな中尉はまだ生きているかしらと口々に訊ね合っているところへ、ひょっくりその当人が姿を現わした。私たちは同じ質問を彼に浴びせた。その返事によると、シルヴィオからはまだ何の音沙汰もないとのことだった。私たちは事の意外に愕いてしまった。そこでシルヴィオのところへ行ってみると、彼は庭へ出て、門に貼りつけた一点札に一発また一発と弾丸《たま》を射ち込んでいた。彼はふだんに変わらぬ態度で私たちを迎えて、昨日のことは一言もいい出さなかった。三日たったが、中尉はまだ生きていた。私たちは案外に思って、一たいシルヴィオは決闘しないい気かな？　と訊ね合うのだった。シルヴィオは決闘しなかった。彼はほんのちょっとした釈明で満足して、仲直りをしてしまった。

このため彼は、青年将校のあいだでひどく人気を落とすことになった。常々勇気というものを人間最高の美徳と見、それさえあれば凡《あら》ゆる悪徳も宥《ゆる》されると考えている青年たちの眼には、煮え切らない態度は最も恕《じょ》すべからざるものだったのである。とはいえ次第に一切は忘れられて、シルヴィオはふたたび元の声望をとり戻した。

ただ私だけは、もはや彼に近づく気になれなかった。生まれつき小説めいた空想の持ち主だった私は、謎《なぞ》のような生活をして、まるで何か神秘的な物語の主人公のようなこの男に、この事件の起こるまでは仲間じゅうでも一ばん強く牽《ひ》きつけられていたのである。彼の方でも私が好きだった。少なくも私に対する時だけは例の辛辣《しんらつ》きわまる舌鋒《ぜっぽう》を収めて、気軽な、平生とはうって変わった愉快そうな様子で、四方山《よもやま》の話をしたものである。しかしあの不幸な晩のことがあってからは、もう彼の名誉は汚《けが》されてしまった、しかも彼自身の意志によって汚点は拭《ぬぐ》われずに残っているのだという想念が、どうしても私の脳裡《のうり》を離れず、これまでどおりの態度で彼に接することを妨げるのだった。私は彼の顔を見るのも気が咎《とが》めた。もとよりシルヴィオは世故にたけた聡明《そうめい》な男だったから、すぐさま私の態度を気《け》どって、その裏を見抜いてしまった。彼にはそれが辛《つら》いらしかった。少なくも彼は二度ばかり、私に何か打ち明けたそうな素振りを見せたことがあった。

ところが、私の方でそうした機会を避けているので、シルヴィオの方でも私のことは諦《あきら》めてしまった。それ以来、二人は同僚のいる席で顔を合わせるばかりで、元のように心おきなく語りあうことは無くなった。

村里や田舎町に住む人々にとっては実に親しみの深い印象でも、とりとめのない日々を送っている都会人には察しのつかないことが多い。例えば郵便の着く日を待つ気持がそれである。火曜日と金曜日には、聯隊の庶務室は士官で一ぱいになり、或る者は為替《かわせ》を、或る者は手紙を、或る者は新聞を待っている。封書は大抵その場で開封され、ニュースは口から口へと伝えられて、庶務室は活気に満ちた光景を呈するのである。シルヴィオは郵便物を聯隊気附にして貰《もら》っていたので、その場に居合わせるのが常だった。或る日のこと彼は一通の封書を渡されると、ひどくもどかしげな様子で封を切った。文面に走らせる彼の眼は、異様に輝いていた。士官たちはてんでの手紙に夢中だったので、何ひとつ気がつかなかった。

「皆さん」とシルヴィオは彼らに言った、「僕は都合によって即刻この町を去らなければならなくなりました。今夜すぐ出発します。どうぞ僕のところへお別れの食事に来て頂きたいと思います。それから君のお出《い》でも待っていますよ」と彼は私に向かって言葉を継いだ、「きっと来て下さいね。」

そう言うと、彼はあわただしく出て行った。私たちはシルヴィオのところで落ち合うことにきめて、思い思いの方角に散った。

約束の時間に私がシルヴィオの家へ行ってみると、聯隊じゅうの将校が殆《ほとん》ど一人残らず集まっていた。すっかり荷作りが済んでいて、弾痕だらけの裸壁《はだかかべ》が残っているだけだった。私たちは食卓についた。主人がひどく上機嫌なので、その陽気さは間もなく一同に感染した。栓の撥《は》ねとぶ音がのべつに響き、杯が絶えず泡だちしゅっしゅっと鳴るあいだに、私たちはあらん限りの熱誠を籠《こ》めて、旅だつ人の道中の無事と多幸とを祈るのだった。食卓をはなれた時はもう夜が更《ふ》けていた。玄関へ出て、てんでに軍帽を手にする一同に別れを告げていたシルヴィオは、私がまさに立ち去ろうとする瞬間に、手をとって引き留めた。「君にはちょっと話があるんです」と彼は小声で言った。私はあとに残った。

客は散ってしまった。私たちは二人きりになると、向かい合わせに腰をおろして、無言のままパイプを燻《くゆ》らしはじめた。シルヴィオは心配ごとがあるらしく、先刻の引き攣《つ》ったような陽気さは、もう跡形もなかった。陰鬱《いんうつ》な顔の蒼白《そうはく》さ、異様に光る両眼、口から吐きだす濃い煙――これらのため、彼は紛れもない悪魔の形相を帯びていた。数分ののち、シルヴィオは沈黙を破った。

「恐らくもう二度と再びお眼にかかる折はありますまい」と彼は言った、「お別れする前に、僕は君に本心を聴いて貰いたかったのです。君もお気づきだと思うが、僕はあまり他人《ひと》の思惑は気にしない方です。だが僕は君が好きだから、君の頭に間違った印象を残して行くのでは、いかにも辛い気がするんです。」

彼は言葉を切って、燃え尽きたパイプに煙草《たばこ》を詰めはじめた。私は眼を伏せて無言だった。

「君はさぞ奇怪に思われたことでしょう」と彼はつづけた、「僕があの酔狂なR《エル》＊＊＊に、当然の要求を持ち出さなかったのをね。何しろ武器を選ぶ権利はこっちにあったのだから、あの男の生命が僕の手中にあり、こっちの生命はまず安全だったことは、君も御異存はありますまい。従って僕は、事を荒立てずに済ましたのは偏《ひと》えに自分の寛大によるものだと、そう言ってもいい立場にあるんです。だが僕は嘘《うそ》はつきたくない。もし自分の生命を全く危険に曝《さら》さずに、あのR《エル》＊＊＊を懲《こ》らすことが出来るのだったら、僕は断じてあの男を赦《ゆる》しはしなかった筈《はず》ですよ。」

私は愕然《がくぜん》としてシルヴィオを見まもった。まさかこうした告白を聞こうとは思いがけなかったので、私はすっかり狼狽してしまった。シルヴィオは言葉をつづけた。

「そうですとも。全く僕は、自分の生命を危険にさらす権利がないのです。六年前のことですが、僕はさる男から平手打ちを受けたのです。しかもその敵はまだ生きてるんです。」

私は激しく好奇心をそそられた。

「君はその男と決闘しなかったのですか？」と私は訊《き》いた、「じゃあきっと、何かの事情で物別れになったんですね？」

「われわれは決闘しました」とシルヴィオは答えた、「これがそのときの記念です。」

シルヴィオは座を起《た》つと、ボール箱から金モールの総《ふさ》のついた紅《あか》い帽子(フランス人が戦闘帽《ボンネ・ド・ポリース》というあれである)を取り出して、頭にかぶって見せた。帽子は額際《ひたいぎわ》から一寸あまりの所を射抜かれていた。

「御承知の通り」とシルヴィオは続けた、「僕は＊＊＊驃騎兵聯隊に勤めていました。僕の気性は君も知っての通りで、人の上へ上へと出たがる癖がありますが、これは若い頃からの僕の情熱だった次第です。われわれの時代には乱暴が流行《はや》ったもので、なかでも僕は聯隊きっての暴れ者でした。みんなで酒量を自慢し合ったものですが、僕はあのデニース・ダヴィドフ＊から讃歌を献《ささ》げられた快男児ブルツォフ＊を、飲み負かしたこともあります。決闘沙汰は聯隊内に絶えたことがないし、僕は決闘があるたびに、立会人でなければ主役を勤めたものです。同僚からは崇拝されましたが、しょっちゅう更迭《こうてつ》している聯隊長たちは、困った奴だがどうにもならんといった目で、僕を見ていましたっけ。

「僕が泰然として（それとも騒然としてだったかな）、わが世の春を楽しんでいたところへ、金があって家柄のいい一人の青年がわれわれの隊附きになって来ました（名前はまあお預かりにして置きましょう）。僕は生まれ落ちてこのかた、あんな素晴らしい果報者に出逢ったことはありません。まあ考えても御覧なさい。若くって、才子で、好男子で、馬鹿馬鹿しいほど陽気な気性で、命しらずの勇気があって、家名と来たら天下に轟《とどろ》いているし、小遣銭と来たら一たい幾らあるのやら自分でも見当がつかず、手許に切れた例しがないという男です。この男がわれわれ仲間にどんな作用を及ぼしたかも、序《つい》でに想像して頂きましょう。僕の王座に揺るぎが来たのです。奴は僕の名声に惹《ひ》かされて、向こうから友誼《ゆうぎ》を求めて来ましたが、僕が素気なくあしらってやると、何の未練もなくすいと離れて行ってしまいました。僕は奴が憎くなって来ました。奴が聯隊内や婦人仲間で人気を博して行くのを見ると、僕は絶望のどん底へつき落とされるのでした。そこで、喧嘩《けんか》を吹っ掛けだしたが、こっちが警句詩《エピグラム》を叩きつけてやると、向こうも警句詩《エピグラム》で答えて来る。それがまたきまって僕のよりも、遥かに人の虚を突いた辛辣な出来栄えで、言うまでもなく無類の陽気さに溢《あふ》れたものでした。つまり向こうは巫山戯《ふざけ》ちらす、こっちは本気で業《ごう》を煮やすという取り組みです。とうとう或る日のこと、ポーランド人の地主の邸《やしき》で舞踏会があったとき、奴が満座の婦人連の注目の的なのは言わずもがな、中でも僕と関係のあったその家《や》の女主人の注目をまで攫《さら》っているのを見ると、僕は奴の耳に、何だか気の利かないがさつな文句を囁《ささや》き込んだのです。奴は憤然として色をなすと、いきなり私に平手打ちを喰わせました。忽《たちま》ち二人はサーベルへ飛びかかる、婦人連は気を失って倒れるという騒ぎ。二人は引き分けられましたが、早速その夜のうちに決闘へ出掛けました。

「夜明け方でした。僕は三人の介添人と一緒に、約束の場所に立っていました。居ても立ってもおられぬ気持で、相手の来るのを待っていたのです。春の日が昇って、あたりはぽかぽかして来ます。すると遥か彼方《かなた》に奴の姿が見えました。たった一人の介添人を連れて、サーベルを軍服の下にだらしなく引きずりながら、徒歩《てく》でやって来るのです。

私たちも彼の方へ進んで行きました。近づいて見ると、奴は桜ん坊の一杯はいった軍帽を手にしているじゃありませんか。介添人たちが十二歩を測ります。僕が先に射つ番なのですが、無念さに胸の中は煮えくり返るよう、これではとても手は極《きま》るまいと思ったので、冷静に返る余裕を得るため、奴に先手を譲りました。相手は承知しません。そこで籤《くじ》を引いて見ると、先手は永遠の幸運児である奴に当たりました。彼は狙《ねら》いをつけましたが、弾丸《たま》は僕の軍帽を射抜きました。今度は僕の番です。奴の生命は遂に僕の手中に握られた訳です。僕はむさぼるように奴を見つめて、せめて不安の片影でも捉えようとしました。ところが奴は銃口を突きつけられて立ったまま、軍帽から熟した桜ん坊を選《え》りだしては、核をほき出しているんです。それが僕のところまで飛んで来るんです。相手の平気さ加減に、僕は殆ど逆上せんばかりでした。『相手が生命《いのち》をまるで惜しがらん奴じゃ』と僕は考えた、『殺したところで何になるんだ？』ふとその時、意地の悪い考えが頭をかすめました。僕はピストルを下ろして、『君はどうやら、死ぬどころの騒ぎじゃないらしいですね』と奴に言いました、『どうぞ朝飯をやって下さい。僕はお邪魔をする気はありませんよ。』『いや、ちっとも邪魔なことはありません』と奴は言い返します、『御遠慮なくお射ちを願います。尤もどうとも君の御随意ですがね。とにかく君の一発は残っているわけです。僕は何時なりと御用に立ちますよ。』私は介添人を振り返って、今は射つつもりはないと告げました。それで決闘はひと先《ま》ず終わったのです。「僕は退職すると、この田舎町に引っ込んでしまいました。それ以来僕は、一日として復讐《ふくしゅう》を考えずに過ごした日はありませんでした。そして今こそ待ちに待ったその日が来たのです。……」

シルヴィオは懐中からその朝とどいた手紙を出すと、私に読ませて呉れた。その差出し人(恐らく彼の委託を受けた男であろう)はモスクヴァから、例の人物が最近ある妙齢の美しい令嬢と正式に結婚する筈だということを、報《し》らせてよこしたのである。

「この例の人物が誰であるかは」とシルヴィオが言った、「もうお分かりのことでしょう。僕はモスクヴァへ行くのです。結婚を控えたあの男が、いつか桜ん坊を食いながら死を待ったのと同じ冷静さで、死に対せるものかどうかを見てやるのです!」

そう言いながらシルヴィオは起《た》ち上がって、例の軍帽を床へ叩きつけると、まるで檻《おり》の中の虎《とら》のように、部屋を行きつ戻りつしはじめた。私は身じろぎもせずに聴いていた。奇怪な矛盾だらけな感情が、私の心を揺り動かすのだった。

従僕がはいって来て、馬車の用意のできた旨を告げた。シルヴィオは固く私の手を握り、二人は接吻《せっぷん》し合った。彼が腰を下ろした田舎馬車には、トランクが二つ積み込んであった。その一つにはピストルが詰まっていて、もう一つには身の廻りの物が入れてあるのだ。私たちが最後の別れを交わすと、馬はまっしぐらに走り出した。

二

数年ののち、私は家庭の事情から、N＊＊郡のとある貧しい村に移り住むことになった。農事の面倒を見ながらも、今までの騒々しい気楽な生活が、しみじみと懐かしまれてならなかった。なかでも一ばん慣れづらかったのは、冬から春へかけての夜長を、全く独りぼっちで過ごすことだった。夕食までは、名主と打ち合わせをしたり、農場を乗り廻したり、新しい施設を見廻ったりして、何とか持ちこたえて行ったが、日が暮れかけるが早いか、もう身の置きどころがまるでなかった。戸棚の下や物置から見つけ出した僅《わず》かな書物は、すっかり空で覚えてしまった。女中頭のキリーロヴナの記憶しているかぎりの昔噺《むかしばなし》は、耳にたこが出来るほど聞いてしまった。百姓女の唄を聞いても、気が滅《め》入《い》るだけだった。甘味をつけない果実酒を用いてはみたが、頭痛がして来る始末である。それに本当をいえば、仕様がないから自棄酒《やけざけ》でもの仲間入りはしたくなかったのである。これこそ一ばん仕様のない飲んだくれで、その実例は郡内にも頗《すこぶ》る多数に見受けられるのだった。

あたりを見廻しても近しい隣人というものがなかった。尤《もっと》も二、三の仕様のない連中がいるにはいたが、彼等の話といえば大部分は吃逆《しゃっくり》と溜息《ためいき》だけのもので、それを聞くらいなら独りでいる方がまだしも凌《しの》ぎよかった。〔とうとう仕舞いに、私は成るべく早く寝床に就いて、夕食はなるべく遅くとることに決めた。つまりこうして宵《よい》の時間をちぢめ、昼の時間を長くしたのである。そして、斯《か》くてこそ幸《さち》はあらめと悟った。〕* 私の持ち村から四露里のところに、B《べ》**伯爵夫人の所有にかかる豊かな領地があった。そこに住んでいるのは支配人だけで、伯爵夫人はただ一度、輿《こし》入れの初めの年に領地を訪れたきりで、その時の滞在も一と月たらずだった。ところが私の隠遁《いんとん》生活が二度目の春を迎えたとき、伯爵夫人が夫君とともに、その夏を持ち村に過ごしに来るという噂が伝わった。果たして六月の初めになると、夫妻は到着した。

富裕な隣人がやって来るということは、農村に住む人々にとっては劃期的《かっきてき》の大事件である。地主連や僕婢《ぼくひ》たちは二た月も前からそれを話の種《たね》にし、当人が立ち去ってからも三年ほどはその噂話は絶えない。私のことをいうなら正直のところ、この年若い、美しい女性の隣人が乗り込んで来たという消息に、激しく心を動かされたのである。私は拝顔の栄を得る日を待ち焦がれていたのだから、彼女が到着して初めての日曜に、午食を済ませると早々、最も近い隣人として、且つは最も恭順なる僕として伯爵夫妻にお近附きを願うため、＊＊＊村へ出掛けて行った。

従僕は私を伯爵の書斎へ案内してから、私の来訪を取り次ぎに奥へはいった。ひろびろとした書斎は、贅《ぜい》を尽くした家具類に飾られていた。ぐるりの壁際には書棚が並び、その上には一つ一つ青銅の胸像が載せてある。大理石の壁炉《カミン》の上には大きな鏡がとりつけられ、床《ゆか》には緑の羅紗《ラシャ》を張りつめ、ほどよい場所に絨毯《じゅうたん》が敷いてある。侘《わび》住まいに慣れて、いつしか贅沢な暮らしを忘れ、久しく他人の豪奢《ごうしゃ》ぶりに接しなかった私は、妙に怖気《おじけ》づいて来て、まるで遥々《はるばる》上京した請願人が大臣のお出ましを待つような、一種の胸騒ぎを覚えながら伯爵を待っていた。やがて扉を排してはいって来たのは、年のころ三十二ほどと見える、風采《ふうさい》の立派な紳士であった。伯爵は心やすい親しげな様子で、私の方へ寄って来た。私はひるむ心に鞭《むち》うって、自分の名を名乗ろうとした途端に、相手に先をうたれてしまった。二人は腰をおろした。彼の人をそらさぬ闊達《かったつ》な話術は、間もなく野人にはつきものの私の気おくれを吹き払って呉れた。そこで私がそろそろ普段の態度に返りかけたとき、不意に伯爵夫人がはいって来たので、私は前より一そう度を失ってしまった。噂にたがわず彼女は美人だった。伯爵は私に引き合わせた。私は固くなるまいとしたが、心のゆとりを見せようと焦れば焦るほど、益《ます》々《ます》ぎごちない気がしてならなかった。伯爵夫妻は、私が立ち直って、この新しい附合いに馴染《なじ》むひまを与えようと、私を懇意な隣人に見立て、わざとらしいお相手はやめて、二人きりで話をしはじめた。その間に私は席を離れて、部屋のなかを行きつ戻りつしながら、蔵書や額の画《え》を眺めはじめた。私は画のことにかけては素人だが、そのうちの一枚は私の注意をひいた。それは何処《どこ》かスイスの風景を描いたものだったが、私の心を打ったのは画そのものではなく、重なり合って射《う》ち込まれた二発の弾丸《たま》で、画面が射抜かれていたことであった。

「こりゃあ素晴らしい射撃《てなみ》ですな」と私は伯爵を振り返って言った。

「さよう、」彼は答えて、「全く心憎いほどの手並みです。ところであなたもお上手ですか?」と言葉をつづけた。

「まあ相当にやりますが」と私は、話題がついに私にとって手近な事柄に触れたのを喜びながら答えた、「三十歩で骨牌《カルタ》を射つのでしたらやり損なうことはありません。勿《もち》論《ろん》それは手心の分かったピストルの場合ですが。」

「まあ、本当に？」伯爵夫人は、はげしく心を惹《ひ》かれた様子で言った、「あなたはいかが？　三十歩で骨牌《カルタ》にお当てになれまして？」

「まあそのうちに」と伯爵は答えた、「この方と試《や》って見るとしようよ。昔はこれでも下手じゃなかったが、何しろもう四年もピストルを握らずにいるのでね。」

「ああ」と私は口を挿《はさ》んだ、「そういう次第ならもう請合いです、伯爵はたとえ二十歩でも骨牌《カルタ》にお当てにはなれますまい。ピストルというものは毎日練習しないと駄目ですよ。これは実験上はっきり申し上げられます。聯隊《れんたい》にいました頃、私は射撃の名手の一人に数えられておりましたが、ある時まる一と月ピストルを手にせずにいたことがありました。修繕に出してあったのですが、そのためどういうことになったとお思いになりますか、伯爵？　その後はじめて射撃を試みてみますと、二十五歩の距離で酒壜《さかびん》を狙《ねら》って、四発も立てつづけに失敗してしまいました。私どもの隊に、口の悪い剽軽《ひょうきん》な大尉がおりましたが、それが偶然その場に居合わせましてね、こう申したものです、『こりゃつまり君、酒壜には手が振り上げられん、ということじゃよ。』いや伯爵、この練習というやつは決して馬鹿にはなりません、それがないと覿面《てきめん》に腕が落ちますからね。私が出逢ったなかで一番の射ち手は、毎日かならず夕食前に少なくも三発は射っておりました。一杯のヴォトカ同様、欠かしたことはありませんでした。」

伯爵夫妻は、私が話に身を入れだしたのを見て、嬉《うれ》しそうだった。

「でその人は、どれぐらい射ちましたか?」と伯爵が訊《たず》ねた。

「左様《さよう》ですな、伯爵。まあ壁に蠅《はえ》が一匹とまったのを眼にしますと……お笑いになりますね、奥様? ですが誓って作り事ではありません。……その、蠅を眼にしますとですな、クージカ、ピストルだ! と呶《ど》鳴《な》ります。クージカが銃弾《たま》を塡《こ》めたピストルを持って来る。ずどんと一発、蠅は壁のなかへ叩き込まれる!」

「それは素晴らしい!」と伯爵は言った、「で、それは何という人でした?」

「シルヴィオと申しました、伯爵」

「シルヴィオ!」伯爵はさっと席を起《た》って、こう叫んだ、「あなたはシルヴィオを御存じでしたか?」

「知っているどころではありません、伯爵。私どもは友人だったのです。あの男は私どもの聯隊で、同僚も同然の扱いを受けておったのです。ですが、もう五年というもの、絶えてあの男の消息を耳にしません。では伯爵も、あの男を御存じだったのですね?」

「知っておりました、よく存じておりました。あなたはあの男の口から、何か非常に奇妙な話をお聞きではありませんでしたか？」

「平手打ちの話ではありませんか、伯爵。舞踏会の席上で、あの男がさる暴れ者から受けたという？」

「で、その暴れ者の名を申しましたか？」

「いいえ、伯爵、申しませんでした。……あ、では伯爵！」と私は、やっとのことで思い当たりながら言葉をつづけた、「これは失礼……ちっとも存じませんでしたので……ひょっとしたら貴方《あなた》では？……」

「いかにもこの私です」と伯爵は、ひどく心を擾《みだ》された様子で答えた、「そしてあの射抜かれた画は、私ども両人が最後に出会ったときの記念なのです。」

「どうぞ、あなた」と伯爵夫人は言った、「お願いですから、そのお話はおやめ遊ばして。わたくし伺うのが怖うございますわ。」

「いや」と伯爵は言い返した、「私はすっかりお話ししてしまうつもりだ。この方は、私がどんな侮辱をこの方の親友に加えたかを御承知なのだ。だから、シルヴィオが私にどんな復讐をしたかも、聞いて頂くことにしようよ。」

伯爵は肘掛椅子《ひじかけいす》を私にすすめた。そして私は、激しい興味に駆られながら、次のような物語を聞いたのである。

「五年まえに私は結婚しました。最初の一と月、つまり蜜月《ザ・ホネ・ムーン》を、私はこの村で送りました。私の生涯のもっとも愉《たの》しい幾瞬間と、それから最も暗い思い出の一つとを、私はこの邸《やしき》で経験したわけなのです。

「ある夕方のことです。私どもは連れ立って、乗馬の散歩に出ておりましたが、家内の馬が妙に片意地になって手に負えません。家内は怖気づきまして、手綱《たづな》を私にあずけ、歩いて帰ることになりました。私は一あし先に馬を歩ませて帰ったのです。庭先へはいって見ますと、旅行用の馬車が一台とまっています。召使の話では、私の書斎に一人の男が待っている、ただ御主人に用のある者だと言うだけで、どうしても名乗ろうとしないとのことです。そこでこの部屋に来て見ますと、薄暗がりの中に、なるほど旅の埃《ほこり》にまみれた髯蓬々《ひげぼうぼう》の男がいます。ちょうどその壁炉《カミン》のところに立っていたのです。私はその顔を思い出そうとしながら近づいて行きました。『お見忘れかね、伯爵?』とその男は声を戦《おのの》かせて言いました。『シルヴィオだ!』と私は絶叫しましたが、白状すると髪の毛が逆だつ思いでしたよ。『いかにもそうだ』と彼は言葉をつづけて、『俺《おれ》の一発は残っていたっけな。その銃弾《たま》を抽かせて貰《もら》おうと思って来たのさ。用意はいいかね?』その脇ポケットにはピストルが覗《のぞ》いているのです。私は十二歩を測ると、そこの隅に立って家内の帰らぬうちに早く射って呉れと頼みました。彼ははじめる気色もなく、灯を呉れと言うのです。蠟燭《ろうそく》が来ます。私は扉に錠をおろし、誰もはいってはならんと言いつけて、さあ射って呉れと再び彼を促しました。彼はやおらピストルを取り出すと、狙いをつけました……。私は一秒一秒を算《かぞ》えました……家内のことが思われます。……怖《おそ》ろしい一分間が過ぎました！　シルヴィオは手を下ろしました。『残念なことにゃ』と彼は言うのです、『このピストルに塡めてあるのは、桜ん坊じゃないんでなあ……銃弾《たま》っていう奴は重いよ。どうも俺には、これが決闘じゃなくって、人殺しみたいな気がしてならん。何しろ武器のない相手は狙いつけないものでね。ひとつ新規蒔《ま》き直しと行こうじゃないか。籤《くじ》を引いて先手を決めることにしよう。』私は眼まいがしていました。……厭《いや》だと言ったようでもあります。……とどのつまり私たちはもう一梃《いっちょう》ピストルを装《そう》塡《てん》して、籤を二本作りました。彼はそれを、曾《かつ》て私の射抜いた軍帽に入れましたが、またもや私が一番を抽き当てました。『伯爵、君は悪魔みたいに運が強いなあ。』彼はそう言って薄笑いを浮かべましたが、あの笑い顔だけは一生涯忘れる時はありますまい。私が一体どうしていたのか、どんな風に彼が私にそんなことをするように仕向けたのか、さっぱり見当がつかないのですが……とにかく私は引金をひいて、つまりあの画にあてしまったのです。」

伯爵は例の射抜かれた画を指さした。彼の顔は火のように燃えていた。伯爵夫人は、その手に握りしめたハンカチよりも蒼白《まっさお》だった。私は感嘆の叫びを禁じえなかった。

「そう、私は引金をひいて」と伯爵は言葉をつづけた、「そして有難いことには射損じてしまったのです。するとシルヴィオは……(この瞬間のシルヴィオといったら、本当に身の毛もよだつほどでしたよ)、シルヴィオは私に狙いをつけはじめました。とそのとき不意に扉があいて、マーシャが駈《か》け込んで来るなり、金切声をたてて私の頸《くび》にすがりついたのです。家内がいるとなると、私はすっかり勇気を取り戻しました。『ねえ、お前』と私は家内に言いました、『これが冗談なことが分からないのかい？　何だってそうびっくりするんだ！　さ向こうへ行って、水でも飲んでおいで、むかし聯隊で仲好くしていた友達を紹介しよう。』マーシャはやっぱり本当にしません。『ねえ、良人《たく》の申すことは本当ですの？』と彼女は、悪鬼《あっき》のようなシルヴィオに向かって言うのです、『お二人で冗談をしてらっしゃるというのは本当ですの？』『御主人はいつも冗談ばかりされるのですよ、奥さん』とシルヴィオは答えました、『いつぞやは冗談に私の頬《ほお》を打たれた。またこれも冗談に、そらこの軍帽を射抜かれた。今はまた冗談に私を射ち損なわれた。今度は私の方で冗談がして見たくなったのです。』そう言うと、彼は私に狙いをつけようとしました……家内のいる前でですよ！　マーシャは彼の足もとに身を投げ出しました。『お起《た》ち、マーシャ、みっともない！』と私は我を忘れて呶鳴りました、『ときに君も、惨めな婦人を嘲弄《からか》うのはいい加減にしないか？　一たい射つのかね、射たんのかね？』『いや、やめにした』とシルヴィオは答えました、『僕は満足した。僕は君のとり乱したところも怖気づいたところも、とっくり拝見したし、おまけに君に僕を射たしてやったのだ。僕はもう沢山《たくさん》だ。まあ僕のことは忘れられまいな。君の身柄は君の良心に預けて置くとしようよ。』そう言い棄《す》てて出て行きかけましたが、扉口《とぐち》のところで立ちどまると、今しがた私の射抜いた画を振り向くが早いか、殆《ほとん》ど狙いもつけずにぶっ放して、そのまま姿を消してしまったのです。家内は気を失って倒れておりました。召使どもは彼を引きとめるどころか、怯《おび》えあがって見守っているばかりでした。彼は玄関へ出ると大声で馭者《ぎょしゃ》を呼び、私が我に返ったときには、もう立ち去ったあとだったのです。」

伯爵は口を噤《つぐ》んだ。こうした次第で私は、曾てその発端にひどく感動させられた物語の、結末をも知ったのである。この物語の主人公とは、その後ついにめぐり逢う折がなかった。噂によるとシルヴィオは、アレクサンドル・イプシランチ*の叛乱《はんらん》のとき、ギリシャ神聖隊《ヘタイリヤ》の一部隊を指揮して、スクリャーヌィ*の戦で陣歿《じんぼつ》したということである。

吹雪

駒《こま》に鞭《むち》うって丘の辺《べ》をやれば、
蹄《ひづめ》は深き積雪を踏みしだく……
ふと見る丘の片かげに
御寺《みてら》ひとつ淋《さび》しく立てるを。
…………………………
遽《にわ》かに吹雪は四辺を罩《こ》めて、
雪は羽毛を飛ばすが如《ごと》し、
黒鴉ありて、羽音もするどく
橇《そり》の頭上に輪をぞ描く、
占うが如きその声、凶事《まがつび》を告ぐ。
駒はひたに急ぎつ
眸《ひとみ》を凝らして暗き行手に注ぐ、
その鬣《たてがみ》は悉《ことごと》く逆だちたり。

――ジュコーフスキイ*

一八一一年の末といえば、われわれにとって記念すべき時代*に当たっているわけだが、ちょうどその頃ネナラードヴォの持ち村に、ガヴリーラ・ガヴリーロヴィチ・R《エル》という有徳の地主が住んでいた。すこぶる客好きな男で、親身のこもった客あしらいをするものだから、その名は近隣に鳴り響いていた。近所の地主たちは、あるいは食事に、あるいは一杯飲みに、あるいは彼の妻プラスコーヴィヤ・ペトローヴナを相手に五コペイカ賭けの骨牌《ボストン》をやりに、ひっきりなしに彼の屋敷へ押しかけた。なかにはまた、この夫婦の愛娘《まなむすめ》のマリヤ・ガヴリーロヴナを、眺めるためにやって来るものもあった。これはすらりとした、顔の蒼白《あおじろ》い、とって十七になる娘であった。彼女には莫大《ばくだい》な持参金がついていると見られていたので、多くの人は自分の嫁なり、息子の嫁なりに貰《もら》い受けたいものと、心ひそかに目論《もくろ》んでいた。

マリヤ・ガヴリーロヴナは、フランスの小説に仕込まれた娘だから、したがって恋をしていた。その恋の相手に選ばれたのは、賜暇《しか》を得て自分の村に帰って来ている、地方師団づきの貧しい少尉補であった。この青年が相手におとらぬ熱情に燃えていたことは今さら断るまでもないが、一方また彼の恋人の両親が、二人の相思の仲を見てとるなり、娘にはきっぱり思い諦《あきら》めるように申し渡し、彼には退職の陪席判事のあしらいにも劣る素気ない応待ぶりを示したことも、ことあらためて説くまでもあるまい。

さて恋人同志は、手紙のやりとりをしていたばかりか、来る日も来る日も人目を忍んで、松林や古い礼拝堂のほとりで逢うのだった。そこで二人は落ちあうと、お互いの愛の永遠に渝《かわ》らぬことを誓い合い、運命のままならぬをかこち合って、さまざまの工夫を練るのであった。そんな工合に文通や相談をかさねた挙句《あげく》に、二人は自然の成り行きとして、次のような結論に辿《たど》りついた。つまり、二人がお互いを離れては生きて行けないのに、無慈悲な両親の意志が二人の幸福の邪魔だてをするようなら、いっそ両親の意志を無視したらどんなものだろうか？　言うまでもないことながら、この妙案はまず青年の頭に浮かんで、次いでそれがマリヤ・ガヴリーロヴナの小説じみた空想を、ひどく喜ばせたのである。

やがて冬になって、二人の逢曳《あいびき》が絶えた代りには、手紙のやりとりはいよいよ頻繁になった。ヴラヂーミル・ニコラーエヴィチの手紙には一通として、次のような切々《せつせつ》たる哀願が綴《つづ》られてないことはなかった。それは、どうぞ自分に信頼して貰いたい、こっそりと結婚式を挙げて、一時どこかへ身を隠し、やがて頃あいを見て両親の足もとに身を投げだせば、さすがの両親もしまいには、健気《けなげ》な二人の渝らぬ愛と、思う同志の不幸な身の上に心を動かされない筈《はず》はなく、かならずや「さあ子供たち、抱いてあげるからお出《い》で!」と言うに違いない、というのである。

マリヤ・ガヴリーロヴナはなかなか決心がつかず、色々な駈落《かけお》ちの計画を次から次へとしりぞけた。が到頭しまいに同意して、約束の日には彼女は夜食には出ないで、頭痛がするという口実で自分の部屋に引き籠《こも》る、という手筈になった。それから先は、彼女の小間使とは既に諜《しめ》し合わせてあるから、二人で裏口から庭へ抜け出して、庭のそとに用意をととのえて待っている橇を見つけ、それに乗り込んでネナラードヴォから五露里をへだてたジャドリノ村へ走らせ、まっすぐに教会へ乗りつける、するとそこにはもうヴラヂーミルが二人の到著《とうちゃく》を待ち受けている、という手順であった。

いよいよという日の前夜、マリヤ・ガヴリーロヴナはまんじりともしなかった。彼女は家出の仕度にかかって、肌着や着物を包みにまとめ、ある仲好《なかよ》しの感傷的な令嬢に宛てて、長い手紙をしたためた。もう一通の両親に宛てた手紙には、涙なしには読まれぬ言い廻しで別れを告げ、自分の過ちの言い訳にはやむにやまれぬ情熱の力を引き合いに出し、何ものにも代えがたい両親の足もとにふたたび身を投げることが許される瞬間こそは、自分の生涯の一ばん幸福な時と思いますと結んだ。二通の手紙を、焔々《えんえん》と燃えさかる二つの心臓とそれに適《ふさ》わしい文句とを刻んだ、トゥーラ出来[*]の封印で封じ終えたのは、すでに夜も白々と明けそめる頃であったが、彼女はそのまま寝床に倒れると、うとうとと微睡《まどろ》みに落ちた。けれども、怖《おそ》ろしい夢にうなされて、ひっきりなしに眼が醒《さ》めるのだった。婚礼を挙げに行こうと橇に乗り込んだ途端に、父親の腕がむんずと彼女を引き留めて、目の廻るような勢いで雪のなかを引きずり戻し、とどのつまりは真っ暗な底なしの穴蔵へ抛《ほう》り込んでしまう……そして自分は、何ともいえぬ胸ぐるしさを覚えながら、真っ逆さまに落ちてゆく。かと思うとまた、ヴラヂーミルが真っ蒼《さお》な顔をして血まみれな姿で、草の上に横たわっているのが見える。息も絶え絶えの彼が、肺腑《はいふ》をえぐるような声を立てて、はやく式を挙げて呉れと哀訴する。……そのほかにもまだ、色んな厭《いや》らしい気違いじみた幻影が、次から次へと彼女の前を翔《かけ》り過ぎた。やがて起き上がった彼女は、平生よりも蒼い顔をして、その頭痛はもはや仮病どころの段ではなかった。

両親は彼女の落ち着かない様子を見てとった。両親の慈愛にみちた心配そうな顔つきを見たり、「どうかしたのじゃないか、マーシャ？　おまえ加減が悪いのじゃない、マーシャ？」と絶え間なしに問いかけるのを聞くたびに、マーシャは胸が張りさける思いだった。彼女は両親を安心させるために、強いて快活な風を装おうとしたが、どうしてもそれが出来なかった。そうこうするうちに日が暮れた。親の膝下《しっか》で過ごす日ももうこれが最後だと考えると、胸が搾《し》めつけられる思いがした。彼女は生きた心地もなく、身近にいるあらゆる人、あらゆる物に、ひそかに別れを告げるのだった。夜食が出ると、彼女の心臓は烈《はげ》しく動悸《どうき》をうちはじめた。彼女はわななく声で、夜食は欲しくないからと断って、父と母に夜の挨拶《あいさつ》をしはじめた。両親は娘に接吻《せっぷん》して、いつもの通りに祝福を与えた。彼女は危うく泣きだすところだった。自分の部屋へ戻ると、彼女は肘掛椅子《ひじかけいす》に身を投げて、さめざめと涙をながした。小間使はその傍から、気を鎮めて勇気を出すように説きすかすのだった。

用意はすっかりととのっていた。半時間ののちにはマーシャは、両親の家も、自分の部屋も、安らかな乙女の生活も、すべてを永久に見棄《みす》てて行かなければならない。……そとは荒れ狂う吹雪だった。風は吼《ほ》えたけって、鎧扉《よろいど》はびりびりとふるえ軋《きし》めいていた。彼女にはそれがみんな、不吉な厭な前兆に思われてならなかった。間もなく家じゅうはひっそりと寝静まった。マーシャは肩掛にくるまって、暖かな外套《がいとう》を着込み、大切な手函《てばこ》をかかえて裏口へ出て行った。小間使が包みを二つ提げてそれに続いた。二人は庭へ出た。吹雪はおとろえる気配もなく、風は真っ向から吹きつけて、まるでこの年若い罪の女を思いとまらせようと力《りき》んでいるようであった。二人がやっとのことで庭の果てまで辿りつくと、道には一台の橇が待ち受けていた。凍《こご》えきった馬は一つ場所にじっとしてはいず、ヴラヂーミルの家の馭者《ぎょしゃ》はじゃじゃばる馬を抑えながら、轅《ながえ》の前を行きつ戻りつしていた。彼は令嬢と小間使をたすけ乗せ、包みと手函の積み込みを手伝って、やがて手綱《たづな》を手にとると、馬はまっしぐらに走り出した。……

さて令嬢のことは、運命の導きと馭者のテリョーシカの手並みにまかせることにして、つぎに相手の青年の方へ眼を転じるとしよう。

その日は日がな日ねもす、ヴラヂーミルは東奔西走して過ごした。朝はジャドリノ村の司祭を訪れて、やっとのことで口説《くど》きおとすと、すぐその足で近隣の地主たちのなかから立会人を物色に廻った。まず最初に訪ねて行った先は、退職騎兵少尉でドラーヴィンという四十男だったが、これは二つ返事で承知して呉れた。その断言するところによると、この冒険は彼に、過ぎし日のことどもや、驃騎兵《ひょうきへい》時代の悪ふざけを思い出させるのだそうである。彼はヴラヂーミルを無理やりに夕食に引きとめ、残る二人の立会人なんか造作なく見つかるさと請け合った。案の定、食事が済むか済まぬうちに姿を現わしたのは、口髭《くちひげ》を立て拍車をつけたシュミットという測量技師と、郡警察署長の息子で、つい近ごろ槍騎《そうき》兵聯隊《へいれんたい》へはいったばかりの十六になる少年であった。この両人はヴラヂーミルの申し出を受諾したのみならず、彼のためなら生命《いのち》も棄てる覚悟だとまで誓って呉れた。ヴラヂーミルは感激のあまり彼等を抱擁して、支度をととのえるため家へ帰った。

日はもうだいぶ前から暮れかけていた。彼は信用の置けるテリョーシカを自分のトロイカにつけて、細々《こまごま》と行き届いた指図を与えてネナラードヴォ村へ向かわせた。自分のためには一頭立ての小橇の用意を命じ、もう二時間ほどすればマリヤ・ガヴリーロヴナも到著する筈のジャドリノ村をさして、単身、馭者も連れずに出発した。案内を知った道でもあり、それに僅《わず》か二十分ほどの道のりであった。

ところが、ヴラヂーミルが村外《はず》れを過ぎて耕地へかかるが早いか、一陣の風がさっと捲《ま》き起こって、たちまち一寸先も見えぬ大吹雪になってしまった。みるみる道は雪に埋まって、ぐるり一面はどんよりと黄がかった濃霧《もや》にとざされ、それをつんざいて白い雪片が吹きつけるのだった。天地は一つに溶け合ってしまった。はっと気がついたときには、もうヴラヂーミルは耕地のなかへ迷い込んでいて、道へ出ようと焦ったけれど無駄骨だった。馬は盲滅法《めくらめっぽう》にほつき廻って、のべつに雪だまりへ乗り上げたり、穴ぼこへころげ込んだりする。そのため橇は引っきりなしに顚覆《てんぷく》するのである。ヴラヂーミルはせめて方角だけは見失うまいと一心になっていたが、もう半時間の余にもなると思われるのに、まだジャドリノの林へも辿りつけない始末だった。それからまた十分ほど過ぎたが、林はやっぱり見えて来なかった。ヴラヂーミルが進んで行くのは、深い窪地《くぼち》で寸断された野づらなのである。吹雪は収まらず、空も晴れる気色がない。馬は次第にへたばりはじめ、乗り手は乗り手で、絶え間なしに腰を没するほどの雪だまりの中へ落ち込みながらも、玉のような汗を流すのだった。

やがての果てに、彼は方角をとり違えていることに気がついた。ヴラヂーミルは馬をとめて、記憶をさぐったり想像の糸をたどったり、さまざまの思案の挙句に、右手へ進むのが本当だという確信がついた。彼は右手へ道をとった。馬はやっとのことで歩を踏んでいる。家を出てからもう一時間の上になるから、ジャドリノはほど近いはずである。ところが行けども行けども、野面《のづら》には涯《は》てしがなかった。どこまで行っても雪だまりと窪地の連続で、橇はのべつに引っ繰り返り、彼はひっきりなしにそれを引き起こすのだった。時は遠慮なしにずんずんたって行く。ヴラヂーミルは烈しい不安に襲われはじめた。

とうとう横手に当たって、何やら黒いものが見えて来た。ヴラヂーミルはその方角へ向きを変えた。近づくにつれて、それが林であることが分かった。『しめたぞ』と彼は思った、『もうじきだわい。』彼は森のふちについて橇を進めて行った。間もなくよく知っている道に出られる、さもなければこの林をぐるりと廻ってしまえると、それを当てにしていたのである。ジャドリノ村は林のすぐ向こうにある筈だった。ほどなく彼は道を見つけて、冬枯れの木立《こだち》の闇のなかへ乗り入れた。そこにはたけり狂う風もなく、道は坦々《たんたん》とつづいていた。馬も元気になって来たので、ヴラヂーミルはほっと安堵《あんど》の胸を撫《な》でおろした。

ところが、いくら行ってもジャドリノは見えて来ないし、林にも涯てしがなかった。ヴラヂーミルはやっと、見も知らぬ森のなかへ入り込んでしまったことに気がついて、思わずぞっとしてしまった。絶望が彼をとらえた。やけに鞭をくれると、哀れな馬は速歩で走りかけはするものの、直《じ》きにへたばりだして、十五分もすると元の並歩に戻ってしまう。不仕合わせなヴラヂーミルがいくら躍起になっても、さっぱり利目《ききめ》がなかった。

そのうちにだんだん木立が疎《まば》らになって、ヴラヂーミルは森を抜け出した。が、ジャドリノは見えなかった。時刻はもう夜半に近いはずである。思わず涙が両眼に溢《あふ》れ、彼は方角も選ばずに馬を進めた。暴風《あらし》は収まって、雲も断れ間《きま》を見せはじめた。眼の前には、うねり立つ白毛氈《はくもうせん》を敷きつめたような、一面の平原がひろがっている。かなり明るい夜になっていた。ふと彼は前方ほど近いところに、戸数はせいぜい四つ五つとおぼしい小部落を認めた。ヴラヂーミルはその部落をめざした。最初に行きついた農舎のところで橇を跳《と》びおりると、窓へ駈け寄って叩きはじめた。暫《しばら》くすると粗末な木の雨戸が持ち上がって、一人の老人が白い髯《ひげ》をのぞかせた。

「何ぞ用ですかね？」

「ジャドリノまではよっぽどあるかね？」

「何を言いなさる、ジャドリノまではよっぽどあるかってかね？」

「そう、その通り。よっぽどあるかい？」

「なあに大したこともねえさ。十露里もあるかしらね。」

この返事を耳にすると、ヴラヂーミルはまるで死刑の宣告を受けた人のように、髪の毛を引《ひ》っ摑《つか》むなり棒立ちになってしまった。

「だがお前さん、何処《どこ》からおいでなすったね？」と老人は言葉を続けた。ヴラヂーミルはそれに返事をする勇気もなかった。

「爺《じい》さん、済まないが」と彼は言った、「ジャドリノまで馬を貸しちゃ貰えまいかね。」

「何で俺等《おいら》んとこに馬がいるもんかね」と百姓は答えた。

「じゃあせめて、道案内でも立てて貰えまいかね？　お金は幾らでもその人の言いなりに払うけれど。」

「待たっしゃれ」と老人は、雨戸をおろしながら言った、「じゃ倅《せがれ》をつけてあげよう、道案内にな。」

ヴラヂーミルは待つことにした。が、一分もしないうちに、また窓を叩きはじめた。雨戸があがって、例の髯があらわれた。

「何ぞ用ですかね？」

「息子さんは一体どうしたんだ？」

「いますぐ出て行くよ、いま靴をはいてまさあ。お前さん寒かないかね？　あがって一温《ひとぬく》もりしなさるといい。」

「いや有難う。とにかく息子さんを早く頼むよ。」

表の戸がぎいぎい云《い》って、やがて棍棒《こんぼう》を手にした若者が出てきた。そのまま先に立つと、方角を指して見せたり、雪だまりですっかり埋まっている道をさぐりなどしながら進んで行く。

「もう何時になるかね？」とヴラヂーミルは訊《き》いて見た。

「そうさな。そろそろ夜が明けるだろうよ」と百姓の若者は答えた。

ヴラヂーミルはそれっきり黙り込んでしまった。

二人がジャドリノに辿り着いた時には、鶏が時《とき》をつくり、あたりはもう明るくなっていた。教会の扉は閉まっていた。ヴラヂーミルは道案内に払いを済ますと、司祭の家の門内へ乗り入れた。庭先には彼のトロイカの影も形もなかった。一体どんな消息が彼を待ち受けていたろうか！

だが、この辺で例のネナラードヴォの地主夫婦の邸《やしき》へ立ち戻って、そこの様子を窺《うかが》うことにしよう。

ところが何のこともないのである。

老夫婦は眼をさまして、客間へ出て来る。ガヴリーラ・ガヴリーロヴィチは寝室帽に綿ネルの胴着をきて、プラスコーヴィヤ・ペトローヴナは寛《ゆる》やかな綿入れの寝間着をまとっている。サモヴァルが出ると、ガヴリーラ・ガヴリーロヴィチは小間使を呼んで、その後の加減はどうか、よく眠れたかどうかを、マリヤ・ガヴリーロヴナのところへ聞かせにやった。小間使はやがて戻って来て、お嬢様はよくお寝《やす》みになれなかったとのことですが、それでもだいぶお宜《よろ》しいそうで、おっつけ客間にお出ましになるとのことでございます、と復命した。案の定そのとき扉があいて、マリヤ・ガヴリーロヴナがパパとママに朝の挨拶をするために歩みよって来た。

「頭《つむり》の加減はどうかね、マーシャ？」とガヴリーラ・ガヴリーロヴィチが訊《たず》ねた。

「だいぶよくなりましたわ、パパ」とマーシャが答えた。

「昨日はきっと炭火にお中毒《あた》りだったのだよ、マーシャ」とプラスコーヴィヤ・ペトローヴナが言った。

「そうかも知れませんわ、ママ」とマーシャは答えた。

その日は平穏無事に過ぎたが、夜なかになるとマーシャは急に病みついてしまった。さっそく町へ医者を迎えにやった。夕方になってその医者が来た時には、病人は熱に浮かされて譫言《うわごと》をいっていた。烈しい熱病の症状があらわれて、哀れな病人は二週間というもの、生死の境を彷徨《ほうこう》することになった。

駈落ちが企てられたことを嗅《か》ぎつけたものは、家内じゅうに一人もなかった。その前の晩に彼女の書いた手紙は、二通とも焼いてしまってあるし、彼女の小間使は主人夫婦の逆鱗《げきりん》に触れるのが怖ろしさに、一さい誰にも口外しなかった。例の司祭や、退職騎兵少尉や、口髭を立てた測量技師や、小さな槍騎兵が口を噤《つぐ》んでいたのにも、それ相応のわけがある。駅者のテリョーシカは、たとえ酔っ払っても、決して余計なことは喋《しゃべ》り散らさぬ性分であった。というわけで、半ダースに余る一味の者によって、秘密はかたく守られていた。ところが、ひっきりなしに譫言をいっているマリヤ・ガヴリーロヴナ自身の口から、その秘密が漏れて行ったのであった。とはいうものの、彼女の言葉はさっぱり辻褄《つじつま》の合わぬものだったから、枕頭《ちんとう》につきっきりの母親が、娘はヴラヂーミル・ニコラーエヴィチに死ぬほど思い焦がれている、そしてこの病気もてっきり恋患《こいわずら》いなのだろう、といった程度のことを、その口占《くちうら》で覚《さと》ったのに過ぎなかった。彼女は、良人《おっと》をはじめ幾人かの近隣の地主たちと相談を重ねたが、その挙句の果てに、どうもこれがマリヤ・ガヴリーロヴナの授かって生まれた運だと見える、天命のがれ難しともいうし、貧は罪にあらずともいう、嫁ぐ相手は金さまじゃなくて人間さまだということもある、まあそう云ったことに衆議一決に及んだ。金言とか諺《ことわざ》とかいうものは、われわれが申しわけの文句に窮した場合にとって、頗《すこぶ》る霊験あらたかなものである。

そのうちに令嬢の病気は快方に向かった。ヴラヂーミルはもう久しく、ガヴリーラ・

ガヴリーロヴィチの邸に姿を見せなかった。毎度の冷遇に怖気をふるってしまったのである。そこで彼を迎えにやって、結婚の許しという思いもかけぬ幸福を、告げ知らしてやろうということになった。ところがこの招待の返事として、彼から気違いじみた手紙を受け取ったときの、ネナラードヴォの地主夫婦の驚愕《きょうがく》はどんなだったろう！　もう二度と再び彼らの邸へは足踏みもしない、今では死ということが唯一つの残された望みであるこの不運な男のことは、よろしくお忘れを願いたい、云々《うんぬん》という文面である。それから四、五日すると、ヴラヂーミルが帰隊するために村を立ち去ったことが分かった。年は明けて一八一二年になっていた。

恢復期《かいふくき》にあるマーシャにこのことを告げるのは、長いあいだ躊躇《ちゅうちょ》された。彼女も決してヴラヂーミルのことは口に出さなかった。それから数ケ月して、ボロヂノの戦*に殊勲を立てて重傷を負うた勇士の名簿の中に彼の名を見出すと、彼女は気を失って倒れてしまった。はたの人は熱病がぶり返しはしまいかと心を痛めた。しかし幸いにも、この卒倒は余病をひき起こさずに済んだ。

そこへもう一つの不幸が彼女を見舞った。ガヴリーラ・ガヴリーロヴィチが、彼女を全財産の相続人にのこして、この世をみまかったのである。遺産を相続する身になっても、彼女の心は慰みはしなかった。彼女は哀れなプラスコーヴィヤ・ペトローヴナとしんからの歎《なげ》きをともにして、決して母親とは別れないと誓うのだった。やがて母娘《おやこ》は、悲しい思い出の地ネナラードヴォを去って、＊＊＊の領地に移り住んだ。

求婚者はそこでも、この可憐《かれん》で裕福な花嫁のまわりにむらがり寄って来たが、彼女の方では誰一人にも爪の先ほどの望みすら抱かせなかった。母親はときどき、候補者を選ぶように口説いて見たけれど、マリヤ・ガヴリーロヴナは首を振って、じっと思いに沈むのだった。ヴラヂーミルはもはやこの世にいなかった。彼はフランス軍の入城の前夜、モスクヴァで死んだのである。彼の思い出はマーシャにとって神聖なものだった。彼女はせめてもの心遣《こころや》りに、彼が曾《かつ》て目を通したことのある本や、彼が筆のすさびに描いた絵や、彼女のために写して呉れた楽譜や詩句など、すべて彼を思い偲《しの》ぶよすがとなるものは、肌身はなさず大切にしていた。そういうことをすっかり知った隣人たちは、彼女の堅固な道心を愕《おどろ》き訝しんで、この処女のアルテミシア＊の悲しい貞節を遂《つい》に征服すべき英雄の出現を、好奇の眼をみはって待ち受けていた。

そのうちに戦争は光栄《はえ》ある結末を告げて、わが軍の聯隊は続々として外国から凱旋《がいせん》して来た。人々は走り出て彼等を迎え、軍楽隊はその勝利品ともいうべき歌のかずかず

——『アンリ四世、万々歳《ヴィーヴ・アンリ・カートル》』＊や、チロルのワルツや、『ジョコンダ』＊のアリアを奏するのであった。出征の当時はほんの子供であった士官も、千軍万里の間にすっかり大人になって、十字勲章を胸にぶら下げて還《かえ》って来た。兵士たちは浮き浮きして喋り合い、のべつに聞きかじりのドイツ語やフランス語を混ぜるのであった。忘れがたきひと時である！　光栄と感激のひと時である！　祖国という言葉を耳にするごとに、ロシヤ人の胸は何と烈しく躍ったことであろう！　また再会の涙の何と甘かったことであろう！　国民の誇りと皇帝への愛と、この二つの情感を、私たちはいかに心を揃《そろ》えて、一つに結び合わせたことであろう！　そして皇帝にとっては、何と妙《たえ》なる一瞬であったことであろう！

　この盛時に際会した婦人たちの美しさ、わがロシヤの婦人の麗しさは、何に譬《たと》えんかたもなかった。平生の冷たい表情は消え失せて、戦勝の勇士を迎えながら『ウラー！』を絶叫し、

　　そして頭巾《ずきん》を宙宇へ投げあげた＊

とき、彼女らの熱狂ぶりは、眺める者を思わず恍惚《うっとり》とさせずにはおかなかった。

いやしくも当時の士官のうちで、自分たちに最高最美の褒賞を授けて呉れたのが、他ならぬロシヤ婦人であったことを、認めない者が一人としてあるだろうか？……

この華々しい時に当たって、マリヤ・ガヴリーロヴナは母親と一緒に＊＊＊県に住んでいたので、二つの都が凱旋軍を祝い迎える光景を、親しく目《ま》のあたりにすることは出来なかった。とはいえ田舎町《いなかまち》にせよ村里にせよ、一般の熱狂ぶりは或いはもっと烈しかったかも知れない。そうした郷里へ帰った時こそ、軍人にとっては真の凱旋ともいうべきで、燕尾服《えんびふく》姿の色男なんぞは隣近所に肩身が狭かったのである。

前にも述べた通り、マリヤ・ガヴリーロヴナは素気ない態度をとってはいたけれど、そのまわりには相変らず求婚者が群をなしていた。ところが、名誉の戦傷を負った驃騎兵大佐ブールミンが彼女のお城に姿を現わすとともに、ほかの連中はすごすご退却しなければならなかった。この大佐はボタンの孔《あな》にゲオルギイ勲章*をぶらさげているのみか、土地の令嬢たちの言い草を借りれば『すてきな顔の蒼白さ』の持ち主なのであった。年は二十六くらい、ちょうどマリヤ・ガヴリーロヴナの持ち村に隣合わせの、自分の領地へ休暇を過ごしに来たのである。マリヤ・ガヴリーロヴナは目に見えてこの大佐を特別扱いにして、彼のいる席では普段の物思いがちの様子も生き生きと元気づくのだった。

とはいえ彼女の態度に、媚《こ》びを弄《もてあそ》ぶような素振りがあったなどと云うのは以《もっ》てのほかで、もしも詩人が彼女の様子に目を留めたなら、こうも歌ったであろうか。——

Se amor non ē, che dunque ? ...
恋にあらずば、そも何ならむ？……

＊

たしかにブールミンは非常に魅力のある青年であった。作法も弁《わきま》えていれば観察もなかなか鋭い、しかも気取りや衒《てら》いは一切なくて、皮肉が何気なしに口を衝《つ》いて出るといった風で、つまり婦人に好かれる例の才気を具《そな》えた男であった。マリヤ・ガヴリーロヴナに接する彼の態度は無造作で闊達《かったつ》だったが、その心もその眸も、彼女の言うこと為《な》すことの一つ一つを、絶えず追い慕っていた。うち見たところ穏やかな内気な性分に見えるけれど、人の噂によると昔は手のつけられぬ暴れ者だったそうである。そう聞いたところで、彼に対するマリヤ・ガヴリーロヴナの気持には、別段さし響くところもなかった。つまり彼女は(総じて若い婦人とはそうしたものであるが)、若気の無分別というものを熱烈果敢な気性のあらわれと見て、むしろ欣然《きんぜん》としてそれを宥《ゆる》したのである。

しかし何にもまして——というのは、彼の優雅な物腰にも、快活な話し振りにも、すてきな顔の蒼白さにも、繃帯《ほうたい》をした腕にもまして、彼女の好奇の心と空想を煽《あお》り立てたのは、この青年将校が或る種の沈黙を守っていることであった。彼女は自分がひどく相手の気に入っていることを認めずにはおられなかったし、また彼の方でもおそらく、持ち前の才気と世故とで、彼女から特別のあしらいを受けていることぐらいは、とっくに気づいているはずである。それを今の今まで、彼女が自分の足許に跪《ひざまず》く相手の姿を目にせず、その愛の告白を耳にせずにいるのは、一体どうしたわけだろう？　男のためらいの因《もと》は何であろうか？　まことの恋にはつきものの気後《きおく》れか、誇りかな自負の心か、それとも悪賢い女蕩《たら》しの例の手管《てくだ》なのか？　それが彼女にとって解けぬ謎《なぞ》だった。色々と思いめぐらした末に、原因はただ一つ、気後れに相違ないと彼女はきめて、今までよりも一層の関心を見せるのはもとより、事情が許せば濃《こま》やかな愛情をさえ示して、男の心を励まそうと思い定めた。彼女は、いつ何どきどんな場面が展開しても周章《あわ》てないだけの心の用意をして、小説もどきの告白の瞬間を、一日千秋の思いで待っていた。よしんばどんな種類の秘密にもせよ、総じて秘密というものは、女ごころにとっては辛《つら》い重荷になるものである。

やがて彼女の作戦は、まんまと効を奏して来た。少なくも近ごろのブールミンの沈んだ様子といい、火のように燃え立ちながら、マリヤ・ガヴリーロヴナの上にじっと注がれる黒い眼の表情といい、いよいよ最後の瞬間の切迫したことを物語っていた。近隣の人々はもう決まった事のように婚礼の噂をするし、愛すべきプラスコーヴィヤ・ペトローヴナも、娘がとうとう立派な聟《むこ》を捜し当てたのを喜んでいた。

或る日のこと、老夫人がひとりで客間に坐って、骨牌《カルタ》の独り占《グラン・パシアンス》いをしていると、ブールミンがはいって来て、何はさて措《お》いて先《ま》ずマリヤ・ガヴリーロヴナのことを尋ねた。「あれは庭におりますよ」と老夫人は答えた、「いらしって御覧なさいまし。わたしはここで待っておりますから。」

ブールミンが庭へ出て行くと、老夫人は十字を切って、『きっと今日こそ帰《けり》がついて呉れるだろうよ！』と心のなかで呟《つぶや》いた。

ブールミンはマリヤ・ガヴリーロヴナを見つけた。池のほとりの、柳の木かげに、両手に本をささえ、真っ白な衣裳をつけて、その姿は紛れもない小説の主人公であった。最初の挨拶が一わたり済むと、マリヤ・ガヴリーロヴナは話のつぎ穂をわざわざ断ちきってしまった、こうしてお互いの気まずい気持をつよめて、それを抜け出すにはもはや、唐突なきっぱりした愛の告白のほかには途《みち》がないように仕向けたのである。結果は思った通りになった。ブールミンはのっぴきならぬ自分の立場を感じると、実は前々から自分の気持を打ち明ける機会を求めていたのですと前置きして、ほんのしばらく自分の言葉に耳を貸して頂きたいと求めた。マリヤ・ガヴリーロヴナは本を閉じて、承諾のしるしに眼を伏せた。

「僕はあなたを愛しています」とブールミンは言った、「心からあなたを愛しています……」

マリヤ・ガヴリーロヴナはさっと顔を紅《あか》らめて、いよいよ深くうなだれた。

「僕は来る日も来る日もあなたのお顔を見、あなたのお声を聞くという、この幸福な習慣におぼれて、思えば軽はずみな振舞いをして来ました。……」

マリヤ・ガヴリーロヴナはサン・プルウ*の最初の手紙を思い出した。

「今となってはもう僕は、自分の運命に歯向かうには遅すぎるのです。あなたの思い出、何ものにも譬《たと》えがたいあなたの優しい面影は、これからさきざき、僕の一生の責苦ともなり慰めともなることでしょう。ですが僕にはまだ、ぜひとも果たさなければならない辛い義務《つとめ》が残っているのです。それはほかでもありません、怖ろしい秘密をあなたに打ち明けて、お互いのあいだに踰《こ》えがたい障壁《へだて》を築くことなのです……」

「その障壁《へだて》なら、これまでもずっと御座いましたわ」とマリヤ・ガヴリーロヴナはすばやく相手を遮《さえぎ》った、「わたくしは、どうしてもあなたの妻にはなれない女でございました……」

「存じています」と彼は静かに言った、「あなたが曾て恋をなすったことも、その愛人の御逝去《ごせいきょ》も、御愁歎の三年間のこともよく存じています。……優しい懐かしいマリヤ・ガヴリーロヴナ！　どうか僕の最後の心の慰めを奪おうとなさらないで下さい。僕はひそかに考えておりました、恐らくはあなたは僕を幸福な身にしてやろうと思われたに違いないと、ただもし僕が……」

「なんにも仰しゃらないで。お願いですから、もうなんにも仰しゃらないで下さいまし。そんなことを伺うと、胸が張り裂けるようでございますわ！」

「そう、僕は知っていました、はっきり感じていました、あなたは僕の妻になって下すったに違いないと。ところが――僕は実にみじめな運命を背負った男なのです……僕には妻があるのです！」

マリヤ・ガヴリーロヴナは訝しげな眸を男に投げた。

「僕には妻があるのです」とブールミンは言葉をつづけた、「結婚してからもうこれで四年になります。しかも僕は、その妻が一たい誰なのか、どこに住んでいるのか、また果たして顔を合わせる日があるものかどうかを、一向に知らないのです！」

「まあ何を仰しゃいますの？」とマリヤ・ガヴリーロヴナは思わず声を張りあげた、「何という不思議なお話でしょう！　その先をお話し下さいまし。わたくしのことは後で申しあげますわ……どうぞその先を仰しゃって下さいまし、お願い致しますわ。」

「一八一二年の初めのことでした」とブールミンは言った、「僕は、自分の聯隊の駐屯しているヴィルナを指して急いでいました。ある晩おそく宿駅《たてば》に着いた僕は、大急ぎで替え馬の用意を命じたのですが、その途端にすさまじい吹雪になってしまいました。駅長も馭者たちも口を揃えて、とにかく吹雪の収まるまで待ったらと勧める始末です。僕は一たんその勧めに従うことにしましたが、そのうち何やら得態の知れないもどかしさに取り憑《つ》かれてしまいました。まるで誰かに背中を小突き廻されるような感じなのです。一ぽう吹雪はといえば、いっかな静まる模様もありません。とうとう僕は堪《たま》らなくなって、ふたたび馬の用意を命じると、そのまま暴風《あらし》の真っ只中へ乗り出して行ったのです。

「馭者はふと思いついて、河ぶちに沿って行こうという気になりました。そうすると三露里ほど近道になる筈だったのです。ところが何しろ両岸がすっかり雪に埋まっているものですから、馭者は本道へ出る場所を気づかずに行き過ぎてしまいました。そんなわけで気がついた時には、私たちは見も知らぬ土地へ来てしまっていたのです。暴風《あらし》は静まる気色もありません。と、そのとき遥かに一点の燈が見えたので、とにかくそっちへ橇を進めるように命じました。着いて見るとそこは村で、灯《ほ》影《かげ》は木造の教会から漏れていたのです。教会の扉《と》口《ぐち》は開け放されて、外囲いの蔭《かげ》には二、三台の橇が乗り棄ててありますし、昇降口には右往左往している人影が見えます。そして、『こっちだ！ こっちだ！』と幾人かの人声が呼びかけるじゃありませんか。僕は乗り着けて見ろと馭者に命じました。『冗談じゃないぜ、一体どこをほっつき廻っていたんだい？』と誰かが僕に言うのです、『こっちは花嫁が気絶あそばすって騒ぎなんだぜ。坊さんはどうしたものかと途方に暮れて御座るし、僕たちもそろそろもう帰りかけていたところなんだ、さあ早く出て来たまえ。』僕は無言のまま橇を跳び下りると、二、三本の蠟燭《ろうそく》の鈍い光の揺らめいている教会へはいって行きました。

「見れば薄暗い会堂の片隅に、一人の少女がベンチに腰をおろしています。もう一人の少女が、その顳顬《こめかみ》をしきりにさすっています。『まあよかった』とこの少女が言いました、『やっとおいでになったわ。お蔭でお嬢様は、今にも悶《もだ》え死にをなさるところでしたよ。』そこへ年寄りの司祭が歩み寄って来て、『ではじめてもよろしいかな？』と訊くのです。『おはじめ下さい、おはじめ下さい、神父様』と私は上の空で答えました。扶《たす》け起こされた少女を見ると、どうしてなかなかの美人でしたっけ。……われながら訳のわからぬ、赦《ゆる》すべからざる軽はずみですが……とにかく僕はその少女に寄り添って、説教壇の前に立った次第なんです。司祭はひどく急《せ》き込んでいましたし、三人の男と小間使とは花嫁のからだを抱き支えて、すっかりその方へ気をとられていたのです。そのうちに式は済みました。『接吻をなさい』という声に、僕の妻は蒼ざめた顔をこちらへ向けました。僕は接吻しようとしました。……と、その途端に彼女は、『まあ、あの方じゃない！　あの方じゃないわ！』と叫んだなり、そのまま気を失って倒れてしまったのです。立会人たちは怯《おび》えきった眸を僕に注ぎました。僕はくるりと背を向けると、別にとめだてもされずに会堂を出て、幌橇《ほろそり》へ飛び込むが早いか、『さあ出せ！』と呶鳴《どな》ったのです。」

「まあ、本当に！」とマリヤ・ガヴリーロヴナが叫んだ、「であなたは、そのお気の毒なあなたの奥様がどうなったか、御存じがありませんの？」

「知らないのです」とブールミンは答えた、「式を挙げた村の名も知らない始末です。

その前に発《た》った宿駅《たてば》の名さえも記憶がありません。その時は自分の罪の深い悪ふざけを、別に大したこととも思っていなかったので、教会を離れるが早いかぐっすり眠り込んでしまって、翌《あく》るあさ眼がさめたときには、もう三つ目の宿駅《たてば》に来ていましたっけ。あのとき僕についていた従僕は、戦地で命を落としましたし、そんな次第で、僕が残酷な愚《ぐ》弄《ろう》を敢《あ》えてしたあの婦人、そして今ではこんなにも残酷な復讐《ふくしゅう》を果たしたあの婦人を、探しだす望みも失せているのです。」

「まあ本当に、何ということでしょう！」と、マリヤ・ガヴリーロヴナは相手の手をとらえて言った、「それではあなたでしたのね！　で、このわたくしがお分かりになりませんの？」

ブールミンはさっと蒼ざめると、そのまま彼女の足もとへ身を投げ伏せた。……

葬儀屋

われら一日《ひとひ》として柩《ひつぎ》を見ざる日やはある、
老いさらばえゆく天地《あめつち》に増すこの白髪を？
――ヂェルジャーヴィン*

葬儀屋アドリアン・プローホロフの家財の残りが霊柩車《れいきゅうしゃ》へ積み込まれると、二匹の痩《や》せ馬はバスマンナヤ街からニキーツカヤ街へと、これで四度目の道をのそのそと歩きだした。葬儀屋は一家をあげてそこへ引越しをするのである。彼は店の戸締りをして、表の戸に売貸家という札を打ちつけてから、徒歩《かち》で新しい住居へ向かった。久しい前から目をつけていて、相当の金高を積んでやっと手に入れたのだけれど、その黄色い小さな家の間近まで来ても、葬儀屋の老人は自分の心が一向にはずまないのを怪訝《けげん》に思った。跨《また》ぎ馴れぬ敷居を跨ぎ、新しい住居のごった返した有様を見ると、彼には住み古した陋屋《あばらや》のことが、今さらのように懐かしく思い返された。その家では十八年のあいだ、何もかもが非常によく整頓されていたのである。彼は二人の娘や下女の愚図さ加減を当たり散らかして、自分でも手伝いをはじめた。間もなくすっかり片づいた。聖像龕《せいぞうがん》や食器棚や、卓子《テーブル》、ソファ、それから寝台は、奥の間《ま》のめいめいの場所に落ち着いた。台所と客間には主人の製作品――大小色とりどりの棺桶や、また葬儀用の帽子やマントや松明《たいまつ》の入れてある棚が、それぞれの位置を占めた。門の上には看板が出た。それには、松明を逆手に持った肥《ふと》っちょのキューピッドの絵の下に、『白木及び色塗り霊柩の販売並びに飾附け。賃貸及び古棺修繕の御需《おもと》めにも応ず』という文句があった。娘たちは奥の小部屋へ引きとった。アドリアンは家の中を一廻りしてから、小窓のそばに陣どって、さてサモヴァルの用意を命じた。

教養ある読者の御存じのごとく、シェイクスピアもウォルター・スコット*も二人ながらに、その作品に出てくる墓掘り人足を、陽気で道化た人物にしているが、それはつまりこの対照の妙を以《もっ》て、一そう私たちの想像を掻《か》きたてんがためである。しかし真実を重んじる私たちは、この両作家の顰《ひそみ》に倣うわけには行かない。つまりわれらの葬儀屋の性格が、全くその陰気な職業に釣り合ったものだったことを、認めずにはいられないのである。アドリアン・プローホロフは日ごろから、むずかしい顔をして考え込んでいる男だった。彼が沈黙を破るのはただ、娘たちが仕事もせずに、窓ごしにぼんやり通行人を眺めているところを捉まえて小言をいうときか、さもなければ彼の製作品に用のあるような不幸（または時によると喜び）に出逢った人々に、法外な値段を吹っ掛ける場合かに限っていた。

さてアドリアンは窓際に坐り込んで、七杯目のお茶を飲みながら、例によって悲しい思案に耽《ふけ》っていた。彼は一週間まえ退職旅団長の葬式の時に、ちょうど市門のところで葬列を襲った土砂降りの雨のことを考えていた。そのためマントがどっさり縮んでしまったし、帽子もあまた反《そ》っくり返ってしまったのである。古くからの葬儀衣裳の手持ちが、情けない有様になって来ているので、物入りはこの際避けられぬことと思われた。彼はこの失費の埋め合わせを、かれこれもう一年も死にかけた儘《まま》でいる、年寄りの商人女房トリューヒナの葬式でつけようと目論《もくろ》んでいた。けれどトリューヒナが往生しかけているのは、ラズグリャイ街のことだから、相続人たちがかねての約束にもかかわらず、こんな遠方まで呼びに来るのを億劫《おっくう》がって、近所の請負人と契約しはしまいかと、それがプローホロフの頭痛の種《たね》だった。

この思案は、不意に扉にひびいた秘密結社《フリー・メーソン》風*の三度のノックによって、断ちきられた。

「どなたで？」

と葬儀屋はきいた。扉があいて、一目でドイツ人の職人と知れる男がはいって来て、浮き浮きした様子で葬儀屋の方へ近づいた。

「まっぴら御免くださいよ、お向こうの旦那《だんな》」と彼は、今日なお私たちが噴《ふ》き出さずには聞くことの出来ない例の訛《なま》りを丸出しにしながら言った、「お邪魔をして相済みません……実はね一刻も早くお近づきになりたいと思いましてな。手前は靴屋でして、ゴットリープ・シュルツと申す者でござんすが、ついこの往来を一またぎの、お宅の窓と向かい合わせのあの家に住んでおります。明日は手前どもの銀婚式を祝いますので、あなたにも、お嬢さんがたにも、ひとつ手前どものところで寛《ゆっ》くりと昼飯をやって頂きたいと、そう思いましてな。」

招待は喜んで受けられた。葬儀屋は靴屋に、まあ坐ってお茶をひとつと勧め、ゴットリープ・シュルツの明けっ放しの気性のおかげで、二人は間もなく仲よく話をしていた。

「御商売はいかがで？」とアドリアンが訊《き》いた。

「えへへ」とシュルツが答えた、「まあどうにかお蔭様《かげさま》でね。苦情を言うほどのこともありませんや。尤《もっと》も手前どもの商売は、あなたのような訳には行きませんがね。生きてる人間は靴なしでも済ませるが、亡者となると棺桶無しじゃ夜も日も明けませんからね。」

「いかにも御尤もで」と、アドリアンが口を挿《はさ》んだ、「ですがね、生きてる人間なら、よしんば靴を買うお銭がなくったって、別にあんたに迷惑はかけますまい。はだしで結構歩きますからね。ところが乞食の亡者と来た日にゃ、ただでも棺桶を持って行きますよ。」

といった調子で二人の話はまだ暫《しばら》く続いた。やがて靴屋は立ち上がって、あらためて招待を繰り返しながら葬儀屋に別れを告げた。

翌《あく》る日の十二時を合図に、葬儀屋とその二人娘は、新たに買い入れた住居の木戸を出て、隣人のところへ出かけた。しかしここでは、現代の小説家一般の習慣に背いて、アドリアンのロシヤ風の長衣《カフタン》のことも、アクリーナとダーリヤのヨーロッパ風の衣裳のことも、書き立てるのはやめて置こう。ただ二人の娘が黄色い帽子と赤い靴を着けていたが、これはお晴れの場合に限ることだったということだけは、書いて置くのも無駄ではあるまい。

靴屋の手狭な住居は客で一ぱいで、その大部分は細君や徒弟を引き連れたドイツ人の職人だった。ロシヤ官吏では、フィンランド人の巡査ユールコ一人きりだったが、これはその地味な職掌がらにも拘《かか》わらず、主人から特に鄭重《ていちょう》にもてなされていた。彼はポゴレーリスキイ*の小説に出てくる駅逓の馭者《ぎょしゃ》のように誠心誠意、二十五年のあいだこの職業に励んで来た。十二年の大火*は、皇帝のまします都を嘗《な》めつくして、彼の黄色い交番も焼け失せてしまった。が、敵軍が駆逐されると早速、もとの場所に新しい灰色の交番がドーリヤ式の白い円柱に飾られて立ち現われ、そしてユールコは鉞《まさかり》を手に灰色羅紗《ラシャ》の胸甲をつけて、*再びそのまわりを闊歩《かっぽ》しはじめたのである。彼は、ニキーツカヤ門の附近に住む大ていのドイツ人とは顔見知りで、なかには日曜から月曜にかけて、ユールコのところに泊り込む連中もあった。アドリアンは直《す》ぐさま彼と交際を結んだが、これはユールコが晩《おそ》かれ早かれ必要になる人間と見たからである。そして客たちが食卓についた時も、二人は隣り合って席を占めた。シュルツ夫妻と、十七になるその娘のロートヒェンとは、いずれも客と食卓をともにしながら、接待役をつとめたり、料理女の給仕の手助けをしたりした。麦酒《ビール》が出ていた。ユールコの健啖《けんたん》ぶりは優に四人前だったが、アドリアンもおさおさ退《ひ》けは取らなかった。彼の二人娘は、お壺口《つぼぐち》をして気どっていた。ドイツ語の会話は刻一刻と騒々しくなった。とつぜん主人は一同の注意を促して、樹脂で密封した罎《びん》の栓を抜きながら、ロシヤ語で声だかにこう叫んだ。

「わが良妻ルイーザの健康を祝します！」

怪しげな三鞭酒《シャンパン》が泡だちはじめた。主人は四十歳の妻の艶々《つやつや》した顔にやさしく口づけ、客は良妻ルイーザの健康のために騒々しく杯を乾《ほ》した。

「親愛なる皆さまの健康を祝します！」

と主人が二本目を抜きながら恭《うやうや》しく言うと、客たちはふたたび杯を乾して、口々に謝辞を述べた。それから色々な健康が次から次へと祝われはじめた。客の一人一人の健康を祝して飲むかと思うと、モスクヴァはじめ一ダースほどのドイツの町々の健康のために飲み、あらゆる職業組合を一からげにしてその健康のために飲み、また改めてその一つ一つの健康のために飲み、親方たちの健康のため、徒弟たちの健康のために飲むといった調子だった。アドリアンは熱心に杯を乾して行ったので、頗る《すこぶ》浮き浮きして来て、自分でも何か滑稽《こっけい》な乾杯を提案したほどだった。と不意に、客のなかの肥ったパン屋が、杯を挙げて呼ばわった。

「われ等に稼ぎを与える人々、われ等が顧客《ウンゼレ・クンドロイテ》の健康を祝します！」

この提案もやはり、異口同音の歓呼の声に迎えられた。客たちはお互い同志にお辞儀をはじめ、仕立屋は靴屋に、靴屋は仕立屋に、パン屋はその両方に、一同はパン屋に、といった工合になった。ユールコはこのお互い同志の挨拶《あいさつ》の最中に、隣席の男に向かってこう叫んだ。

「どうだね父《とっ》さん、あんたもひとつ亡者の健康を祝して飲んじゃあ。」

みんなげらげら笑いだしたが、葬儀屋は気を悪くして顔をしかめた。誰一人それには気づかずに、客たちは飲みつづけて、やがて晩禱《ばんとう》の鐘の鳴りわたるころ、ようやく食卓を離れた。

客が散ったのはもう夜がだいぶ更《ふ》けてからで、大抵はいい機嫌に酔っていた。赤モロッコ革の装幀《そうてい》のような顔をした製本屋が、肥ったパン屋と二人で、ユールコを両脇からかかえて交番へ連れて帰ったが、つまりこの機会に『恩は返してこそ美しい』というロシヤの諺《ことわざ》を守ったわけである。

葬儀屋は酔っ払った上にぷりぷりしながら帰宅した。

「いやはや全く何ということった」と彼は声に出してこんな思案をした、「なぜ俺《おれ》の商売が他人のよりも卑しいんだ、葬儀屋は首斬役人《くびきり》の兄弟だとでも云《い》うのかい？　邪教徒どもが何を笑うんだ、葬儀屋がクリスマスの道化師だとでも云うのかい？　奴等を新宅祝いに招《よ》んで、大盤振舞いをしてやろうと思ったが、やれやれもうまっぴら御免だ！　その代り俺は招んでやるぞ、俺を稼がせて呉れる人たちをな、正教の亡者たちをな。」

「まあ何を仰しゃるんですよ、旦那」と、ちょうど靴を脱がせにかかっていた下女が言った、「冗談にもほどがありますわ。十字をお切りなさいまし！　新宅祝いに亡者を招ぶなんて！　まあ何て気味のわるい！」

「いいや、誓って招んでやるぞ」とアドリアンは続けた、「それも明日すぐにだ。どうぞ、私の恩人のかたがた、明晩手前の新宅祝いにおいでを願います。何はなくとも先《ま》ずは一献《いっこん》さしあげますから。」

そういうと葬儀屋は寝床にはいって、間もなく鼾《いびき》をかきはじめた。

まだ夜が明けぬうちに、アドリアンは揺り起こされた。例の商人女房のトリューヒナが、ちょうどその夜半《よなか》に息を引き取ったので、番頭の指図で使いの者が、その報《しら》せをもって馬でアドリアンの所へ駈《か》けつけたのである。葬儀屋はその使いに酒手を十コペイカ握らせ、そそくさと着物をきて、辻馬車を拾ってラズグリャイ街へ出向いた。死人の門辺にはもう警察の人が立ち番をして、出入りの商人がまるで屍体《したい》を嗅《か》ぎつけた鴉《からす》のようにうろついていた。故人は蠟《ろう》のように黄色い顔をして、卓子《テーブル》の上に横たわっていたが、*まだ腐爛《ふらん》のため醜《みにく》くはなっていなかった。そのぐるりは親類縁者や、近所の人や、召使たちでぎっしりだった。窓はみんな明け放されて、蠟燭《ろうそく》が燃え、坊さんたちがお経を誦《よ》んでいた。アドリアンは、トリューヒナの甥《おい》に当たる、流行《はやり》のフロックを着込んだ若主人の傍へ寄って行って、霊柩、蠟燭、柩掛布《ひつぎかけ》、そのほか葬儀用品一式は、抜かりなく取り揃《そろ》えて即刻お届け致しますと申し出た。この後嗣《あととり》はうわの空の様子で礼をいって、値段の点はかれこれ言わないけれど、まあ万事は彼の良心に任せるとしよう、と言った。葬儀屋は例によって、決して余分の御散財はお掛け致しませんと誓い、意味ありげな目くばせを番頭と交わして、用意をととのえるため家路についた。

その日は日ねもす、ラズグリャイとニキーツカヤ門のあいだを、往復して過ごした。

日暮れになって万端ととのったので、辻馬車を帰して徒歩《かち》で家へ向かった。月夜であった。葬儀屋は無事にニキーツカヤ門の辺りまで来た。基督《キリスト》昇天寺の傍で、顔見知りの例のユールコが誰何《すいか》したが、葬儀屋だとわかると、おやすみと言った。夜が更けていた。葬儀屋がわが家の間近まで来たとき、不意に誰かしら門口へ寄って木戸を開けて、なかへ消えたような気がした。

『これはどうしたことだ？』とアドリアンは考えた、『誰かまだ俺に用があるのかな？もしや泥棒がはいったのじゃあるまいか？　それともあの馬鹿娘どもが、情人《いろ》でも引きずり込んだのかな？　どうせ碌《ろく》なことじゃあるまいて！』

そこで葬儀屋は、すんでのことで友人ユールコの助けを呼ぼうとした。とその時、また誰かが木戸へ寄って、中へはいろうとしたが、駈け寄って来る主人の姿を見ると、立ちどまって三角帽を脱いだ。アドリアンは、その顔に見覚えのあるような気がしたが、咄嗟《とっさ》の場合よく見極めるひまがなかった。

「旦那は手前どもに御用で？」とアドリアンは息を切らせてそう言った、「どうぞおはいり下さいまし。」

「まあ、そうしゃちこばらんでもええじゃないか、父《とっ》さん」と、相手は洞《うつ》ろな声で言い返した、「おまえ先に立って行くがいい。そしてお客様がたの案内をするんだ。」

アドリアンは、しゃちこばるどころの騒ぎじゃなかった。開いている木戸を抜けて、彼が表の段々へかかると、相手も後からついて来た。アドリアンは、家のなかに大勢の跫音《あしおと》がするような気がした。『ええ、何たる悪魔の仕業だ！』と彼は思って、急いで踏み込んだまではよかったが……途端に腰が抜けてしまった。部屋のなかは亡者で一ぱいであった。窓から射《さ》し入る月影が、黄色い顔や、青い顔や、落ち窪《くぼ》んだ口や、どんよりと濁って半ば閉ざされた眼や、とんがった鼻を照らしていた。……アドリアンは、それが自分の骨折りで埋葬された人々であり、いま一緒にはいって来た客が、例の豪雨のときに埋葬された旅団長なのに気がついて、ぞおっとしてしまった。女も男もてんでに葬儀屋をとり巻いて、お辞儀や挨拶をするのだったが、ただ一人このあいだ無料《ただ》で葬式を出して貰《もら》った貧乏人だけは、自分の襤褸《ぼろ》姿を恥じ憚《はばか》って、近づこうともせずに隅っこに小さくなって立っていた。そのほかは皆ちゃんとした服装《いでたち》で、女の亡者は頭巾《ずきん》とリボンで装っているし、官吏の亡者は制服を着込んでいるのだが、但し鬚《ひげ》は剃《そ》っていなかった。商人は晴れ着の長衣《カフタン》を着ていた。

「さて見ての通り、プローホロフ」と旅団長が、名誉ある客人一同に代って口を切った、「俺たちはみんな、お前のお招きで起きあがって来たのじゃよ。向こうに残っているのは、もう起きる力のない者か、すっかり崩れてしまった者か、皮無しの骨ばかりになった者だけだ。だがほれ、どうしても思い切れずにやって来た者もある——それほどお前のところへ来たかったのだな。……」

この言葉に応じて、小さな骸骨《がいこつ》が人波を掻きわけて、アドリアンに近づいた。その髑髏《どくろ》は愛想よく葬儀屋に微笑《ほほえ》みかけた。うす緑や赤い羅紗《ラシャ》のきれっ端《ぱし》や、朽ちた亜麻布のびらびらが、骨のそこ此処《ここ》に、まるで竿にからまりでもしたようにぶら下がっている。腿《もも》の骨はまるで臼《うす》のなかの杵《きね》のように、大きな腿長靴の中でからからと鳴っていた。

「この俺を忘れたかね、プローホロフ」と骸骨が言った、「退職近衛《このえ》軍曹ピョートル・ペトローヴィチ・クリールキンだよ、覚えてるかい？　一七九九年にお前が初めて棺を売ったあれだ——しかも、槲《かしわ》という註文に松のやつをなあ。」

そういうと亡者は、骨ばかりの腕を広げて、相手に抱きついて来ようとした。しかしアドリアンは必死の勇をふるって、悲鳴をあげながら相手を突きとばした。ピョートル・ペトローヴィチはよろめいて、どさりと倒れると、忽《たちま》ちばらばらになってしまった。死人たちのあいだに憤慨の呟《つぶや》きがおこった。一同はその同僚の名誉のために起《た》って、罵《ば》罵《り》や威《おど》しの文句を並べながら、アドリアンに絡《から》みついて来た。彼らの叫びに耳も塞《ふさ》がり、息の根も窒《つ》まらんばかりになった哀れな主人は、すっかり度を失って、退職近衛軍曹の骨の上へばったり倒れると、そのまま気が遠くなってしまった。

日はもうずっと前から、葬儀屋の横たわっていた寝床を照らしていた。やがて彼が眼をあけると、すぐ前で下女がサモヴァルを吹いているのが見えた。アドリアンは、昨夜の出来事の一部始終を思い出してぞおっとした。トリューヒナ、旅団長、そしてクリールキン軍曹の面影が、もやもやと彼の想像の中に現われた。彼は黙り込んだまま、下女の方から口を切って、夜なかの珍事の結末を言いだすのを待っていた。

「まあま、大層お寝過ごしですこと、旦那、アドリアン・プローホロヴィチ」とアクシーニヤが、部屋着を渡しながら言った、「お隣りの仕立屋さんが見えましてすよ。それからこの区のお巡《まわ》りさんが、今日は署長さんの命名日だと報《し》らせに廻っていらっしゃいましたが、あんまりよくお寝《やす》みだったので、お起こししませんでしたわ。」

「亡くなったトリューヒナのとこから誰か来たかい？」

「亡くなったですって？　まあ本当ですか？」

「この間抜けめ！　昨日あの女の葬式の支度を手伝ったのはお前じゃないか。」

「まあ、旦那、何を仰しゃるんですよ。気が変になりじゃないのですか、それとも昨晩の酔いがまだお醒《さ》めでないのですか？　一体どんなお葬いが昨日ございましたね？　一日じゅうドイツ人のところで酒宴《およばれ》で、酔ってお帰りになるが早いか寝床へ転げ込んで、今までぐっすりお寝みでしたよ。もうお弥撒《ミサ》の鐘も鳴ってしまったのに。」

「そりゃまた本当かい？」すっかり喜んだ葬儀屋がそう言った。

「言わずと知れたことですよ」と下女が答えた。

「ふむ、本当にそうなら、早くお茶をお呉れ。それから娘たちを呼んでお呉れ。」

駅　長

官位はこれ、十四等官
宿駅《たてば》にあっては独裁官
――ヴャーゼムスキイ公爵*

駅長に呪いの言葉を浴びせたことのない人があるだろうか？　駅長と口争いをしたことのない人があるだろうか？　腹立ちまぎれに、やれ横暴だとか、無礼だとか職務怠慢だとか、そういった類いの役にも立たぬ訴えを書き込むために、あの宿命的な帳簿*を出せと彼等に迫らなかった人があるだろうか。彼等を往昔の白洲《しらす》役人にも比すべき、又は少なくともムーロムの山賊*に譬《たと》うべき、極悪非道の徒と思わずにいる人があるだろうか？　だが公平に考えてみよう。そして彼等の身になって考えるように努めてみよう。そうすれば恐らく、彼等をずっと寛大な眼で見るようになるに相違ないのである。

そもそも駅長とは何者だろうか？　十四等官*の官等をもつ紛れもない受難者で、この官位のお蔭《かげ》で僅《わず》かに殴打を免れているに過ぎず、それとて常に免れるものとは限っていないのである（私は読者諸君の良心に訴えて言うのだ）。ヴャーゼムスキイ公爵が戯《たわむ》れにつけた綽名《あだな》でいえば、この『独裁官』の職務はそもそも何だろう？　それこそ本当の苦役ではないか？　昼も夜も心の安まるひまとてはない。退屈な旅のあいだに積もり積もった鬱憤《うっぷん》をのこらず、旅行者は駅長にぶちまけるのである。天気が我慢がならん、道がわるい、馭者《ぎょしゃ》が強情だ、馬が進まん――みんな駅長のせいである。彼の貧しい住家へ足を入れるが早いか、旅行者は彼を目の敵《かたき》にする。この招かぬ客が、間もなく発《た》って行って呉れればもっけの幸いだが、あいにく馬がなかったらどうなる？……おお神よ、なんという罵詈《ばり》雑言《ぞうごん》が、なんという嚇《おど》かし文句が、彼の頭上に降り注ぐことだろう！　雨の日でも霙《みぞれ》の日でも、彼は百姓家を一軒一軒さがして廻らなければならない。暴風の日でも、一月の厳寒の最中でも、彼は玄関の板の間へ出て行く――いきり立った宿泊人の怒号や腕力沙汰《ざた》から逃れて、せめて一分間でも身を休めるためにである。将軍がお着きになる。顫《ふる》えあがった駅長は、残る二台分のトロイカを将軍の御用に供える。その一つは急使用のである。将軍は有難うも言わずに発って行く。やがて五分もすると、また鈴の音だ！……そして軍の急使が、彼のテーブルの鼻先へ、駅馬券をぽいと投げだす！

……

こうした事情をよく考えてみれば、憤怒《ふんぬ》の代りに、心からの同情の念が私たちの胸を満たすであろう。もう二た言三言いわして頂きたい。二十年のあいだ私は引き続いて、ロシヤを縦横十文字に乗り廻した、駅馬路《うまやじ》という駅馬路は大てい知っているし、馭者も数代にわたって知っている。顔馴染《かおなじみ》のない駅長は稀《まれ》だし、交渉のなかった駅長も殆《ほとん》どない。道中の物珍しい見聞談が大分たまっているから、そのうちぽつぽつ本にしたいと思っている。今は差し当たってこれだけを言って置こう。それは、駅長なる階級に対する世間の考え方が、大変に間違っているということだ。あれほど悪口を叩かれる駅長なるものは、その実は概しておとなしい、生まれつき世話ずきな、人づきのいい、別にお高くとまったところもなければ、金銭欲もさして強くない人たちなのである。彼等のする話(それを旅行者諸君が軽視されるのは穏当を欠いている――)からは、多くの興味あり教訓《ため》になるものを汲《く》み取ることが出来るのである。私自身のことを申せば、正直のところ、官用で旅行している何処《どこ》やらの六等官殿の話を聞くよりは、彼等の話を聞く方がよっぽど好きなのである。

私の友達のなかに、駅長という名誉ある階級に属する連中のいることは、これで容易にお察しがつくであろう。実際その中の一人の思い出などは、私にとってこよなく貴いものなのである。不図《ふと》した廻り合わせで私たちは曾《かつ》て近附きになったのであるが、いま私が親愛な読者にお話ししようと思うのも、他ならぬその男のことなのである。

一八一六年の五月のこと、私は＊＊＊県を通過したことがあった。そのとき通った駅馬路《うまやじ》は今では廃止になっている。そのころ私は官等も低かったので、駅伝の馬車を乗り継いで行き、賃銀も二頭分しか払わなかった。したがって駅長たちも私には一向遠慮だてをしないし、私の方でも、自分の当然の権利と考えるものを、腕ずくで手に入れたことも屡《しばしば》とだった。何しろ弱年でもあり短気でもあったので、駅長が私のために用意されていた三頭の馬を、偉いお役人の半幌馬車《コリャースカ》に用立てでもしようものなら、私はその駅長の卑屈さと小心さに腹が立ってならなかったものである。同様に私は、上下の詮議だてのやかましい給仕が、県知事の昼餐《ちゅうさん》で私の皿を後廻しにするのにも、長いあいだ慣れっこになれなかったものである。今になってみれば、それもこれも、まことに理の当然という気がする。まったく、もし『物ごとは位順』という頗《すこぶ》る通りのいい規則の代りに、何か別の規則、例えば『物ごとは智慧《ちえ》の順』が用いられだしたとしたら、一体どんなことになるだろうか？　どんな大喧嘩《おおげんか》が持ちあがるやら分かったものじゃないし、給仕は誰から先に料理を配ったらいいだろうか？　それはそうとして、私の物語に帰るとしよう。

それは暑い日であった。＊＊＊駅まで三露里というところで、ぽつりぽつりとやって来た雨が、見る見るうちに土砂降りになって、私はぐっしょり濡《ぬ》れ鼠《ねずみ》になってしまった。駅に着くと、先《ま》ず第一にする仕事は大急ぎで着替えをすることで、次にはお茶を頼むことだった。

「これ、ドゥーニャや」と駅長が呼んだ、「サモヴァルの支度をおし、それからクリームを取っておいでな。」

その声に応じて、仕切りのうしろから十四、五の娘が出てきて、廊下へ駈《か》け出して行った。その美しさに私は胸を打たれた。

「あれは君の娘さんかね？」と私は駅長にきいた。

「さようでございます」と彼はかなり自慢らしい顔つきで答えた、「いやどうも利発なすばしこい奴でして、まったく亡くなったあれの母親にそっくりでございます。」

そこで彼は私の駅馬券を写しはじめ、私は私で、彼の粗末ながらに小ざっぱりした住家を飾っている、安っぽい絵草紙を眺めはじめた。それは放蕩《ほうとう》息子の物語を現わしていた。一枚目は、寝室帽をかぶって寛《ゆる》やかな部屋着をきた有徳の老翁が、心の落ち着かぬ若者を旅立たせているところである。若者はそわそわして、老人から祝福と財布とを受けている。つづく一枚には生々しい筆致で、その若者の放埒《ほうらつ》な行状が描いてある。彼は偽りの友達や恥知らずの女どもに取り巻かれて、食卓に向かっている。その先の一枚では、零落した若者が襤褸《ぼろ》をまとい三角帽をかぶって、豚の番をしながら、自分も同じ餌《えさ》を食べている。その顔には、深い悲哀と悔悟の色が現われている。最後の一枚には、彼が父親のもとへ帰ったところが描いてある。心善《よ》い老翁が、やはり寝室帽と部屋着の姿で、息子を迎えに走り出る。放蕩息子の方は跪《ひざまず》いている。遠景には料理番が肥えふとらせた犢《こうし》を屠《ほふ》っており、長男がどうしてこんなお祭騒ぎをするのかと下男たちに尋ねている。絵の下のところには一枚ごとに、それぞれ然《しか》るべきドイツ語の詩句が読みとられた。そうした一切は、鳳仙花《ほうせんか》の鉢植えや、色模様の帳《とばり》のかかった寝台や、その他あのとき私の身を囲んでいた色んな物とともに、今なお私の記憶に残っている。またこの家の主人その人――いかにも元気のいい達者そうな五十がらみの人体《にんてい》も、裾《すそ》の長い緑色の上着も、綬《リボン》の色の褪《さ》めた三つの徽章《きしょう》も、いま眼のあたりにまざまざと見る心地がするのである。

私が馭者の老人とまだ勘定を済まさぬうちに、ドゥーニャはサモヴァルを持って戻って来た。この小さなお洒落《しやれ》娘は、自分が私に与えた感銘のほどを二目《ふため》で見抜いてしまって、その大きな空色の眼を伏せた。話し掛けて見ると、その受け答えはまるで世馴れた年ごろの娘のようで、つゆほどの臆した色もなかった。私は父親にはポンスをすすめ、娘にはお茶を与えて、そこで三人はまるで百年の旧知のように四方山《よもやま》の話をはじめた。

馬の仕度はとっくにできていたけれど、私はどうも駅長とその娘の傍を離れる気にはなれなかった。やがて私が二人に別れを告げると、父親は道中の無事を祈って呉れるし、娘は馬車のところまで見送りに出て来た。玄関口で私は立ちどまって、彼女に接吻《せっぷん》の許しを乞うた。ドゥーニャは承諾して呉れた。……思えば私が、

そのことを知りそめしより

交わした接吻の数は沢山《たくさん》あるけれど、これほどに長く消え失せぬ、これほどに愉《たの》しい思い出を残した接吻は唯《ただ》の一つもない。……

＊

それから数年たつと、ふとした事情で私はまた同じ道筋を通り、同じ場所を訪れることになった。私は老駅長の娘のことを思い出し、またあの娘に会えるなと思うと嬉《うれ》しかった。『だがしかし』と私は考えた、『あの駅長の老人はもう他の人と替ったかも知れな

いし、ドゥーニャは多分もう嫁に行っていることだろう。』ひょっとしたら二人のうちどっちかが、死んでいるかも知れないという考えも私の胸をかすめ、私は侘《わび》しい予感を抱きながら＊＊＊駅へ近づいて行った。

馬車は駅舎の前にとまった。部屋へはいってみると、例の放蕩息子物語の絵草紙がすぐさま眼にとまった。テーブルも寝床ももとの場所にあったが、窓べにはもう花はなくて、あたりのものはみんな古色蒼然《こしょくそうぜん》と、荒れるに任せた様子だった。

駅長は毛皮衣を引っ被《かぶ》って眠っていた。私の着いた物音で眼をさまして、彼は腰をもたげた。……それはまさしくあのシメオン・ヴイリンだった。だが何と老い込んだことだろう！　彼が駅馬券を写す支度をしているあいだ、私はその白髪頭や、久しく剃《あた》ったことのない顔に畳まれた深い皺《しわ》や、曲がった背中を眺めて、ほんの三、四年の歳月がどうしてあの元気な男を、こんな弱々しい老人に変えてしまったのだろうと、怪訝《けげん》の念を禁じ得なかった。

「僕が誰だか分かるかね？」と私は尋ねた、「君とは昔馴染なんだがなあ。」

「かも知れませんな」と彼は、けんもほろろにそう答えた、「何せ大街道のことですから、旅の人は大勢さん寄られますからな。」

「あのドゥーニャは達者かね？」と私は言葉をつづけた。

老人は眉《まゆ》をひそめた。

「あれのことなら神様が御存じでさ」と彼は答えた。

「じゃつまり、嫁に行ったのだね？」と私は言った。

老人は聞こえない振りをして、小声で私の駅馬券を読みつづけていた。私は質問を打ち切って、お茶の用意を命じた。好奇心が私を苦しめはじめた。そして私は、ポンスならきっと、この昔馴染の舌の根を解いて呉れるだろうと思った。

案にたがわず、老人はすすめられた杯を辞退しなかった。私はラム酒が彼の不機嫌を吹き晴らしたのを見てとった。二杯目になると彼の舌の根は解けて来た。彼はやっと私のことを思い出した。或いはただ思い出したような振りをしたのかも知れないが、とにかく私は彼の口から、一場の物語を聞いた。そして当時ひどく心を惹《ひ》かれ、感動させられたのである。

「ではあなたは、うちのドゥーニャを御存じでしたか？」と彼ははじめた。「いや全く、あれを知らない人があるでしょうか？　ああ、ドゥーニャ、ドゥーニャ！　何というい娘《こ》でしたろう！　どんな旅の方でも、あれを褒めない人はありませんでした、誰一人あれの悪口をいう人はありませんでした。奥様がたはあれにハンカチや耳輪を下さるし、旦那《だんな》がたは昼食か夜食を召し上がるような顔をして、わざわざここに腰をお据えになったが、その実あれを少しでも長く見ていたいからなんで。どんなにぷりぷりしてらっしゃる旦那でも、あれが出るとお静まりになって、私にも優しい口を利いて下さるのでした。まるで嘘《うそ》のような話ですがね旦那、お飛脚や急使までが、三十分もあれを相手に喋《しゃべ》り込んで行く始末でしたよ。あれのお蔭でこの家も持って行ったので、部屋の始末から料理まで、何もかも立派にやって呉れたものでした。そしてこの親馬鹿の老いぼれ奴《め》と来たら、いくら眺めても眺め足りない、いくら賞《め》でても賞できれないというわけでしてな。あれでもまだ私の、あのドゥーニャを可愛がってやりようが、あの子を大事にしてやりようが、足りないとでも云《い》うんでしょうか？　あれでもまだ、あの子は仕合わせでなかったと云うんでしょうか？　だがどうも、災難という奴は逃れられないものでしてね。まったく運という奴ばっかりはどうにもなりませんよ。」

　そこで彼は、その歎《なげ》きの一部始終を物語りはじめた。――三年前のある冬の暮れ方、駅長が新しい帳簿に罫《けい》を引き、娘は仕切りの向こうで縫い物をしているところへ、一台のトロイカが乗りつけた。そしてチェルケース風の毛皮帽をかぶり、軍人の外套《がいとう》を着て、襟巻《えりまき》にすっぽりくるまった旅人が、馬を求めながらはいって来た。馬は残らず出きっていた。それを聞くと旅行者は、怒声と革鞭《かわむち》を振り上げようとしたが、そんな場面には慣れているドゥーニャは、仕切りの蔭から走り出てきて、「何か召し上がってはいかがでございましょう?」と、優しく旅人に問いかけた。

ドゥーニャの出現は、例によって例の如《ごと》き効験をあらわした。旅人の怒りが静まったのである。彼は馬の帰りを待つことに同意して、夜食をあつらえた。濡れしょぼった尨《むく》毛《げ》の帽子をぬぎ、襟巻をはずし、外套を取り去ったのを見ると、旅人は黒い小さな口髭《くちひげ》を蓄えた、すらりとした若い驃騎兵《ひょうきへい》士官だった。彼は駅長のそばに坐り込んで、彼やその娘を相手に愉快そうに話をはじめた。やがて夜食が出た。そのうちに馬が来たので、駅長は飼料《かいば》もやらずにすぐさま旅人の幌馬車《ほろばしゃ》へ附けるように命じた。ところが、部屋へとって返して見ると、その青年は殆ど意識を失ってベンチの上に倒れていた。気分が悪くなって、頭痛がしだして、とても旅を続ける訳には行かないという騒ぎである。……さてどうしたものだろう! 駅長は自分の寝台を彼に用立て、もし病人がよくならなかったら、翌《あく》る朝S＊＊＊へ医者を迎えにやることにきめた。

翌る日になると、士官の容態は一そう悪くなった。そこで彼の従僕が、医者を迎えに町へ馬を飛ばした。ドゥーニャは酢に浸したハンカチで彼の頭を巻いてやり、それから縫い物をかかえて寝台の傍に坐った。駅長のいるときは病人はうんうん唸《うな》って、殆ど口を利かなかったが、そのくせ珈琲《コーヒー》を二杯も飲んで、やっぱり唸りながら昼飯をあつらえた。ドゥーニャは附きっきりだった。病人がのべつに飲み物をほしがるので、ドゥーニャは手製のレモナーデの瓶《びん》を抱えて来た。病人はしきりに唇を潤すのであったが、瓶を返すたびごとに、感謝のしるしに力の失《う》せた手でドゥーニャの手を握るのであった。そろそろ昼飯という頃に医者がやって来た。彼は病人の脈を引いて、彼とドイツ語で何やら話をしてから、今度はロシヤ語で、病人はただ安静にしていればよい、二日もすれば発てるようになるだろうと発表した。士官は往診料として二十五ルーブルを握らせ、彼を昼食に招待した。医者は、では御馳走《ごちそう》になりましょうと答えた。二人は大いに健啖《けんたん》ぶりを発揮したのみか、葡萄酒《ぶどうしゅ》を一本のみほし、お互いに頗る満足そうな様子で別れた。

それからもう一日すると、士官はすっかり元気になった。彼は非常な上機嫌で、ひっきりなしに駅長やドゥーニャを相手に冗談口を叩いた。口笛で唄をうたうやら、旅人たちと話をするやら、彼らの駅馬券を駅逓簿へ写しとるやらで、すっかり人の好い駅長の気に入ってしまった。で駅長は、三日目の朝になってこの親切な泊り客と別れるのを、辛《つら》く思ったほどだった。

その日は日曜で、ドゥーニャは弥撒《ミサ》へ出掛けようとしていた。そこへ士官の幌馬車が引き出された。彼は駅長に別れの言葉を述べて、宿泊と御馳走のお礼に頗る気前のいいところを見せた。ドゥーニャにも別れを告げると、序《つい》でに村はずれの教会まで送って行ってやろうと言い出した。ドゥーニャは当惑して佇《たたず》んでいた。……

「何のこわいことがあるものかね？」と父親が彼女に言った、「この方が狼じゃあるまいし、お前を取って食べようとは仰しゃるまいよ。教会まで乗せて行ってお貰《もら》い。」ドゥーニャは士官と並んで幌馬車に坐って、従者は駅者台のわきへひらりと飛び乗った。駅者がひゅっと口笛を鳴らすと、馬は走りだした。

哀れな駅長は、どうしてドゥーニャに士官との相乗りを許したのか、なぜそんなにも目が眩《くら》んだものか、その時の自分の分別がどうなっていたのか、我ながら訳が分からなかった。半時間もたたないうちに、彼の心は妙に疼《うず》きはじめて、しきりに胸騒ぎがして来た。そしてとうとう居ても立ってもいられなくなって、自分で弥撒《ミサ》へ出掛けて行った。教会の前まで来てみると、会衆はもう散りかけていたが、ドゥーニャの姿は柵《さく》の中にも、玄関先にも見えなかった。彼は急いで教会へはいった。ちょうど司祭が祭壇を降りるところで、役僧が蠟燭《ろうそく》を消していた。お婆さんが二人まだ隅の方でお祈りを上げていたが、ドゥーニャは教会の中にもいなかった。哀れな父親はやっとの思いで、娘は弥撒《ミサ》に来ましたろうかと番僧に尋ねてみた。ところが番僧は、いや見えませんでしたよと答えた。駅長は半死半生のていで家途についた。しかしまだ一縷《いちる》の望みが残っていた。ドゥーニャは小娘によくある移り気から、もしかしたら教母《なづけおや》の小母《おば》さんの住んでいる次の駅まで、ひょいと行って見る気になったのかも知れない。彼はしきりに気を揉《も》みながら、娘を乗せてやったトロイカの帰りを待ち受けた。馭者はなかなか戻って来なかった。日暮れになってやっと、彼は酔っ払って一人で帰って来て、『ドゥーニャさんは次の駅からまだ先へ、士官と一緒に発って行きなすった』という、恐ろしい報知を齎《もたら》した。

老人はこの不幸が持ち堪《こた》えられなかった。彼はそのまま、前の晩あの若い嘘つきが横になった寝床へどっと倒れてしまった。やっと今になって駅長は、あれやこれやを思い合わせて、さてはあの病気は仮病だったのかと思い当たった。哀れな老人は激しい熱病に取り憑《つ》かれて、S＊＊＊へ連れて行かれ、その留守には一時ほかの人が任命された。士官の診察に来た例の医者が、彼の治療にも当たった。彼は駅長に向かって、あの青年は全く健康だったし、自分もあの時すでに彼の悪企みに気づいていたのだが、実は革鞭の祟《たた》りの怖《おそ》ろしさに黙っていたのだと、そうきっぱり言い切った。このドイツ人が本当のことを言ったのか、それともただ先見の明を誇りたかったのかは分からないが、とにかく今更そんな事を言っても、哀れな病人にはなんの慰めにもならなかった。

やっと病気がよくなるかならぬうちに、駅長はS＊＊の駅逓局長に二ケ月の休暇を願い出て、自分の目論見《もくろみ》は誰にも一言も漏らさずに、徒歩《てく》で娘を探しに出掛けた。駅馬券によって彼は、騎兵大尉のミンスキイがスモレンスクからペテルブルグへ行く途中だったことを知っていた。彼を乗せて行った馭者の言葉によると、ドゥーニャは途々《みちみち》ずっと泣き通しだったけれど、そのくせ自分から好き好んで乗って行くような様子だったそうである。『まあ多分おれは』と駅長は考えるのだった、『うちの迷える仔羊《こひつじ》を連れ戻せることになるだろうよ。』

そんなことを考えながら彼はペテルブルグへ着いて、イズマイロフスキイ聯隊《ポルク》街の、むかし同僚だった退職下士の宿舎に泊めて貰って、さて捜索にとりかかった。間もなく彼は、ミンスキイ大尉が現にペテルブルグにいることや、デムート館＊に宿をとっていることを知った。駅長は彼のところへ行くことに決めた。

朝早く、彼は大尉の住居の玄関へやって来て、さる老兵士がお目にかかりたいと言っている由《よし》を、大尉殿にお取り次ぎ願いたいと頼んだ。靴型にはめて長靴を磨いていた従卒は、旦那はいまお寝《やす》み中で、十一時前には誰にもお会いにならないと告げた。駅長は一たんそこを出て、指定された時刻に戻って来た。ミンスキイは部屋着姿で、赤い球帽《キャロット》をかぶって、自分で会いに出てきた。

「何の用かね、君」と彼は尋ねた。

老人の胸は煮えたぎって、涙が両眼ににじみ出た。彼はわななく声でやっとこれだけ言った。

「旦那さま！……どうぞお慈悲でございます！……」

ミンスキイはちらっと彼に眼を走らせると、さっと顔を紅《あか》らめて、彼の手をとって書斎へ連れて行き、後ろ手に扉の錠をおろした。

「旦那さま！」と老人は続けた、「失せた物はもう取返しはつきません。でもせめて、うちの可哀《かわい》そうなドゥーニャだけはお返し下さいまし。もう充分におなぐさみになったじゃありませんか。どうぞ罪もないあれの身を破滅させないで下さいまし。」

「出来てしまったことは元には返らないものなあ」と青年はひどく当惑の態《てい》で答えた、「君には済まないと思うし、また喜んで君の赦しを乞いもしようさ。だがこの私がドゥーニャを見棄《みす》てる、なんていうことは思わないで呉れないか。あれはこの先も幸福なはずだ、これはきっぱり請け合うよ。それに、君があれを取り返してみたところで何になるかね？　あれは私を愛している。あれはもう、以前の身分なんぞはすっかり忘れてしまっているんだ。君にしてもあれにしても、一たん覚えた味は忘れられまいじゃないか。」

そう言うと、駅長の袖《そで》の折返しに何やら押し込んで、彼は扉を開けた。駅長は無我夢中で、いつの間にやら往来へ出ていた。

長いこと彼は身動きもせずに立っていたが、やがて袖の折返しに、何やら巻いた紙片のはいっているのに気がついた。引き出して伸ばして見ると、数枚の皺だらけな五十ルーブル紙幣だった。涙がまたしてもその眼に湧《わ》いた――忿怒《ふんぬ》の涙が！　彼は紙幣を揉みくしゃに丸めて、地面へ投げつけ、踵《かかと》で踏んづけると、そのまま歩きだした。……五、六歩あるいてから、彼は立ちどまって、ちょっと思案した上で……また取って返した。……が紙幣はもう影も形もなかった。身なりのいい若い男が、彼の姿を見ると辻馬車のところへ駈《か》けつけて、急いで乗り込むなり、「さあ出した！……」と叫んだのである。駅長は彼の後を追おうとはしなかった。彼はわが家へ帰ろう、あの宿場へ帰ろうと決心したが、その前にせめてもう一目だけ、可哀そうなドゥーニャを見て置きたかった。そのため、二日してから、彼は再びミンスキイを訪れた。ところが従卒は声を荒らげて、旦那は誰にもお会いにならないというなり、胸板でぐいぐいと老人を玄関から押し出して、鼻先へばたりと扉を閉めてしまった。駅長はいつまでもじっと立ち暮らしていたが、やがてすごすご立ち去った。

その日が暮れてから、彼は万悲寺へ赴いて祈願を籠《こ》めたのち、リテイナヤ通りを歩いて行った。と不意に、伊達《だて》な一頭立ての馬車が彼の前をさっと走り過ぎ、駅長は車上のミンスキイの姿を認めたのだった。その馬車がとある三階建ての家の玄関先にとまると、士官は昇降口へ駈けてはいった。その時うまい考えが駅長の頭に閃《ひらめ》いた。彼は取って返して、馭者と肩を並べると、

「この一頭立ては誰のだね、兄弟」と訊《き》いた、「ミンスキイさんのじゃないかね？」

「ああ、そうだよ」と馭者は答えた、「だが何ぞ用かね？」

「いやなあに、こういう訳なのさ。お前さんの旦那がドゥーニャさんのところへ手紙を届けるように私に言いつけなすったんだが、実はそのドゥーニャさんのうちを忘れちまったもんでね。」

「そんなら此処《ここ》だよ、この二階さ。だがお前さん、お使いが遅れたぜ。もう御自分が来てらっしゃるんだ。」

「なあに構うものか」と駅長は、譬《たと》えようもない心の波立ちを覚えながら言い返した、「有難う、お蔭で分かったよ。じゃ一走りお役目を済まして来よう。」

そう言い棄てて、彼は階段を昇って行った。

扉は閉まっていた。彼はベルを鳴らした。辛い切ない期待のうちに何秒かが過ぎた。鍵《かぎ》の鳴る音がして、眼のまえの扉があいた。

「アヴドーチヤ・シメオーノヴナのお住居はこちらで?」と彼は訊いた。

「こちらですが」と若い下婢《かひ》が答えた、「あの方に何か御用ですの?」

駅長はそれには答えずに、広間へはいった。

「いけません、いけませんよ!」と下婢は後ろから叫んだ、「アヴドーチヤ・シメオーノヴナは御来客中なんですから。」

けれど駅長は耳にもかけず、ずんずん奥へ進んで行った。はじめの二間《ふたま》は暗かったが、三つ目の部屋には灯《あかり》がついていた。その開けはなしの扉口《とぐち》まで来ると、彼は立ちどまった。みごとに飾りつけられた部屋のなかに、ミンスキイが思い沈んだ様子で坐っていた。

ドゥーニャは流行の粋をつくした装いで、さながらイギリス鞍《ぐら》に横乗りになった乗馬婦人のような姿勢をして、男の椅子《いす》の腕木に腰をかけている。*彼女は優しい眸《ひとみ》をミンスキイに注ぎながら、男の黒い捲髪《まきげ》を自分のきらきら光る指に巻きつけている。可哀そうな駅長よ！　彼には、わが娘がこれほど美しく見えたことは曾てないのだった。彼は思わずうっとりと見とれていた。

「そこにいるのは誰？」彼女は頭をあげずにそう訊いた。

彼はやっぱり黙っていた。返事がないので、ドゥーニャは顔を上げた。……そしてあっと一こえ叫ぶと、絨毯《じゅうたん》のうえにばったり倒れてしまった。ミンスキイは驚いて、彼女を抱き起こそうと走《は》せ寄ったが、ふと扉口のところに老駅長の姿を認めると、ドゥーニャの方はそのままにして置いて、忿怒に身を顫わせながら歩み寄って来た。

「一たい何の用だ？」と彼は歯をくいしばって言った、「何だってそう追剝《おいはぎ》みたいに、俺《おれ》のあとをこっそりつけ廻すんだ？　それともこの俺を斬《き》り殺そうって気かい？　さっさと出て行け！」

そして逞《たくま》しい腕で老人の襟首をつかまえると、階段の上へ突き出してしまった。

老人は自分の宿へ帰った。友人は告訴をするように勧めた。しかし駅長はちょっと思案してから、片手を振って、諦《あきら》めることに決心した。それから二日すると、彼はペテルブルグを発って自分の宿駅さして帰路につき、ふたたびその職務に返ったのである。

「これでもう三年目になりますよ」と彼は言葉を結んだ、「この家にドゥーニャがいなくなって、あれのことを風の便りにも聞かなくなってからね。生きているものやら死んでいるものやら、あれのことを風の便りにも聞かなくなってからね。生きているものやら死んでいるものやら、あれのことは神様だけが御存じです。いや全く、世の中には色んなことがあるものでしてな。旅の悪戯者《いたずらもの》に誘《おび》き出されて、暫《しばら》く囲われた挙句《あげく》にぽんと振り棄てられるのは、何もあれが初めではなし、あれがお仕舞いでもありませんのさ。ペテルブルグという町にゃ、今日のところはやれ繻子《しゅす》だ、やれ天鵞絨《ビロード》だとぴかしゃかしているが、明日になって見りゃ、木賃宿《きちんやど》にごろごろしてる連中の仲間入りをして、街路掃除でもしていようという浅慮女《あさはかもの》が、うんとこさおりますよ。ときどきドゥーニャも成れの果てにはそんな風になるのじゃあるまいかと思うたびに、罪深い話ですがつい私は、いっそあれが死んで呉れればいいにと思いましてね……」

これが私の友人、あの老駅長の物語である。物語は一再ならず涙に遮《さえぎ》られ、その涙を彼は、ドミートリエフ＊の見事な譚詩《バラード》の中に出てくるあの熱情家のテレンチイチもさながら、絵に見るような恰好《かっこう》で着物の裾で拭《ふ》くのであった。尤もこの涙には、彼が長物語りのあいだに五杯もあおったポンスの酔いも、相当に手伝っていたには違いない。まあそれはとにかくとして、この涙は激しく私のこころを動かした。私は彼と別れてからも、長らくこの老駅長のことが忘れられず、いつまでも可哀そうなドゥーニャの上を思いつづけていた。……

つい近ごろのこと、＊＊＊という小さな町を過ぎたとき、私はこの友達のことを思いだした。人に尋ねると、彼が駅長を勤めていた駅は既に廃止されたということだった。「あの駅長の老人は達者かね」と訊いてみても、誰ひとり満足な返事のできるものはなかった。私は馴染みの深いあの土地を訪れることに決め、自前稼ぎの馬車を雇ってN村へ走らせた。

それは秋のことだった。灰色の雨雲が空をつつんで、刈入れのすんだ野づらを渡る冷たい風が、行く手の木々から赤いまた黄色い葉を吹き払っていた。私は日の沈む頃そのの村に着いて、駅舎の前に車をとめた。すると玄関に（それはいつぞやあの可哀そうなドゥーニャが私に接吻して呉れた玄関である）、一人の肥《ふと》った女房が現われて、私の問いに答えて、老駅長が死んでかれこれもう一年になる、その家へは今では麦酒《ビール》醸造人が越して来ていて、自分はその醸造人の家内なのだと言った。私は何の役にも立たなかったこの道草と、七ルーブルの無駄な費《つい》えが惜しくなった。

「何で死んだのかね？」と私は醸造人の細君に尋ねた。

「飲み過ぎでございますよ、旦那」と彼女は答えた。

「で、どこへ葬ったのかね？」

「村はずれの、亡くなった女房《かみさん》の傍でございます。」

「その墓まで案内をしちゃ貰えまいかね？」

「お易い御用ですとも。これ、ヴァンカや！　もう猫のお相手は沢山だよ。この旦那を墓地へお連れして、駅長さんのお墓をお教えしな。」

この言葉に応じて、襤褸《ぼろ》をさげた赤毛で片目の男の子が駈け出して来て、村はずれまで案内に立って呉れた。

「お前、死んだ駅長さんを知ってたかい？」と、途中で私は訊いた。

「知ってたとも！　俺《おい》ら風笛の拵《こしら》え方を教えて貰ったっけ。小父《おじ》さんが居酒屋から出て来るとな(天国に安らわせたまえ！)、俺らはみんなで後からくっついてって、『小父さん、小父さん！　胡桃《くるみ》を呉んな！』って言うんだ。するとみんなに胡桃を分けて呉れるんだよ。しょっちゅう俺らと遊んでたよ。」

「旅の人であの人のことを思い出す人があるかね？」

「今じゃ旅の人は少ないよ。お役人は時たま見廻りにくるけど、死人の世話まではしないねえ。そうそう、この夏どっかの奥さんがやって来たっけが、その人は駅長の小父さんのことを訊いて、お墓へお詣《まい》りをして行ったよ。」

「どんな奥さんだったい？」と私は好奇心に駆られて尋ねた。

「きれいな奥さんだったよ」と男の子は答えた、「六頭立ての箱馬車で、小ちゃな坊ちゃん三人と、乳母と、真っ黒な狆《ちん》を連れてやって来たっけが、駅長さんが死んだと聞くと、泣き出しちゃってね、坊ちゃんたちに『おとなにしてるんですよ、お母さんはお墓詣りをして来るから』って言ったよ。俺らが案内してやろうというと、奥さんは『いいのよ、道は知ってるから』って言ったっけ。そいで俺らに五コペイカ銀貨を呉れたっけが。……本当にいい奥さんだったよ！」

私たちは墓地に着いた。それはむきだしの場所で、柵ひとつ、囲い一つなく、いちめんに木の十字架が立っているばかり、それに影を落とすただ一本の小さな樹《き》もなかった。生まれてこの方、私はこんな侘しい墓地を見たことがない。

「それ、これがあの駅長さんのお墓だよ」と男の子は、砂饅頭《すなまんじゅう》の上へ跳《と》び上がって私に言った。それには銅の聖像のついた黒い十字架が立ててあった。

「その奥さんもここへ来たのかい？」と私は訊いた。

「ああ来たよ」とヴァンカは答えた、「俺らが遠くから見てるとね、あの人はここへぶっ倒れたなり、いつまでも起きあがらなかったっけ。そいから奥さんは村へ行って、坊さんを呼んでね、お金をやったのさ。そいから行ってしまったっけが、俺らにゃ五コペイカ銀貨を呉れたよ。……本当にいい奥さんだったなあ。」

私もその男の子に五コペイカやったが、この村に寄ったことも、それに使った七ルーブルも、もはや惜しいとは思わなかった。

百姓令嬢

吾妹子《わぎもこ》よおん身うるわし
よしえやし
そのよそおいはいかにありとも
——ボグダノーヴィチ*

都を遠くはなれた或る県に、イヴァン・ペトローヴィチ・ベレストフの領地があった。若いころ近衛《このえ》師団に勤めていた彼は、一七九七年の初めに職を退いて帰郷*してこのかた、ついぞこの土地を離れたことがなかった。ある貧乏貴族の娘を娶《めと》ったが、この妻は彼が遠出の猟に出ていた留守に、重いお産の床《とこ》で亡くなってしまった。しかしこの歎《なげ》きは、間もなく領地を経営する上のさまざまの実務が紛らして呉れた。彼は自分で設計して邸《やしき》を建てたり、領地の中に羅紗《ラシャ》工場を作ったり、収入を三倍にふやしたりして、われこそ近隣に並ぶもののない知慧者《ちえしゃ》だわいと、鼻をうごめかしはじめた。これには、家族や猟犬を引き連れて彼の邸へお客にやって来る近隣の地主たちも、敢《あ》えて異議を唱えようとはしなかった。平日はフラシ天の短い上衣《うわぎ》を着てとおし、祝祭日には自家製の羅紗《ラシャ》で作ったフロックを一着に及ぶ。手ずから出納簿《すいとうぼ》をつける、官報のほかは何一つ読まない、といった調子である。傲慢《ごうまん》な男とは思われていたが、概してみんなから好かれていた。彼と反《そ》りの合わないのは、一ばん近い隣人のグリゴーリイ・イヴァーノヴィチ・ムーロムスキイだけであった。

このムーロムスキイという男は、正真正銘のロシヤの旦那《だんな》だった。財産の大部分をモスクヴァで使い果たし、ちょうどそのころ妻にも死に別れた彼は、最後に唯《ただ》ひとつ手に残った持ち村へ引っ込んで、相変らずの御乱行を続けていたが、尤《もっと》もその趣向は今までとはがらり違っていた。イギリス風の庭園を造って、残された収入の殆《ほとん》ど全部をそれに注ぎ込んでしまった。馬丁たちにはイギリスの競馬騎手《ジョッキィ》の服装がさせてあった。娘にはイギリスの婦人《マダム》が附けてあった。畠《はたけ》にはイギリス風の耕作法を用いていた。

さりながら、異国の手振りじゃロシヤの麦は穣《みの》り申さぬ*

もので、なるほど支出は目に見えて減ったものの、グリゴーリイ・イヴァーノヴィチの収入は一向に増して来なかった。そこで彼は、田舎《いなか》住まいをする身になっても、新たに借金をつくる方法をひねり出すのだった。といった始末だったに拘《かか》わらず、彼が馬鹿にならぬ人物と目されていたのは、県下の地主連に率先して、領地を後見会議院へ抵当に出すという手を思いついた男だったからである。――この遣《や》り繰《く》りたるや当時としては、非常に手の混んだ、思いきった遣り口と思われたのである。

この彼をとやかく言う人々のなかで、ベレストフの論難が一ばん手厳しかった。新機軸に対する憎悪は、ベレストフの性格のうちでも特にめだった特徴だった。彼は談たまこの隣人の英国心酔のことに及ぶと、とても平気でいることが出来ず、のべつに難癖をつける機会を発見するのだった。例えばお客に自分の領地を案内して見せるとする。その客が彼の行き届いた経営ぶりを褒めそやすと、それに対する挨拶《あいさつ》はこうであった。「左様《さよう》さ！」と狡《ずる》そうな薄笑いを見せて、「まあ私のところは、お隣りのグリゴーリイ・イヴァーノヴィチのとことは訳が違いますからな。私どもがわざわざイギリス流儀で身代限りをして見たところで始まりませんわい！　まあお腹《なか》はくちくとも、私どもはロシヤ流儀で結構ですなあ。」ざっとこうした類いの色んな冗談口は、近隣の人々のおせっかいのお蔭《かげ》で、尾鰭《おひれ》がつき註釈がついて、グリゴーリイ・イヴァーノヴィチの上聞に達するのだった。しかもこの拝英狂と来たら、吾が国のジャーナリストと同様に、他人の批評にはさっぱり堪《こら》え性《しょう》のない男であった。彼は狂せんばかりにいきり立って、自分に妄評を加えた男のことを、熊だ、田舎っぺいだと呼ぶのだった。

二人の地主の仲がこんな風だったとき、ベレストフの息子が帰省して来た。彼は＊＊＊大学で教育を受けた男で、自分では軍務に就く考えだったが、父親はそれに不同意だった。青年の方ではまた、文官勤めは全く自分には向かないと思っていた。親も子も互いに一歩も譲らなかった。で若いアレクセイは、まず当分のうち旦那暮らしをすることになったが、万一の用意に口髭《くちひげ》＊だけは蓄えていた。

アレクセイはまったくのところ立派な青年だった。実際、もし彼のすらりと伸びた体軀が、ぴっちりと身についた軍服に遂《つい》に包まれる折に恵まれず、馬上ゆたかに打たせるかわりに、あたらその青春を役所の書類の上へかがみ込んで過ごしたとしたら、それこそ千秋の恨事というべきであろう。猟に出るといつも先頭を承って、道も選ばずまっしぐらに飛ばして行く彼の姿を見て、近隣の人々は口を揃《そろ》えて、あの様子じゃとても碌《ろく》な課長さんは出来まいと言うのだった。お嬢さんたちは、ちらちらと彼の方を盗み見るばかりか、時には我を忘れて見惚れるのだったが、アレクセイの方では殆ど気にも留めなかった。従ってお嬢さんたちは、この薄情《つれなさ》の原因を、彼にはもうほかに恋人があるから

だろうと考えていた。そして実際、彼の書いた或る手紙の上書きの写しが、彼女たちの手から手へと廻されていた。曰《いわ》く、

モスクヴァ市、聖アレクセイ修道院前、銅物師サヴェーリエフ方
アクリーナ・ペトローヴナ・クローチキナ様
本状をA《ア》・N《エヌ》・R《エル》へお手渡し被下度《くだされたく》謹んで願上《ねがいあげ》候

読者諸君のうち田舎に住まわれたことのない方は、こうした田舎の令嬢というものがどんなに魅力ある存在であるかを、想像することも出来ないだろう！　清らかな大気を吸って、わが庭の林檎《りんご》の樹《こ》かげで育てあげられた彼女たちは、世間や人生についての知識を書物から汲《く》みとるのである。孤独、自由、それに読書という三つが、浮《うわ》ついた都そだちの佳人麗姫《かじんりき》の夢にも知らない感情や情熱を、早くから彼女らの胸にはぐくむのだ。そういうお嬢さんたちにとっては、馬の鈴の響きが既に胸を躍らす冒険である。近所の町へ出掛けることは生涯の劃期的《かっきてき》事件だし、客の来訪は長く消えない、時としては永遠につづく、思い出をのこすのである。もちろん彼女たちに変梃《へんてこ》な所があるといって、それを嘲笑《あざわら》うのは皆さんの勝手ではあるが、しかし皮相な観察者が飛ばす冗談なんぞは、

彼女たちの一ばん大切な美点を傷つける力はないのである。それらの美点のうちでも尤《ゆう》たるものは、性格の特異性、すなわち独自性（*individualité*）＊で、ジャン・パウル＊の説に従えば、それがなくては人間の偉大さは存在しないのだ。都会の女性は、恐らくもっと立派な教育を受けていることだろうが、世間のしきたりが間もなく性格を均《な》らしてしまい、その心情はその髪の結い方と同じく、一様なものになってしまうのである。これは批判とか非難とかいう意味で云《い》うのではないが、しかし或る古代の註釈家が記しているように、『吾人の註記《ノータ・ノストラ》はやはり通用する《マーネント》』である。

　こうしたお嬢さん仲間に、アレクセイがどんな印象を齎《もたら》しただろうかは、容易に想像のつくことである。彼女たちの眼の前に、彼は最初の沈鬱家《ちんうつか》として、最初の幻滅児として、立ち現われたのである。彼女たちに向かって、失われたる悦《よろこ》びを説き、凋落《ちょうらく》せる青春を説いた最初の人だったのである。それのみならず、彼は髑髏《どくろ》の彫りのある黒い指環《ゆびわ》をはめていた。総《す》べてこうしたことは、この県下では極めて新奇なことに属した。お嬢さんたちは彼にのぼせあがってしまった。

　が、中でも一ばん彼に心をひかれたのは、例の拝英狂の娘のリーザ（または、グリゴーリイ・イヴァーノヴィチが平生呼びつけている名でいえばベッツィー）であった。父親同志が往き来をしないので、彼女はまだアレクセイを見たことはなかったが、しかも近隣のお嬢さん仲間の話すことと云えば、彼の噂ばかりなのである。彼女は十七歳だった。その浅黒い、頗《すこぶ》る感じのいい顔は、黒眼のおかげでくりくりしている。彼女は一人っ児《こ》だから、従って甘やかし放題に育てられていた。彼女のお転婆ぶりと、小休《おや》みもない悪戯《おいた》の数々は、父親を有頂天にならせる一方では、家庭教師のミス・ジャクソンを絶望の淵《ふち》へ陥れるのだった。これは四十歳になる学者きどりの老嬢で、白粉《おしろい》をぬたくり、眉墨《まゆずみ》をひいて、年に二度『パミラ』*を読み返し、その報酬として二千ルーブルを貰《もら》い、このロシヤという野蛮国で死なんばかりに退屈していた。

リーザの身の廻りの世話をするのはナースチャである。年はお嬢さんより少し上だったが、お転婆にかけてはひけを取らなかった。リーザは頗るこの小間使がお気に入りで、自分の秘密は何ごとによらず彼女に打ち明け、彼女を相談相手に色んな密謀をめぐらすのだった。一口で言えば、ナースチャがプリルーチノ村で演じていた役割は、フランス悲劇のどんな腹心《コンフィダント》の侍女の役目よりも遥かに重かったのである。

「今日ちょっとお客に参りたいのですけど」と或る日ナースチャは、お嬢様に着物をきせながら言った。

「いいわ、けれど何処《どこ》へ行くの？」

「トゥギロヴォ村のベレストフさんの所ですの。あすこのコックのおかみさんが命名日だもので、あたくしたちにお昼《ひる》飯を御馳走《ごちそう》するって、きのう招《よ》びに来ましたの。」

「まあ！」とリーザは言った、「主人同士は喧嘩《けんか》してるのに、奉公人同志は御馳走し合うんだわねえ。」

「旦那様のなさることなんか、あたくしたちの知ったことじゃありませんわ！」とナースチャは言い返した、「おまけにあたくし、お嬢様附きでお父様附きじゃございませんものね。それにお嬢様は、あのベレストフの若旦那とまだ喧嘩をなすったわけじゃございますまい。お年寄り同志は、それが面白けりゃ、勝手に戦《いくさ》をなさるがいいのですわ。」

「じゃねえ、ナースチャ、お前あのアレクセイ・ベレストフを何とかして見て来て頂戴な。そして、どんな様子でどんな気性の人だか、私によく話して聞かせてお呉れよ。」

ナースチャは委細承って出て行った。リーザは彼女の帰りを日ねもす待ちこがれていた。やがて晩になって、ナースチャが帰って来た。

「さあ、リザヴェータ・グリゴーリエヴナ」と彼女は部屋へはいるなり、そう切り出した、「見て参りましたよ、ベレストフの若旦那を。よくよく見届けて参りましたよ、何しろあたくしたち、一日じゅう御一緒にいたんですもの。」

「あら、どうして？　さあさ、ちゃんと筋道を立てて話して頂戴。」

「畏《かしこ》まりました。先《ま》ず連れ立って参りましたのは、あたくしと、アニーシヤ・エゴーロヴナと、ネニーラと、ドゥーンカと……」

「ええええ、分かってるわ。で、それから。」

「御免あそばせ、すっかり筋道を立ててお話しいたしますから。そこで私どもは、ちょうどお昼飯《ひる》どきにあちらへ着きました。部屋はぎっしり一杯の人でございました。コルビノ村の人や、ザハーリエヴォ村の人や、娘づれの執事のかみさんや、フルピノ村の人や……」

「いいわ、でそのベレストフは？」

「少々お待ちあそばして。そこで食卓につきましたが、執事のおかみさんが上席で、その隣があたくし。……娘たちはぷんと脹《ふく》れましたけど、あんなの、唾《つば》でもひっかけてやりますわ。……」

「まあ、ナースチャ、お前ってば、何て焦《じ》れったいんだろうね。そんなことばっかり長々とお喋《しゃべ》りしてさ！」

「あら、お嬢様ったらお気の短いこと！　さてそこで食卓を離れまして……そうそう、食事に三時間もかかりましてするのよ、結構なお料理でしたっけ。デセールはブラマンジェーで、青いのや赤いのや縞《しま》入りのや、そりゃ綺麗《きれい》でございましたわ。……そこで食卓を離れまして、鬼ごっこを致しにお庭へ出ますと、そこへそら若旦那がお出ましになったという次第ですの。」

「で、どうだった？　とてもきれいな方だっていうけど、ほんと？」

「びっくりするほどお綺麗な方ですわ。美男子、とこう申してもいいですわ。こうすらりと遊ばして、お背が高くって、お頰《ほお》がつやつやと紅《あか》くって……」

「ほんと？　私はまた、お顔の蒼白《あおじろ》いかたかと思ってたわ。で、どう？　お前にはどんな方に思えて？　悲しそう？　物思いがち？」

「まあ、何を仰しゃいますの？　あんな気違いじみたほど陽気なかたは、あたくし生まれてこのかた見たことも御座いませんわ。あたくしどもと鬼ごっこをする気におなりですもの。」

「お前たちと鬼ごっこだって！　そんな筈《はず》ないわ！」

「ところが大《おお》ありですのよ。それどころか、まだまだ面白いことをお考えつきでしたわ！　捉《つか》まえたら、キスをするっていう！」

「勝手におし、ナースチャ、嘘《うそ》ばっかりついてさ。」

「お嬢様こそ御勝手にあそばせ、嘘じゃございませんもの。あたくし、やっとこさであの方を振り切って逃げましたのよ。そんな風で、一日《いちんち》じゅうあたくしどもと一緒に騒いでらっしゃいましたわ。」

「でも変だわねえ、あの方には恋人があって、誰にも見向きもなさらないって噂だけど。」

「さあ、どうですか。けど、あたくしを見過ぎるくらい御覧になりましたし、執事の娘のターニャだっても、コルビノ村のパーシャだってもーーまあ罪な話ですけど、誰の気もおそらしにならなかったので、本当にお愛想のいい方ですわ！」

「まあ呆《あき》れた！　で、お屋敷の人はあの人のことどう言っていて？」

「すばらしい旦那だって評判ですわ。本当に親切な、面白い方ですって。ただ一つよくない事は、娘たちを追い廻すのが少々度を過ぎてお好きなことだと申しておりますわ。けどあたくしの考えでは、これはとり立てて言うほどの欠点でもありませんわ。今にだんだんお落ち着きになりましょうもの。」

「何とかしてお目にかかれないものかしらねえ！」と、溜息《ためいき》をつきながらリーザが言った。

「なんの造作がございますものか？　トゥギロヴォは遠方じゃありませんわ――せいぜい三露里ですもの。あちらの方へ御散歩になり、馬に乗ってなり、いらして御覧あそばせ、きっとお逢いになれますわ。あの方は毎朝はやく、鉄砲をもって猟にお出ましになるんですのよ。」

「でも、やっぱり駄目だわ。私があの人の後を追っかけてるようにとられるかも知れないもの。それにお父さん同志なかが悪いから、私だってやっぱり、あの方とお近附きになっちゃ悪いしねえ。……そうそうナースチャ、巧《うま》いことがあるわ、あたし百姓娘の身装《なり》をするの！」

「まあ、本当にそうでしたわ。地の厚いルバーシカに袖無《サラファン》しを召して、勇敢にトゥギロヴォへお出掛けになったら、どうしてベレストフさんがお見逃しになる筈があるものですか、請け合いですわ。」

「それに私、この土地の言葉も上手なのよ。ああナースチャ、大好きなナースチャ！

なんてまあ名案だろう！」

そこでリーザは、この愉快な目論見《もくろみ》をぜひとも実行しようと心にきめて、寝床へはいった。翌《あく》る日になると、さっそく彼女は例の計画の実行にとりかかった。まず使いを市場へやって、厚地の亜麻布と、青い南京木綿《なんきん》と、銅のボタンを買って来させた。それからナースチャに手伝わせて、ルバーシカと袖無し《サラファン》とを裁ち、女中たち総がかりで縫わせたので、日の暮れまでにはすっかり出来あがってしまった。リーザは仕立ておろしを身に着けて見て、われながらこんなに可愛らしく見えたことはついぞなかったと、鏡の前でつくづく感心した。それから彼女は自分の役の稽古をした。歩きながら低いお辞儀をしたり、つづいて二、三べん粘土の猫みたいに首を振ってみたり、百姓訛《なま》りで喋ってみたり、笑ってみたり、袖《そで》で顔を匿《かく》してみたりして、すっかりナースチャに褒められてしまった。ただ一つ困ったことには、はだしで中庭《そと》を歩いてみると、芝生が彼女の柔らかな足にちくちくするし、ましてや砂や小石に至ってはとても我慢がならなかった。ナースチャはそこでも助け舟を出した。彼女はリーザの足の寸法をとると、牧場へ出ている牛飼いのトロフィームのところへ駈《か》けつけて、その寸法の樹皮靴《ラプチ》を誂《あつら》えたのである。

その翌る日、まだ夜も明けきらないうちに、リーザは早くも眼をさました。家内じゅうがまだ寝静まっていた。ナースチャは門の外へ出て、牛飼いの来るのを待っていた。角笛の音が聞こえてきて、村の家畜の行列が地主屋敷の前へさしかかった。トロフィームはナースチャの前を過ぎるとき、色模様のはいった小さな樹皮靴《ラプチ》を渡して、お礼に五十コペイカもらったのである。リーザはこっそり百姓娘の衣裳をつけると、ミス・ジャクソンを宜《よろ》しく言いくるめる指図をひそひそ声でナースチャに与えて、裏口へ廻り、野菜畑を横ぎって小走りに耕地へ出た。

朝焼けが東の空にかがやき、金色の雲が列をつくって、さながら君主の出御を待つ廷臣のように、太陽を待ち受けているかに思われた。澄みわたった空、朝のすがすがしさ、草におく露、そよ吹く風、小鳥の囀《さえず》り、そういったものが、リーザの胸を子供のような悦びで一杯にした。誰か知っている人に逢っては困るので、彼女はまるで歩いているのではなくて、空を飛んでいるように見えた。やがて父親の領地の境にこんもりしている林へ近づくと、リーザは歩みを緩めた。ここでアレクセイを待ち受けることにしていたのだった。彼女の胸は故もしらずに高鳴っていた。しかしまた、われらが青春の悪戯にともなう危惧《きぐ》の念こそ、実はその主な魅力をなすものなのである。リーザは林の薄暗がりに分け入った。梢《こずえ》をわたる陰《いん》に籠《こも》ったざわめきが、少女をよろこび迎えるのだった。

今までの浮き浮きした気持が鎮まって、彼女はだんだん甘い夢み心地に落ちて行った。彼女は思い耽《ふけ》るのだった……しかし十七のお嬢さんが、春の朝まだきの五時すぎに、ただひとり林の中にいて思うことを、はっきり確かめることがそもそも出来ることであろうか？　まあそんな次第で、思い耽りながら彼女は、見あげるような樹々が両側から蔽《おお》いかぶさっている道を歩いて行ったが、不意に見事なセッター犬が吠えかかって来た。リーザはびっくりして悲鳴をあげた。と、そのときである、「とまれ《トウ・ボオ》、スボガール、*こっち《ィ》へ来い《シ》……」という声が聞こえて、若い猟人が茂みのかげから姿を現わした。

「大丈夫だよ、娘さん」とその男はリーザに言った、「この犬は咬《か》みつきゃしないからね。」

その間に、リーザは恐怖から立ち直って、即座にこのきっかけをまんまと捉えたのである。

「でもやっぱし、旦那」と彼女は、怯《おび》えと含羞《はにか》みの様子を半々にとりつくろいながら言った、「おっかないですわ。だってほら、あんな憎らしい顔をしていますもの、また飛びついて来るでしょうよ。」

その一方アレクセイ（だということに読者は既にお気づきである）は、じっとこの百姓娘を眺めていた。

「怖いなら送ってあげようか」と彼は言った、「お前さんと並んで歩いてもいいかい？」

「誰が文句を言いますものかね」とリーザは答えた、「誰がどう歩こうと、天下晴れての往来ですもの。」

「お前さん、どこの人だい？」

「プリルーチノの者ですわ。鍛冶屋《かじや》のヴァシーリイの娘で、蕈《きのこ》を採りに行くとこです。(リーザは紐《ひも》のついた手籠《てかご》を提げていた。)で、旦那は？　トゥギロヴォのかたでしょう？」

「ああそうだよ」とアレクセイは答えた。「僕は若旦那のお附きの者なのさ。」アレクセイはお互いの身分を同じにしたかったのである。ところがリーザは彼の顔を見て笑いだした。

「嘘ばっかり」と彼女は言った、「こう見えても馬鹿じゃありませんもの。あんたがその若旦那だっていうことは、ちゃんと分かりますわ。」

「なぜそう思うんだい？」

「どこを見たって分かりますもの。」

「でもさ？」

「旦那とお附きの人の見分けが、何でつかずにいるものですか。身なりも違うし、話しっぷりも違うし、犬を呼ぶのさえ国の言葉じゃないものね。」

リーザは刻一刻とアレクセイの気に入って来た。きれいな村娘には遠慮をしない癖のついていた彼は、いきなり彼女を抱き寄せようとした。ところがリーザはひょいと跳《と》びのいて、急にきりりとした冷たい顔をしてみせたので、アレクセイは思わず噴《ふ》き出してしまったものの、流石《さすが》にそれ以上の手出しは控えた。

「もしこれからも友達でいたいと思《おぼ》し召すなら」と彼女は真面目《まじめ》くさった顔でそう言った、「慎みをお忘れにならないことですわ。」

「そんな気の利いた文句を一たい誰に教わったんだね？」と、ひとしきり腹をかかえて笑ってからアレクセイが訊《き》いた、「ナースチェンカだろう？　僕の知っている、あのお前たちのお嬢様の小間使だろう？　なるほど、こんな工合に教化が弘《ひろ》まって行くんだな！」

リーザは自分の役を踏みはずしたことに気がついて、すぐさま立ち直った。

「まあ、ひどい事ばっかり！」とリーザは言った、「あたしがまだ一度も旦那のお屋敷へ出たことのない娘に見えますかね！　生憎《あいにく》と、何でも見たり聞いたりしてますわよ。旦那はだけど」と彼女は先を続けた、「若旦那の相手になってると蕈も採れやしない。旦那はそっちへお行きなさい、あたしはこっちへ参ります。ではさようなら……」

リーザが離れて行こうとすると、アレクセイはその手をとって引きとめた。

「ねえ、お前の名は何ていうの？」

「アクリーナですわ」とリーザは、アレクセイの手から自分の指を抜きとろうとしながら答えた、「さ旦那、放して下さいな、もうあたしうちへ帰らなくちゃ。」

「じゃね、アクリーナ、そのうちきっと君の父《と》っさんの所へ遊びに行くよ。鍛冶屋のヴァシーリイさんところへね。」

「まあ何を仰しゃるの？」と、リーザは懸命に言い返した。「後生だからいらっしゃらないで。若旦那と二人っきりで林の中でお喋りをしたことが家へ知れたら、あたし酷《ひど》い目に逢わされますもの。お父さんが、あの鍛冶屋のヴァシーリイが、あたしを死ぬほど叩きますもの。」

「だが、僕はどうしても君と会いたいんだよ。」

「そいじゃあたしが、またその内にここへ蕈を採りに来ますわ。」

「そりゃあいつだい？」

「明日でもいいですわ。」

「可愛いアクリーナ、僕はお前にキスしたいんだが、どうも出来ないんだ。じゃ明日《あした》だよ、ちょうどこの時間にね、いいね？」

「はい、はい。」

「お前まさか騙《だま》すんじゃなかろうね？」

「大丈夫ですわ。」

「じゃお誓い。」

「聖金曜日にかけて、きっと来ますわ。」

若い二人は別れた。リーザは林を出ると、耕地を横ぎって庭へ忍び込んで、ナースチャの待ち受けている農舎へ、息せき切って駈け込んだ。腹心の侍女《コンフィダント》がさももどかしげに次から次へと浴びせる質問には、うわの空の返事をしながら、そこで着がえを済まして、客間《サロン》へ出て行った。食卓はととのえられて、朝食が出ていた。早くも白粉を塗りたてて、葡萄酒《ぶどうしゅ》の杯みたいに腰を締めあげたミス・ジャクソンが薄いサンドウィチを切っていた。

父親は朝早くから散歩をして来たとは感心だ、と彼女を褒めた。

「鶏鳴とともに起きるほど」と彼は言った、「健康にいいものはないからのう。」

そして彼は、イギリスの雑誌から借用した人間長寿の実例を幾つか挙げて、百歳のうえ長生きをした人はみなヴォトカを用いず、冬でも夏でも鶏鳴とともに起きた人ばかりだと附け加えた。リーザはてんで聴いていなかった。彼女は心の中で朝の逢曳《あいびき》の一部始終を、アクリーナと若い猟人の会話の一切を繰り返し繰り返ししていたが、そのうちにだんだん気が咎《とが》めはじめた。二人の交わした言葉は、娘の作法に外《はず》れたものではなかったし、あれくらいの悪戯なら別にあとで面倒が起こるはずはない――と彼女は、われと吾が心に抗《さか》らって見たけれど、さっぱり利目《ききめ》はなくて、良心の呟《つぶや》きは理性の声よりも高らかだった。なかでも一ばん心配だったのは、明日の再会を約したことだった。彼女はいっそあのとき立てた誓いを破ってしまおうと、きっぱり決心をしかけた。しかしアレクセイは待ちぼけを喰って、鍛冶屋ヴァシーリイの娘を――あの肥《ふと》っちょで痘痕《あばた》づらの本物のアクリーナを、村へ探しに来るかも知れない。そうして彼女の軽率ないたずらを、見破ってしまうかも知れない。それを思うとリーザはぞっとして、明日の朝はまたアクリーナになって、林へ行こうと心をきめた。

一方アレクセイは有頂天になっていた。昼はひねもす新しい女友達《なじみ》のことを考えつづけ、夜は夜で浅黒い美しい娘の面影が、夢のなかにまで彼の想念を追いかけてきた。そして東の空がやっと紅らみかけた頃には、もう身仕度を済ませていた。猟銃に弾丸《たま》をこめる暇も惜しんで、彼は忠実なスボガールをお供に耕地へ出ると、逢う約束になっている場所へ駈けつけた。

堪えがたいほどの期待のうちに、半時間ばかりたった。やっと茂みのあいだに青い袖無し《サラファン》のちらつくのが見えると、彼は可愛いアクリーナを迎えに跳び出して行った。その狂喜せんばかりの感謝の言葉に、彼女はにっこり微笑《ほほえ》みかけた。けれどアレクセイはめざとくも、彼女の顔に物思わしげな不安の影を見てとって、一たいどうしたわけなのかと尋ねるのだった。そこでリーザは、自分の行いが我ながら軽々しく思えてならない、それを今ではつくづく後悔している、今日だけは約束を破りたくなかったので来たけれど、もうこれでお逢いするのは最後にしたい、どうせ碌なことにはならないお互いの交際だから、これで打ち切りにして頂きたい、という意味を打ち明けた。勿論《もちろん》はじめからお仕舞いまで百姓訛りで言ったのだが、ただの百姓娘にしては珍しい物の考え方や感情が、いたくアレクセイの心を打った。彼は弁舌の限りを尽くして、アクリーナの考えを翻《ひるがえ》させようとした。自分の気持には何の悪気もないことを誓って、彼女の後悔のもとになるような真似は決してしない、なんでも彼女の言うなりにすると約束して、せめて一日おきでも一週間に二度でも二人きりで逢うという、彼にとっては唯一つの悦びを、お願いだから奪って呉れるなと掻《か》き口説《くど》くのだった。彼は真実いつわりのない情熱の言葉で語って、この瞬間たしかに恋をしていたのである。リーザは黙って聴いていた。

「じゃ約束して下さいな」と彼女はやがて言った、「決してあたしを探しに村へ来なすったり、あたしのことをかれこれ人に聞いたりしないって。それからもう一つ、あたしが自分できめる時のほかは、決して逢おうとは言わないってことも。」

アレクセイは聖金曜日にかけて誓いを立てようとしたが、彼女は微笑んでそれをとめた。

「あたしには誓いなんか要りませんわ」とリーザは言った、「約束だけで沢山《たくさん》ですわ。」

それから二人は、リーザが帰ると言い出すまで、林のなかを一緒に歩きながら、仲よく話をした。やがて別れて、一人になったアレクセイは、一たいどうしたわけで、格別とりえもない田舎娘が、たった二度の逢曳で自分の心をしんから捉えてしまったのか、いくら考えても分からなかった。しかしアクリーナとの関係には目新しさから来る魅力があった。で、この奇妙な百姓娘の出した註文は彼にはいかにも辛《つら》く思われはしたが、さりとて一たん自分のした約束を破ろうなどという考えは、頭に浮かんでも来なかったのである。それはつまりアレクセイが、あの宿命的な指環をはめたり、あの不可思議な文通をしたり、また暗い幻滅を味わった身であったにも拘わらず、依然として善良な熱烈な青年であり、無垢《むく》な乙女心になぐさめを感じ取ることのできる純真な心の持ち主だった、というわけである。

もし私が自分の好みにばかり従う者だったら、必ずやこの若い二人の逢曳の有様や、次第に強まってゆくお互いの愛着や信頼の情や、二人のしたことや、二人の語り合ったことを、細大もらさず述べ立てにかかったことだろう。だがそれをしたところで、まず大抵の読者は私と満足を共にされぬであろうことを、私は承知しているのである。そうした一部始終は概して甘ったるいものになるに極《き》まっているから、私はそれを省略して、ただ手短に、二た月もたたぬ内にわがアレクセイがこの恋に夢中になってしまった、そしてリーザも、口数こそ男よりも少なかったとはいえ、決して相手より冷淡なわけではなかった、と記すにとどめて置こう。二人とも現在の幸福に酔って、未来のことは殆ど考えたことがなかった。

もう自分たちは切ろうにも切れない絆《きずな》で結ばれているのだという想念は、かなり頻繁に二人の念頭にひらめくのだったが、それを口に出して語り合ったことは一度もなかった。その訳は明らかである。アレクセイは、可愛いアクリーナにどんなに惹《ひ》かされていたにもせよ、やはり自分と貧しい百姓娘の間の隔たりを忘れることは出来なかったし、またリーザの方でも、父親同志の憎しみがどんなに根深いものかは知っているので、とても両家の和解に望みをかける訳には行かなかったのである。なおその上に、彼女の自尊心が、やがてはこのトゥギロヴォの領主をプリルーチノの鍛冶屋の娘の足下に跪《ひざまず》かせて見たいという、怪しげな、小説じみた期待によって、ひそかに唆《そそ》り立てられていたこととも言い落とせない。と、そこへ降って湧《わ》いた大事件が、すんでのことで二人の関係を一変させるところだった。

ある晴れ渡った、寒さの肌にしむ朝(わがロシヤの秋によくあるあれである)のこと、イヴァン・ペトローヴィチ・ベレストフは馬に乗って散歩に出た。万一獲物の現われたときの用意に、三対ほどのボルゾイ犬と、猟僕と、鳴子を持った数人の召使の小倅《こせがれ》を従えていた。それと同じ時刻に、グリゴーリイ・イヴァーノヴィチ・ムーロムスキイも秋晴れに誘われて、尻尾《しっぽ》の短い牝馬《めすうま》に鞍《くら》を置かせ、英国化された自分の領地のまわりを速歩《トロット》で乗り廻していた。林の縁まで乗りつけて見ると、例の隣人が狐裏の長外套《チェクメン》をまとって、傲然と馬に跨《またが》りながら、子供たちが喚《わめ》いたり鳴子を鳴らしたりして茂みから追い出しにかかっている兎《うさぎ》を、待ち受けている姿が目にはいった。もしもグリゴーリイ・イヴァーノヴィチがこの出会いを予想し得たのだったら、必ずや彼は馬首を転じたでもあろうが、何しろ全く不意にベレストフにぶつかったのだから、気がついた時は既におそく、ピストルの着弾距離内にはいっていたのである。やむを得ずムーロムスキイは、教養あるヨーロッパ人として、馬を敵手の傍へ乗りつけて、慇懃《いんぎん》に挨拶をした。一方ベレストフはどうかというと、熊使いの命令でお立ち会いの皆様にお辞儀をする鎖《くさり》につないだ熊――ほどの熱心さで、礼を返したのだった。とその時、兎が林から跳《は》ね出して野原へかかった。ベレストフと猟僕は声を限りに喚きたてて、さっと犬を放すなり全速力でその後を追った。ムーロムスキイの馬は、あいにく一度も猟に出たことがなかったので、びっくりしてまっしぐらに駈けだした。乗馬の名人を以《もっ》て自任していたムーロムスキイは、馬を走るにまかせて、この不愉快な話し相手から免れさせて呉れた偶然を心のうちで喜んでいた。ところが馬は、それまで気がつかなかった窪地《くぼち》の上へ出ると、いきなり横跳びに跳んだので、ムーロムスキイは一たまりもなく落馬してしまった。凍った地面へかなり手酷く叩きつけられた彼は、尻尾の短い牝馬を呪《のろ》いながら横たわっていたが、馬の方でも乗り手のいないことに気がつくと、まるで我に返ったようにすぐさま停まってしまった。ベレストフは馬を飛ばして馳《は》せ寄ってきて、怪我はなかったかと尋ねた。そうこうするうちに猟僕が、不埒《ふらち》な馬の轡《くつわ》を抑えて曳《ひ》いて来た。猟僕がムーロムスキイを鞍に助け乗せると、ベレストフは彼を自宅へ招待した。ムーロムスキイは自分が恩になったのを感じたので断ることもならなかった。という次第でベレストフは、首尾よく犬が追いつめた一匹の兎に加うるに、手傷を負って、まず俘虜《ふりょ》も同然の好敵手をも引き具して、意気揚々とわが家に凱旋《がいせん》したのである。

隣人同志は朝食をともにしながら、かなり睦《むつ》まじい調子で話をした。ムーロムスキイは、打ち傷のためとても乗馬では家まで帰れないと打ち明けて、ベレストフの一頭立て《ドロシキ》の借用を申し出た。やがてベレストフが玄関先まで見送って出ると、ムーロムスキイは、明日ぜひ御子息も御一緒にプリルーチノへ、友達づきあいの昼飯にお越しを願いたいと言い出して、相手が確《しか》と約束するまでは立ち去らなかった。といった次第で、さしも深く根を張った永年の反目は、尻尾の短い牝馬の臆病風から、今にも解消しそうな形勢になった。

リーザは父親を迎えに走り出た。

「まあ、どうなすったの、パパ」と彼女は驚いて言った、「なぜ跛《びっこ》を引いてらっしゃるのよ？　馬はどうなすって？　これはどちらの馬車ですの？」

「うむ、こいつはとてもお前には判じられまいて、my dear《マイ・ディア》」と、グリゴーリイ・イヴァーノヴィチは答えて、一部始終を話して聴かせた。

リーザはわれとわが耳が信じられなかった。グリゴーリイ・イヴァーノヴィチは、彼女がわれに返るひまも与えずに、明日はベレストフ父子《おやこ》が昼飯に来るぞと矢つぎ早に発表した。

「何ですって！」と、彼女はさっと色蒼ざめて言った、「あのベレストフの、父子《おやこ》がですって！　あした昼飯に来るんですって！　駄目だわ、パパ、御勝手になさいまし。私、何てったたって出て行かないから。」

「どうしたんだ、気でも違ったのかな？」と父親は聞き咎めた、「いつの間にお前は、そんな内気な子になったのかね？　それともあの人たちに、親譲りの意趣を含んでいるという次第かね、小説の女主人公《ヒロイン》みたいにな。馬鹿もいい加減にしなさい……」

「駄目よ、パパ、なんてったたってあたし出ていかないわ。どんないい物を下すったたって、あたしベレストフさん父子《おやこ》の前へは出ないことよ。」

グリゴーリイ・イヴァーノヴィチは肩をすくめて、そのうえ娘と争おうとはしなかった。いくら反駁《はんばく》してみたところで、結局なんの利目もないことを知っていたからである。そしてこの記念すべき散歩の疲れをいやすため、そのまま奥へはいった。

リザヴェータ・グリゴーリエヴナは居間へ帰ると、ナースチャを呼びつけた。二人は長いこと、明日の客来について討議を重ねた。万一この立派な躾《しつけ》を受けた令嬢が、愛するアクリーナと同一人物だということに気がついたら、アレクセイはどんな思いがするだろう？　彼女の品行や、行儀作法や、また彼女の思慮の有無について、どんな感想を抱くだろうか。その一方、この思いもよらない会見がどういう印象を彼に与えるだろうかと云うことも、リーザは見たくって堪《たま》らなかった。……と不意にある考えが閃《ひらめ》いた。彼女はそれをナースチャに伝え、二人はまるで鬼の首でも取ったように嬉《うれ》しがって、かならず実行しようと一決に及んだ。

翌る日の朝食のとき、グリゴーリイ・イヴァーノヴィチは娘に向かって、やっぱりお前はベレストフ父子《おやこ》から隠れているつもりかと訊《たず》ねた。

「ねえパパ」とリーザは答えた、「出た方がいいとパパが仰しゃるなら、あたし出ることにしますわ。但し条件つきなのよ。それはね、私がどんな様子で出て行っても、私がどんな真似をしても、叱《しか》りつけたりはなさらない、驚いた顔も厭《いや》な顔も一切なさらない、っていうこと。」

「また何かお悪戯《いた》だな！」とグリゴーリイ・イヴァーノヴィチは笑いながら言った、「よし、よし、承知したよ。何でも好きなようにするがいいさ、この黒い眼のお跳ねさん。」

そう言って彼が娘の額《ひたい》にキスをすると、リーザは仕度をしに駈けて行った。

二時きっかりに、自家製の半幌馬車《はんほろばしゃ》が六頭の馬に曳かれて門内へ乗り入れ、緑いろ濃き円形の芝生についてぐるりと廻った。老ベレストフは、制服《おしきせ》を着たムーロムスキイ家の従僕両名に扶《たす》けられて、玄関の段々を登った。その後から息子が馬で乗りつけて、父親と一緒に、すでに昼餐《ちゅうさん》の用意のととのっている食堂へ通った。ムーロムスキイは慇懃の限りをつくして隣人たちを迎え、食事のまえにひとつ庭園と小動物園を御覧ねがいたいと申し出て、入念に掃き清めて砂をきれいに敷いてある小径《こみち》を、自ら案内して行った。老ベレストフは内心に、こんな役にも立たぬ道楽に空費された労力と時間とを勿体《もったい》ないことに思ったが、礼儀を守って黙って拝見していた。息子の方は、勘定高い地主の不服にも、一人よがりの拝英狂の有頂天ぶりにも、さっぱり無関心だった代りには、かねがね噂のみに聞いているこの家の娘の出現が、待ち遠しくてならなかった。私たちの知っている如《ごと》く、彼の胸中には既に主《あるじ》がいたとはいえ、うら若い美女は常に彼の空想をそそる権利があったのである。

食堂へ戻ると、主客三人は席についた。老人同志で昔話や軍隊生活の回想に花を咲かしている一方、アレクセイは、リーザの前でどんな役割を買ったものかと思い廻《めぐ》らしていた。どっちみち冷然と、さりげなく構えるに越したことはないと彼は決めて、然《しか》るべく用意をととのえた。やがて扉が開いたのをしおに、彼はやおら頭を廻らしたが、その無関心な様子、その小づら憎いほどの何気なさと来たら、いかな甲羅を経た婀娜《あだ》女の心胆をも、ひやりとさせずには措《お》かない底《てい》のものであった。ところが不幸にして、はいって来たのはリーザではなくって、こってりとお化粧をしてコルセットで緊《し》め上げ、伏眼をつくって膝頭《ひざがしら》でお辞儀をしている老嬢《ミス》ジャクソンだったので、折角のアレクセイの軍事行動もあたら徒労に終わってしまった。この打撃から彼が立ち直る暇もなく、再び扉があいて、今度こそリーザがはいって来た。一同が席を起《た》って、父親はお客の紹介をはじめようとしたが、遽《にわ》かに中止すると、急いでぐいと唇を嚙《か》んだ。……

リーザは、あの色の浅黒いリーザは、なんと耳朶《みみたぶ》にまで白粉を刷《は》いて、ミス・ジャクソンも顔負けするほどに濃く眉を引いていたのである。持って生まれた髪よりもずっと色の淡い捲《ま》き毛の仮髪《かつら》が、まるでルイ十四世の鬘《かつら》のように渦まき返っている。道化風《ア・ランベシル》の袖*が、さながらマダム・ポンパドゥール*の箍骨《わぼね》で拡げた裳《も》のようにふくれあがっている。胴中はまるでXという字のように緊めあげられ、まだ質屋へ行かずにいた母親のダイヤモンドのありったけが、指といわず頸《くび》といわず耳といわず、燦然《さんぜん》と光を放っている。アレクセイは、この滑稽《こっけい》きわまるきらきらした令嬢が、まさか自分のアクリーナであろうとは、夢にも気がつかなかった。老ベレストフが歩み寄って彼女の小さな手に接吻《せっぷん》すると、息子も無念さを抑えてそれに倣った。彼の唇がその真っ白な繊細《かぼそ》い指に触れたとき、彼にはそれが顫《ふる》えているように感じられた。そのまに彼は、沓《くつ》から沓下まであらん限りの媚《こ》びを凝らして、これ見よがしに裳裾《もすそ》からのぞかせている小さな片足にも、いちはやく眼をとめたものである。そしてこれは、彼女の他の部分の装いに対する彼の反感を、いくぶん緩和する力があった。白粉や眉墨について言えば、正直のところ純真な心の持ち主だった彼は、最初の一瞥《いちべつ》でそれが化粧とは気がつかなかったばかりか、後になっても疑ってすらみなかった。

グリゴーリイ・イヴァーノヴィチは例の約束を思いだしたので、驚いた気振りも見せぬように努めていたが、何しろ娘の悪戯があんまり面白いので、やっとの思いで笑いを殺していた。一方れいの学者きどりのイギリス婦人に至っては、笑うどころの騒ぎではなかった。眉墨も白粉も自分の化粧箪笥《けしょうだんす》から掠奪《りゃくだつ》されたものと察したので、瞋恚《しんい》の紫がかった紅らみが人工の白さを貫いて、その面上にさっと流れるのだった。彼女は焔《ほのお》のような眸《ひとみ》をお転婆娘に投げかけたが、相手は一切の申し訳はいずれ後《のち》ほどと決め込んで、そ知らぬ顔をしていた。

さて一同は食卓についた。アレクセイは相変らず放心家・兼・瞑想家《めいそうか》の役割をつづけていた。リーザはつんと澄まし返って、お壺口《つぼぐち》をして、まるで歌でも歌うような声を出していたが、それもフランス語にかぎっていた。父親は娘の思惑が分からないので、のべつにじろじろ見ていたが、依然として実にどうも面白いわいと思っていた。老嬢は柳《りゅう》眉《び》を逆立てて物も言わなかった。老ベレストフだけはわが家も同様に寛《くつ》ろいでいた。料理を二人前きれいに平らげて、ふだんの酒量を発揮して、自分の洒落《しゃれ》を一人で可笑《おか》しがって、次第次第に益〻《ますます》うち融《と》けた口を利きだして、大声で笑い興じるのだった。

やがて食事が終わって、客が帰って行ってしまうと、グリゴーリイ・イヴァーノヴィチは今まで抑えに抑えていた哄笑《こうしょう》と質問の矢を放った。

「どうしてまた、あの連中を担ごうなんて思いついたのかな？」と彼はリーザに訊いた、「だがまあお聴き。白粉は実によく似合ったよ。俺《おれ》はなにも婦人の化粧の秘訣《ひけつ》にまで喙《くちばし》を容《い》れるつもりはないがな、もし俺がお前だったら、白粉をつけることにするだろうよ。勿論こてこてとじゃないさ、こう薄《うっ》すらとなあ。」

リーザは自分の思いつきが巧くいったので有頂天だった。彼女は父親に抱きついて、只今の御注意はなおよく考えて見ましょうと約束すると、憤慨しているミス・ジャクソンを宥《なだ》めに駈けだして行った。老嬢は押問答の末にようやく扉を開けて、彼女の弁明を聴いて呉れた。あたしこんな黒ん坊みたいな顔で知らない人の前へ出るのが羞《はず》かしかったのよ、けれど先生にお願いする勇気が出なかったの……先生は親切な優しい方だから、恕《ゆる》して下さるにきまってると思ってたわ……等々という挨拶だった。ミス・ジャクソンは、リーザが自分を笑い物にするつもりではなかったことを確かめると、やっと安心がいって、リーザに接吻してやり、仲直りのしるしに英国製の白粉を一瓶《ひとびん》贈呈した。リーザはあつく謝意を表してそれを受けた。

読者のお察しの通り、リーザは翌る朝を待ち兼ねるようにして、逢曳の林へ姿を現わした。

「旦那、あんたは昨日《きのう》、あたしんとこの旦那のお屋敷へ来たでしょう？」と彼女は顔を見るなり、アレクセイに向かって切り出した、「お嬢さんは如何《いかが》でしたかね？」

アレクセイはさっぱり気にとめなかったと答えた。

「まあ惜しいこと」とリーザは言い返した。

「なぜさ？」とアレクセイは訊いた。

「だってもあたし、あの噂が本当かどうか、あんたに聞きたいと思って……」

「噂って何だい？」

「あたしがお嬢さんに似ているってみんなが言うけれど、本当かしらねえ？」

「馬鹿な！　あんなのは君の前へ出りゃ、まず化物といったところさ。」

「まあ旦那、そんなことを言うと罰《ばち》が当たりますよ。お嬢さんはそりゃお色の白い、おしゃれさんなのにさ！　あたしなんか比べ物になるもんですかね！」

アレクセイは、彼女の方がどんな色の白いお嬢さんよりも上だときっぱり言い切って、彼女の安心の行くように、彼女の女主人を実に滑稽な言廻しで描写しだしたので、リーザは腹の底から大笑いをした。

「でも」と彼女は溜息をついて、「そりゃお嬢さんは可笑しな人かも知れないけど、でもやっぱりあたしなんか、あの人の前へ出りゃ読み書きも出来ない馬鹿女ですものね。」

「なあんだ！」とアレクセイが言った、「そんなこと、何もくよくよすることはないさ！　君にさえその気がありゃ、すぐにも読み書きを教えてあげるよ。」

「全くそうでしたわ」とリーザは言った、「本当にやって見ましょうかしら？」

「ああ、いいとも。じゃあ早速はじめようよ。」

二人は坐った。アレクセイはポケットから鉛筆と手帳を出した。するとアクリーナは呆れるほどの速さでアルファベットを覚えてしまった。アレクセイは彼女の呑み込みのよさに驚嘆の叫びを禁じ得なかった。翌る朝になると、彼女は書き方もやって見たいと言い出した。初めのうちは鉛筆が言うことを聴かなかったが、五、六分するとかなり形の出来た字を書くようになった。

「実に奇蹟《きせき》だ！」とアレクセイが言った、「どうだい、ランカスター式*よりこっちの方が授業の進みが速いじゃあないか。」

実際、三度目の授業のときには、アクリーナは既に綴《つづ》りを辿《たど》り辿り『ナターリヤ姫*』をどうやら判読するまでになったが、その合間合間に挿《はさ》む彼女の感想の素晴らしさに、アレクセイはしんから喫驚《びっくり》してしまった。そして彼女は、この物語から抜きだした名句で、紙一枚べったり書き潰《つぶ》してしまった。

一週間たつと、二人のあいだに手紙のやりとりが始まった。郵便局が樫《かし》の老樹の洞《うろ》に設けられて、ナースチャがこっそりと集配人の役目をつとめた。そこへアレクセイは力のこもった、肉太な筆蹟で書いた手紙を持って行っては、同じ洞の中に、青い粗末な紙に書かれた恋人のたどたどしい文字を見出すのだった。アクリーナはずんずんと上品な言廻しに慣れて行って、その智力も目に見えて発達し教化されて行った。

そうこうするうちに、老ベレストフとグリゴーリイ・イヴァーノヴィチ・ムーロムスキイの間についこのあいだ始まった交際は、次第に深まって行って、間もなく友情に変わったが、それには次のような事情があった。ムーロムスキイはよくそう思うのだったが、老ベレストフが死ねば、その財産は残らず息子アレクセイの手へ移って、アレクセイは県下で一、二を争う裕福な地主になるだろうし、また彼にしてもリーザを娶るのに否やのあろう筈がない、とそういうのである。一方ベレストフにして見れば、その隣人に些《いささ》か頭の調子の狂ったところ(又は、彼の言い方に従うとイギリス気違い)を認めてはいたものの、やはり彼の中に、例えば無類の遣り繰り上手の如き、数々の長所を認めない訳には行かなかった。のみならずムーロムスキイは、名門の権勢家プロンスキイ伯の近い親戚《しんせき》に当たっているし、この伯爵がアレクセイにとって頗る重宝な人物たり得ることは無論のこと、当のムーロムスキイにしても（と老ベレストフは考えた）、恐らくこの有利な娘の嫁入り口を喜ぶに違いない。二人の老人は右のような事をめいめいの心に思い廻らしていたが、やがてお互いに談合を遂げて、抱擁を交わし、では事を然るべく運びましょうと約束して、それぞれの側で陣立てに取りかかった。

ムーロムスキイの前には難関があった。つまりそれは、あの記念すべき昼餐以来アレクセイの姿を見ずにいるベッツィーを、彼ともっと親しく交際するように説き伏せることである。打ち見たところ、お互いに大して好きにはなれなかったらしい。少なくもアレクセイは二度とプリルーチノに姿を現わさなかったし、リーザはリーザで老ベレストフが来訪するたびに、自分の部屋へ閉じ籠ってしまうのだった。『だがしかし』とムーロムスキイは考えた、『アレクセイの方で毎日うちへやって来るようになれば、ベッツィーはあれに恋しちまう筈だ。それが自然の数というものだ。時が万事うまくやって呉れるさ。』

老ベレストフの方では、その目論見の成否について大して心配しなかった。彼はその晩さっそく息子を書斎へ呼び寄せると、やおらパイプに火を点じて、稍《やや》と暫《しば》し間を置いてからこう切り出した。

「どうしたね、アリョーシャ、さっぱり軍隊のことを言わなくなったじゃないか。それとも驃騎兵《ひょうきへい》の制服に、もう憧《あこが》れがなくなったのかい？」

「そういう訳でもないんですが、お父さん」とアレクセイは恭《うやうや》しく答えた、「僕が驃騎兵になるのがお父さんのお気に召さないことは承知していますし、お言葉に従うのは僕の義務なんですから。」

「宜しい」と老ベレストフは答えた、「お前は従順な息子だな。俺は嬉しいよ。俺にしてもべつにお前を縛るつもりはないし、何も無理にお前を……その今すぐに……役所勤めをさせるとは言わんさ。で、まあ差し当たっては、お前に嫁を貰ってやろうと思っているよ。」

「誰です、それは？　お父さん」と驚いてアレクセイは訊いた。

「リザヴェータ・グリゴーリエヴナ・ムーロムスカヤだ」と老ベレストフは答えた、「何処《どこ》へ出しても恥ずかしくない花嫁だよ、そうじゃないか？」

「お父さん、僕は結婚のことはまだ考えていないんです。」

「お前は考えていない、だから俺が代りに考えに考え抜いたのさ。」

「そりゃあ御随意ですが、リーザ・ムーロムスカヤは僕大嫌いですよ。」

「いまに好きになるさ。習うよりは慣れろと云ってな。」

「僕、あの人を幸福にしてやれるだけの自信がありません。」

「あの子の幸福なんぞお前の知ったことじゃない。どうだ？　じゃお前は親の意志を尊重するな？　宜しい！」

「どうぞお好きなように。だが僕は結婚したくもないし、また結婚もしませんよ。」

「結婚するんだ、さもないと俺はお前を呪うぞ。財産は、神かけて売っ払って、湯水のように使って、お前には一文《いちもん》も残してやらんぞ。三日の猶予をやるからよく考えて置け。そのあいだ俺の前へ出ることはならんぞ。」

父親が一度こうと思い込んだら、タラス・スコチーニン*の言い草を借りると、それこそ釘《くぎ》をぶち込んでも叩き出せぬことを、アレクセイは知っていた。だがアレクセイも父親似で、彼を言い敗《ま》かすのは父親同様に至難の業《わざ》だった。彼は自分の部屋へ退いて、親の権限のことや、リザヴェータ・グリゴーリエヴナのことや、彼を乞食にしてやるという父親の厳然たる誓言や、最後にアクリーナのことやを、それからそれへと思案した。

彼は初めて、自分が彼女に熱烈に恋していることをはっきりと覚《さと》った。百姓娘と結婚して自分の腕で食って行くという小説じみた考えが、彼の頭に浮かんだ。そしてこの断乎とした行動のことを考えれば考えるほど、益〻それが分別あるものに思われて来た。雨つづきで、ここのところ暫く林の逢曳は杜絶《とだ》えていた。彼はアクリーナに宛てて、頗る明確な字体と頗る乱れ狂った文体とを以て手紙を書いて、差し迫った危急を告げ、その同じ手紙で追っかけて結婚の申し込みをした。すぐさま彼はその手紙を郵便局へ――例の木の洞《うろ》へ持って行くと、自分のとった態度に頗る満足して寝床へはいった。

翌る日アレクセイは、依然として揺るがぬ決心を抱いて、朝早くムーロムスキイの屋敷へ出掛けた。彼に会って腹蔵のないところを話し会うためであった。彼はムーロムスキイの大度量に訴えて、その心を動かし、味方になって貰おうと思ったのである。

「グリゴーリイ・イヴァーノヴィチは御在宅かね?」と彼は、プリルーチノの地主屋敷の玄関さきに馬をとめて尋ねた。

「御不在でございます」と召使は答えた、「グリゴーリイ・イヴァーノヴィチは、朝がたからお出ましでございます。」

『こいつは弱ったなあ』とアレクセイは思った。「ではせめて、リザヴェータ・グリゴーリエヴナはおいでかしら？」

「おいでになります。」

そこでアレクセイはひらりと馬を飛び降りて、手綱《たづな》を従僕に預けると、取次ぎも待たずに上がって行った。

『これで万事解決だ』と彼は客間へ近づきながら考えた、『あの女にじかに談判してやろう。』

客間へはいると、彼ははっとして立ちすくんだ。リーザが……いやアクリーナが、可愛い浅黒いアクリーナが、例の袖無《サラファン》しではなしに真っ白な朝の部屋着をきて、窓際の椅子で彼の手紙を読んでいるではないか。彼女はすっかり気をとられていたので、はいって来る彼の跫音《あしおと》に気がつかなかった。アレクセイは思わず歓喜の叫びを発した。リーザはどきりとして、顔をあげると、きゃっと叫んで逃げ出そうとしたが、彼は飛びかかって引き留めた。

「アクリーナ、アクリーナ！……」

リーザはその手を逃れようと身をもがいた。

「お放し遊ばして、あなた。気でもお違い遊ばしたの？《メ・レッセ・モワ・ドンク・ムッシウ・メ・ゼエト・ヴウ・フウ》」と彼女は、顔をそむけながら繰り返した。

「アクリーナ！　僕の大事なアクリーナ！」と女の手に接吻しながら、彼は繰り返した。

ミス・ジャクソンはその場に居合わせたが、何が何やら見当がつかずにいた。その瞬間に扉があいて、グリゴーリイ・イヴァーノヴィチがはいって来た。

「ははあ！」とムーロムスキイは言った、「じゃあお前たちは、もうすっかり話がついたと見えるな。……」

読者諸君は、大団円を述べ立てる余計な務めから私を解放して下さるであろう。

註　解

スペードの女王

頁 行

七 9 白墨でしるしたり——カルタ卓の緑色の羅紗《ラシャ》の上に勝ち負けの金額を白墨で心覚えに記すのである。

〃 12 題詩——この物語の作者が非常にカルタ勝負を愛したことは、余りにも有名な事実である。この詩もカルタ卓の緑の布のうえに白墨で記した、彼の戯作《げさく》であると伝えられる。その作られたのは一八二八年のことで、彼は同年九月一日附、親友ヴャーゼムスキイ公爵宛の手紙の中にこれをバラードとして記し、「我輩《わがはい》のペテルブルグに於《お》ける日常まずは斯《か》くのごとしさ」と附言している。

八 6 ミランドール——カルタ戯法の一種で、最初の賭け高を増さぬやり方である。

〃 9 ルテ——ファラオン戯法に用いられる特殊な「手」の名。数枚の札を続けさまに切って殺すことだという。

一〇 1 リシュリュー——フランスの元帥リシュリュー公アルマン・デュ・プレッシ(一六九六—一七八八)、大宰相リシュリューの姪孫《てっそん》に当たる。ルイ十四世、「摂政期」、ルイ十五世と三代の宮廷に活躍した才人で、その情史によって有名。なお、作中の老伯爵夫人アンナ・フェドトヴナの滞仏はルイ十五世の治世の末期と推定される。すなわち寵姫《ちょうき》デュ・バリ伯爵夫人ジャヌ・ベキュ(一七四三―九三)が国政を左右して、フランス宮廷が頽廃《たいはい》の極に達した時代である。当時リシュリューは七十歳を越していた筈《はず》だが、その好色は些《いささ》かも衰えを見せていなかったといわれる。

〃3 ファラオン――バッカラに類するカルタ戯法。

〃4 オルレアン公――フランス大革命の立役者フィリップ・エガリテを指す。くわしくはオルレアン公ルイ・フィリップ・ジョセフ(一七四七―九三)。

二3 サン・ジェルマン伯――スレスヴィヒ生まれの大山師。錬金術師としてフランスやロシヤを渡り歩いた謎《なぞ》の如《ごと》き人物。ルイ十六世時代の陸軍大臣とは別人である。生年不詳、歿年《ぼつねん》は一七八四年とも一七九五年頃ともいう。この怪人物は不老長寿の秘薬を持っているとか、宝石の斑点《はんてん》を取り除いたり真珠を養殖したりする秘法を知っているとか、しきりに噂されて、出所の分からぬ巨万の富を積んだ。のみならずそのロシヤ滞在中には、一七六二年の帝室の変にも何らかの関係があったとまで言われている。その変というのは、近衛《このえ》兵《へい》の蜂起《ほうき》によってピョートル三世が退位せしめられ、ついでロプシャ城に幽閉されて謎の死を遂げた事件で、代って帝位に即《つ》いたのがその妃たる女傑エカテリーナ二世である。

〃 4　漂泊えるユダヤ人――中世の伝説によれば、ユダヤ人アハスエルスという者、刑場へ曳《ひ》かれるキリストを侮辱した罪で、死ぬことができず永遠に流浪しなければならなくなった。十七世紀の初め、その当人が出現した由《よし》を書いた本がライデン市で出版され、それ以来この伝説はすこぶる有名になった。

〃 6　『回想録』――イタリヤ生まれの猟奇家・漁色家として有名なジョヴァンニ・ジャコポ・カザノーヴァ(一七二五―九八)の有名な『回想録』十二巻は、死後ライプチヒで一八二六年から三八年までに刊行を了しているが、プーシキンは一八三三年ブリュッセル版の仏文十巻本を所蔵していた由である。

一二 14　ソニカ勝ち――ファラオン戯法で最初の札であがる勝ち方。

一三 13　ゾーリチ――セミョーン・ガヴリーロヴィチ・ゾーリチは女帝エカテリーナ二世晩年の寵臣。セルビヤの農家に生まれ、ロシヤの将軍に成り上がり、ポチョームキンの副官などを勤めたことがある。有名なカルタの遊び手であった。生歿年《せいぼつねん》ともに不詳。

一五 6　題銘――原作にはフランス語で記されている。この会話のやりとりは、デニース・ダヴィドフ(この人物については『ベールキン物語』のうちの『その一発』の註を参照)と、当時社交界に艶名《えんめい》をうたわれたM・A・ナルイシキナ夫人との間に交されたもので、ダヴィドフが侍女に目をつけたのを夫人に揶揄《やゆ》されて、みごとに切って返したのである。この挿話を曾《かつ》てダヴィドフがプーシキンに話してきかせたことがあった。それを詩人は記憶していて、この題銘に生かして使ったわけだが、ダヴィドフは一八三四年四月四日プーシキンに一書を寄せて、そんな昔のふとした世間話を覚えていて、それを「一句たがわず」引用した詩人の記憶のよさに兜《かぶと》をぬいでいる。

一六 4 七十年代——一七七〇年代のロシヤはあたかもエカテリーナ大帝の治世の初期に当たり、極端なフランス謳歌《おうか》の時代であった。

一八 13 水死人——この句は作者が伯爵夫人の口を借りて、十八世紀初頭のユーゴーなどフランス浪漫派の悪趣味を諷《ふう》したものと解されている。

二二 12 ダンテの句——天堂篇第十七歌、五八—六〇行。山川丙三郎氏の訳文を拝借した。

二六 4 題銘——原作にはフランス語で記されている。

三一 6 菓子店——当時カフェの役割を演じたところの。

三四 15 ルブラン夫人——ルイ十六世の宮廷風俗を写したフランスの女流画家エリザベート・ヴィジェー・ルブラン(一七五五—一八四二)のこと。亡命して永くロシヤにあった。

三五 3 ルロワ——フランスの名高い時計匠ジュリアン・ルロワ(一六八六—一七五九)。

〃 4 モンゴルフィエの気球——フランス人モンゴルフィエ兄弟は軽気球の発明者。一七八三年および翌年に有名な試験飛行が行われている。加熱空気の力で上昇したものであった。兄ジョセフ・ミシェル(一七四〇—一八一八)、弟エチエンヌ(一七四五—九九)。

〃 5 メスメルの磁気——ウィンナの医師フランツ・A・メスメル(一七三三—一八一五)は

初めて動物磁気説を唱えた人。動物のオルガニズムの中には特殊の滋液があって、人の健康を左右すると説き、この「新発見」はパリやウィンナで一時すこぶる持てはやされた。

四一 2　題銘——原作にはフランス語で記されている。

四四 9　お忘れ？　お心残り？——メリメが自分の仏訳に附した脚註に拠《よ》れば、これはマズルカを踊るときの慣行の由《よし》である。即《すなわ》ちこの二語はそれぞれ一人の婦人の仮の名であって、この問いをかけられた男子は、鸚鵡《おうむ》返しにどっちかの一語を答えて、当たった婦人と組まなければならぬ。

四八 2　王鳥髷——十八世紀に一世を風靡《ふうび》した結髪の型「オワゾー・ロワイヤル」を直訳してみた。或いは「鶴髷《つるまげ》」と訳すべきか。

四九 4　スウェーデンボルグ——エマヌエル・スウェーデンボルグ（一六八八—一七七二）はスウェーデンの神学者・神秘家・見神者。その著書は十八世紀末から十九世紀初葉にかけて、ロシヤのフリーメーソンの間にとりわけ愛読された。但しこの引用句に該当する句は、今日に至るもなお原書の中に発見されるに至っていない。

五七 2　稜余り——分配を受ける札の一枚ごとに賭け金を何倍かに（二倍乃至《ないし》稀《まれ》には三十倍にも）増す行為を「ぺ」Paixと称する。「ぺ」を宣した者はその証拠として札の稜を一つ折り曲げる。即《すなわ》ち稜の折れ曲がりの数は、賭け金の高を示す大切なものであるから、放心の手があやまって折りまげた稜（所謂《いわゆる》「稜余り」）を、チェカリンスキイは伸ばすのである。但し勝負が高潮に達した際には、稜余りを直す行為は間々《まま》本人の感情をそこね、重大な誤解の因になり易い。チェカリンスキイの態度が特に慇懃を極める所以《ゆえん》である。

ベールキン物語

六六 6 『坊ちゃん』――有名な喜劇作者フォンヴィージン（一七四四―九二）の代表作の外題である（一七八二年作）。引用されているのは第四幕第八場の一節で、無智専横な旧時代型の地主夫人プロスターコヴァが、溺愛《できあい》の対象であるその息子ミトロファンのことを客の前で自慢するところ。この条《くだ》りは、客が「歴史」について訊《き》いているのに、夫人はそれを「稗史《はいし》」（お噺《はなし》）の意味にとりちがえ、傍からこれまた頗《すこぶ》る無教育で動物的なスコチーニン叔父が相槌《あいづち》を打つ可笑味《おかしみ》である。

七五 3 バラトィンスキイ――エヴゲーニイ・アブラーモヴィチ（一八〇〇―四四）。プーシキンと親しい関係にあった詩人。夥《おびただ》しい哀歌の作のほかに叙事詩の作もある。この句は叙事詩『舞踏会』（一八二八年作）に出《い》づ。すなわち浪漫的な主人公アルセーニイがその友人と仲たがいになった次第を物語るくだりに、

のべつ幕なしに毒舌をふるって
俺《おれ》はあいつを悩ました、じらしてやった
そしてこっちの註文どおりに
二人のあいだに喧嘩《けんか》が起きて
決闘沙汰とはなりにけりさ。

〃 7　『露営の宵』——ベストゥージェフ・マルリンスキイ(一七九七—一八三七)の短篇小説(一八二三年作)。彼はプーシキンの莫逆《ばくぎゃく》の友だったが、十二月党の変に連坐してシベリヤに流刑、ついでコーカサスで兵役を課せられ、その間ロマンティクな小説を書きつづけた。プーシキンがここに作者の名をわざと省いているのは、流刑中の彼の身分に対する遠慮からである。この句は、主人公が恋敵《こいがたき》とピストルで決闘して負傷するが、やがて癒《い》えるに及んで、争いの因をなした公爵令嬢が当の相手に嫁ぐことになった由《よし》を知るくだりに、「狂念と復仇心が稲妻のごとくに余の血を燃やした。余は決闘の認むる当然の権利によって彼を射ち殺し(けだし余の彼に対する一発は未だ残されていたのである)、以《もっ》てかの猿知慧《さるぢえ》娘が彼と共に凱歌《がいか》を奏すること勿《なか》らしめんと心に誓った」云々《うんぬん》とあるにもとづく。

七八 8　札の稜を余計に折って——カルタのかどを折ることは、賭け金を増すことを意味する。『スペードの女王』の註「稜余り」の条を参照されたい。

八五 2　デニース・ダヴィドフ——デニース・ヴァシーリエヴィチ(一七八四—一八三九)。祖国戦争に際し、遊撃隊を率いてフランス軍に打撃を与えた勇士であった彼は、また遠征、驃騎兵《ひょうきへい》生活、酒、女などを歌う熱血詩人として頗《すこぶ》る人気があった。プーシキンはダヴィドフによって独創の道を教えられたと述懐している。

〃 2　ブルツォフ——アレクサンドル・ペトローヴィチ(一七八＊—一八一三)。白ロシヤ驃騎兵聯隊《れんたい》の士官として、ダヴィドフとは同僚であった。当時のロシヤ軍隊きっての命知らず、暴れ者、且つ酒豪で、「ブルツォフ、汝《なんじ》こそ驃騎兵の中の驃騎兵!」などと、ダヴィドフは頌歌《しょうか》を彼に奉っている。

九〇 7　〔……〕——この括弧《かっこ》に包んだ一節は、刊行に当たって作者が削った句である。

一〇〇 2　アレクサンドル・イプシランチ——ギリシャ独立運動の大立物(一七九二—一八二八)。またギリシャ人ながらロシヤの陸軍少将でもあった。一八二〇年独立運動の結社「ギリシャ神聖隊」の首領に推《お》され、翌年モルダヴィヤへ侵入、トルコ軍のために一敗地に塗れてオーストリヤへ走り、ついにウィンナで客死した。

〃 3　スクリャーヌイ——ベッサラビヤの小都邑《しょうとゆう》。ルーマニヤ国境に近い。

一〇一 15　ジュコーフスキイ——ヴァシーリイ・アンドレーヴィチ(一七八三—一八五二)。プーシキンに於《おい》て絶頂に達するロシヤ詩歌の黄金時代の父とも称すべき大詩人。引用句は彼の物語詩『スヴェトラーナ』より採る。この作品は、スヴェトラーナ(光明子)という名の美少女が一夜さまざまな怪奇と恐怖とにみちた悪夢を見つづけるが、やがて太陽が昇って夢は跡形もなく消え、そこへ花むこが到着するという筋の、幻想的な古謡風のものである（一八一二年作）。

一〇三 1　記念すべき時代——ナポレオンのロシヤ遠征の前夜である。

一〇五 1　トゥーラ——ロシヤ中部の工業都市。特にその金属手工業は有名である。

一一六 10　ボルヂノの戦——一八一二年九月七日の所謂《いわゆる》モスクヴァ河の会戦である。この一戦に快勝したナポレオンは、クトゥゾフ軍の逃ぐるを追うて同十五日モスクヴァに入城した。

一一七 12　アルテミシア——西紀前四世紀の小アジア、カリアのハリカルナス王マウソールスの妃。夫の死を悼《いた》んで彼女の建てた墓碑は世界七不思議の一に算《かぞ》えられ、彼女の名は貞節な婦人の代名詞になっている。

一一八 1　『アンリ四世、万々歳《ヴィーヴ・アンリ・カートル》』——フランスの小唄作者シャルル・コレ（一七〇九―八三）の喜劇『アンリ四世の狩』（一七七四年作）中の小唄。ナポレオンの退位により一八一四年ルイ十八世が王位に登った時、ブルボン家の復辟《ふくへき》を謳歌《おうか》した流行歌で、当時フランスじゅうを風靡《ふうび》したという。アンリ四世はいうまでもなく、フランスのブルボン王朝の始祖である。

〃 1　『ジョコンダ』——フランスの作曲家ニコロ（ニコラス・イズァール、一七七五―一八一八)の喜歌劇『ジョコンダ、または恋の武者修行』(一八一四年パリで初演)を指す。当時大いに流行したという。

〃 13 そして頭巾を……——アレクサンドル・グリボエードフ(一七九五—一八二九)の喜劇『知慧《ちえ》の悲しみ』第二幕より引用。チャーツキイが婦人連の軍人熱を諷《ふう》する条《くだ》りの科白《せりふ》である。ちなみにこの有名な諷刺劇は一八二四年以来、手から手へ転写されて読まれていたが、刊行を許されたのはようやく一八三三年のことで、しかもこの引用句を含めた数行は皮肉にも検閲によって削られたのである。

二一九 11 ゲオルギイ勲章——抜群の戦功に対して授けられる『聖ゲオルギイ・ポペドノーセツ勲章』を指す。

二二〇 3 Se amor non è, … ——十四世紀イタリヤの抒情《じよじよう》詩人フランチェスコ・ペトラルカのソネット第三十八番より。

二二三 10 サン・プルウ——フランス啓蒙文学の巨匠ジャン・ジャック・ルソオ(一七一二—一七八)の書簡体小説『新エロイーズ、またはジュリイ』(一七六一年作)の男主人公。彼がその家庭教師を勤めている令嬢ジュリイへ送る手紙は、彼女の「するどい感受性や変わることない甘美さ」を讃《たた》えなどして、熱烈をきわめたものである。その第一の手紙では、日ごとに彼女に会っているうちに知らず知らず彼女を慕うようになった次第を述べ、「とは申せ、こうして毎日あなたにお目にかかって、御様子を拝見していると、あなたはそんなこととは夢にも知らずにわたしの悩みの無邪気な因になっておられるだけのことらしい。したがって、わたしの悩みに不びんをかけて下さるはずもなく、またそれにお気づきになりようはずもないのです」などと記している。

二二九 4 ヂェルジャーヴィン——ガヴリーラ・ロマーノヴィチ(一七四三—一八一六)。エカテリーナ二世時代の大詩人。ロシヤ古典派の頽廃期《たいはいき》に出ながら、まさしくロシヤ最初の抒情詩人たるの栄誉をになうべき英才である。この句は彼の頌詩《しょうし》『滝』より。

二三〇 9 シェイクスピアもウォルター・スコットも——すなわち前者は『ハムレット』第五幕、後者は『ラマームアの花嫁』第二十四章で。

二三一 14 秘密結社《フリー・メーソン》風の——フリー・メーソン、すなわち「自由石工組合」というのは十八世紀の欧洲《おうしゅう》に盛行した神秘的な秘密団体。「ソロモンの神殿」(つまり全人類の福祉)の建設者と自認するところから石工の名は起こる。結社員の表象は、石工の前掛と尖《とが》った槌《つち》であって、この槌の打ち方でさまざまな符牒《ふちょう》をあらわしていた。

二三四 9 ポゴレーリスキイ——アントン・ペロフスキイの筆名(一七八七—一八三六)。所謂《いわゆる》プーシキンの仲間《サークル》に属した小説家で、一時ロシヤ浪漫派の代表者の観があった。駅逓の駁者というのはその短篇『ラフェルトヴァの乾菓子売る女』(一八二五年作)に出てくるオヌーフリイという男で、二十五年間にわたって兵役を勤め上等兵で退職、それから同じだけの年数を更にモスクヴァ駅逓局にこつこつと勤続したという人物である。

〃 10 十二年の大火——一八一二年ナポレオンのモスクヴァ侵入当時の大火を指す。

〃 13 鉞を手に灰色羅紗《ラシャ》の胸甲をつけて——アレクサンドル・イズマイロフ(一七七九—一八三一)の民話詩『お馬鹿さんのパホーモヴナ』より引用した句。まさかりとか胸甲とかいったのは勿論《もちろん》作者の冗談で、長い柄《え》のついた半円形の小斧をもち、灰色羅紗の粗末な外套《がいとう》をきている巡査の服装をもじったのである。

一三八 6 卓子《テーブル》の上に——出棺まで死者を大卓子《おおテーブル》の上に安置するのがロシヤの習慣である。

一四四 4 ヴャーゼムスキイ公爵——ピョートル・アンドレーヴィチ(一七九二—一八七八)。詩人として批評家として、一八二〇年代の浪漫派の最も華々しい闘士の一人であった。プーシキンの親友で、二人のあいだに取り交わされた手紙は珍重すべき文献をなしている。引用句の出所は長詩『宿駅』(一八二五年作)で、当時の旅行者の苦労を歌ったもの。その一節に、

聞いても腹が立つ、とまれ旅人よ!
またはずばりと、ほんの一言
「お待ち下さい、馬が出払いました」
この一言でこっちは立往生。
官位は県の十四等官だが
宿駅《たてば》にあっては独裁官、

（ええ、その舌を引き抜いてくれよう！）
おかげでロシヤの街道は
往くも帰るも楽ならず。
乗ってるうちこそ豪勢だが
着けば幕間《まくあい》で足腰冷える。

〃 7　帳簿――旅行者が不平や訴願を記入する申告簿を指す。

〃 9　ムーロムの山賊――モスクヴァの東方百八十マイル、オカ河畔のムーロム森林を根城とする山賊は古来有名であった。

〃 12　十四等官――旧制度の官等のうち最も低いもので、その待遇は殆《ほとん》ど農奴と択《えら》ぶところがなかった。しかも実際のところ駅長はこれにすら正式に任官されていたわけではなく、単に一八〇八年の勅令によって「体面を保つ必要上、特に思召《おぼしめ》しを以《もっ》て」十四等官待遇を受けていたにすぎない。おなじ勅令はまた、「駅長を圧迫し乃至《ないし》は侮辱し、あるいは馭者《ぎょしゃ》を殴打すべからず」と規定している。当時の宿駅風景が言外に躍如たるものがある。

一五〇 11　接吻は唯の一つもない。……――このあとに原稿には次の数行があったのを、刊行の際に作者は削っている。「そして今、あの接吻のことを思いおこすと、まるで彼女の悩ましげな眼つきや、急に消え失せたその微笑や、そのつく息の温かさや、さわやかな昼の感触やを、まざまざと見るような気がするのである。読者も御存じのとおり、恋には幾つか種類がある。官能的な恋、プラトニックな恋、虚栄のための恋、十七の頃の恋など。しかしあらゆる恋の中で、旅路の恋が一ばん愉しいものである。ある駅でふと恋に落ち、そのままいつ知らぬまに次の駅に着いてしまう。これほど旅路の長さを縮めて呉れるものは他にはない。なんのうさ晴らしにも恵まれぬ旅の心が、自分の夢想でもって残る隈《くま》なく慰められるのである。にがい後味の残らぬ恋、気楽な恋である！　それは活々と私たちを捉え、ひとの心に倦怠《けんたい》を催させるひまもなく、行きついた町の最初の旅籠《はたご》で跡かたもなく消えてしまう。」

一五八 13　デムート館――ペテルブルグの中央繁華街たるモイカ河岸通りにあった有名な旅館。

一六三 2　ドゥーニャは流行の粋を……腕木に腰をかけている――バルザックの『結婚の生理』の中に、この一節と殆《ほと》ど寸分たがわぬ叙述が見出されるのは興味ある事実である。「一人の美しい婦人が、まるでイギリス馬に乗っているような恰好《かっこう》で、肘掛椅子《ひじかけいす》の腕木にかけているのをわたしは見た」云々《うんぬん》。『結婚の生理』は一八二九年の刊行である。

一六四 15　ドミートリエフ――イヴァン・イヴァーノヴィチ（一七六〇―一八三七）。十八世紀末葉のいわゆる主情派の代表的詩人の一人。歌謡、頌歌《しょうか》、哀歌、諷刺詩《ふうしし》、寓話詩の作が多く、詩語の洗煉《せんれん》に貢献するところが多かった。また民話の作もある。テレンチイチというのはその詩『戯画』の主人公。その一節に、

「テレンチイチ！　奥さんはどこかね？」

と地主はたずねた。

「おお、おお、殿さま！」

と爺《じい》さんは泣きごえで――

「おお！」――そしてわななく手でもって
涙をきものの裾《すそ》で拭いた。

一六九 5　ボグダノーヴィチ――イッポリト・フョードロヴィチ（一七四三―一八〇三）。詩人。ラ・フォンテーヌ張りの軽妙な叙事詩をもって有名であった。引用句はその叙事詩『可愛い女』より。

〃 7　一七九七年の初めに職を退いて――エカテリーナ二世の崩ずるや、近衛の将校たちは大挙して退役を申し出《い》で、パーヴェル一世の着手した軍の改革に抗議の意を表明したのである。

一七〇 12　異国の手振りじゃ……穣り申さぬ――アレクサンドル・シャホフスコイ公爵（一七七七―一八四六）の諷刺《ふうし》詩《し》抄（一八〇八年）より引用した句。この人は百篇ほどの喜劇や笑劇を著わしているが、もともと「ロシヤ言葉を好む人びとの集《つど》い」という国粋主義の結社の有力な一員であったことからも知られるように、欧化主義の地主を嘲罵《ちょうば》した作品が多い。引用句の前後の関係は、あの連中は主人風を吹かせ、そこらの村で利口ぶりおる——
異国の書物や他国の手本をほじくりまわして
弁《わきま》えもなく無闇《むやみ》やたらにロシヤの麦を播《ま》きちらす
さりながら、異国の手振りじゃロシヤの麦は穣り申さぬ。

一七三 7 口髭——口髭を蓄えるのは当時ロシヤでは軍人だけの習慣であった。

一七四 2 *individualité*——これを訳して「個性」といってしまえばそれ迄《まで》であるが、こうした廻りくどい言い表わし方をしたところに、当時プーシキンが払っていた文学語改革上の苦心の一斑《いっぱん》が窺《うかが》われる。すなわち彼はロシヤ国語の形而上的表現(抽象的表現)の貧しさを歎《なげ》いて、これと闘っていたのである。

〃 2 ジャン・パウル——ドイツの文人リヒテルの筆名(一七六三—一八二五)。ロシヤ文学にも大きな影響を与えている。この引用句はプーシキンの意訳であって、試みにフランス原文を直訳してみれば、「人間のうちなる個性を重んじたまえ。これこそありとあらゆる立派なものの根源なのだから」となる。ちなみにプーシキンは、『ジャン・パウル感想録、その全著作よりの抜萃《ばっすい》』(一八二九年パリ版)を、一八三〇年八月三十一日モスクヴァで寄贈されている。

一七五 7 『パミラ』——英国のサミュエル・リチャードスン(一六八九—一七六一)の小説『パミラ、または報われた徳行』(一七四〇年刊)を指す。この書簡体小説は十八世紀末から十九世紀初にかけてロシヤでもしきりに愛読された。

一八三 6 「とまれ《トウ・ボオ》、スボガール……」——この「とまれ」(Tout beau)は元来「静かに！」という意味のフランス語だが、ロシヤでは猟犬を制止する場合にのみ用いられる。スボガールという猟犬の名は、フランスのシャルル・ノディエ(一七八〇―一八四四)の小説『ジャン・スボガール』(一八一八年)の主人公たる侠盗《きょうとう》の名に因《ちな》んでつけたものであろう。

一九九 4 道化風《ア・ランペシル》の袖——肩のあたりをうんとふくらまし、さきの方がぴっちりと細くなっている袖。

〃 4 マダム・ポンパドゥール——ルイ十五世の寵姫《ちょうき》(一七二一―六四)。政治上に大きな権勢をふるったほか、美術、演劇、文学の保護者として知られる。

二〇三 12 ランカスター式——英国の教育家ジョセフ・ランカスター(一七七七―一八三八)の創始した相互教授法を指す。ロシヤでは一八一〇年代末から二〇年代初にかけて流行した。主として成人教育に適用されたのである。

〃 14 『ナターリヤ姫』——ニコライ・カラムジン(一七六六―一八二六)の手に成るいわゆる主情派にぞくする小説。古代ロシヤの生活を牧歌的な情調をもって描いている。

二〇七 11 タラス・スコチーニン——『ベールキン物語』の最初の註『坊ちゃん』の条を参照。

角川書店　飛鳥新書版『プーシキン短篇集』(一九四八年刊)の序

この訳本について

○プーシキンの明珠《めいしゅ》のような短篇小説六種を併《あわ》せて、手ごろな一巻を編むことは、訳者の久しいあいだの夢想であった。いまその時節が到来して、飛鳥新書の一冊として世に送ることになった。

○うち『スペードの女王』は岩波文庫の第九二五番に、『ベールキン物語』五篇は同じ文庫の一九七一番に、それぞれ収められて久しく世に行われてきた。わたくしの願いを容《い》れて、このたび特に転載の許諾を与えられた岩波書店に対し、衷心の感謝を禁じ得ない。

○『スペードの女王』は昭和八年の訳業、『ベールキン物語』は昭和十四年の訳業である。その間には蔽《おお》うべからざる文体の移り変りがある。更にこれをわたくしの現在の文体にくらべると、その隔たりは一そう深い。にもかかわらず、いま字句の上に若干の補修を加えたのみで、文体の上では殆《ほとん》ど旧態を存することにした。おもうに文体上の独自の解釈をはなれて文芸の飜訳《ほんやく》は成り立ち得ない。そして現在のわたくしは、当時のわたくしが原作の文体を解釈した態度を、あながちに否定する気にはなれないのである。

○したがってこの訳文は、文庫版を読まれた人びとにとって、別だん新奇を加えるものは何もない。ただ巻末に添えた註解の部分は、文庫版に比べてその内容を優に倍加している。外国の古典を味わううえに、註解の欠くべからざることは言うまでもないが、特にこの訳本の場合、わたくしは註解の役割を一そう拡げて、原作の歴史的背景、その時代色、その雰囲気などを、彷彿《ほうふつ》させるよすがたらしめんことを期した。それなしに味わうべく、プーシキンの散文は、外国の読者にとって余りにも簡潔である。言いかえると、それは余りにも含蓄が深い。

○「あとがき」もまた、右と同じような考えを基にして、新たに筆を執《と》ってみた。モデルのせんさくとか、粉本の考証とか云《い》ったたぐいの、些《いささ》かアネクドティクな記載が少なからずあって、ときに註解の延長のような観を呈しているのはその為《ため》である。単なる物ずきでやったのではない。

昭和二十二年春　　訳　者

短篇六種の発生について

詩人アレクサンドル・プーシキン（一七九九―一八三七）の散文作品の性格とか意義とかいう問題は、彼自身の文学的生涯を解明する上にも、ひろくロシヤ十九世紀文学の源流をたずねる上にも、ぜひ一度は当面しなければならない大切な事がらであるが、今はさし当たってそれを主題に語るのではない。かえってその発生ということに重点を置いて考えてみたいと思う。けだしプーシキンの散文と一口に言っても、それが彼の詩人的生命から射《さ》しいでた分光であることは勿論《もちろん》ながら、更にその分光はそれぞれその本の生命とのつながりの濃淡なり位相なりによって、かなり複雑な様相を呈していることが認められる。したがって彼の散文をいわば一つの現象として概括する前に、そうしたつながりの濃淡や位相を考察して置くのでないと、準備は全《まった》しとは言いがたい。のみならず詩人プーシキンの文学活動は、その先駆的な役割にまことにふさわしく、当代の外国文学の潮流と相交渉するところが甚だ多い。そうした交流影響の跡は、現代の、しかもわれわれのように懸け離れた文学的環境に住む者の眼には、ともすれば逸せられがちであった。この点にも細心の注意を加えるのでなければ、この「分光」の性質を捉えるわけには行かない。要するに発生的な考察がまず要求せられるわけなのである。

この訳本に収められた六種の短篇は、いずれも伝奇的(ロマネスク)な興味を基調としているものであって、これはプーシキン散文のもう一つの系統——つまり年代記的ないし歴史的興味の上に立つそれ——とはかなり截然《せつぜん》と区別され得る一分光を成している。とはいえ勿論この二つの系統のあいだにも、またおのずから交叉《こうさ》もあり反映もある。それらのことをも考慮に加えつつ、以下しばらくこの六篇の発生を跡づけてみたいと思うのである。

『ベールキン物語』五篇は、一八三〇年の秋に、ボルヂノ村で一気に書き上げられた。ボルヂノ村というのは、ニジニ・ノヴゴロド県にある彼の父親の領地の一部で、当時宛《あたか》もナターリヤ・ゴンチャローヴァ嬢との結婚の前夜にあった詩人のため、父親が分ち与えた土地である。プーシキンが早速その村の検分に赴いたところへ、急にコレラ騒ぎが始まって、モスクヴァへの街道には検疫所が五つも立ち、往来は杜絶も同然のありさまになってしまった。時ならぬこの幽閉状態は九、十、十一とまる三ケ月続いたのである。

「ここの田舎《いなか》は何という素晴らしさだ！　思ってもみたまえ、見わたすかぎり草原《ステーピ》また草原、隣近所には人っ子一人なしさ。馬を乗りまわそうが、家に坐りこんで想の馳《は》せるがままに書きまくろうが、勝手放題というわけだ。さあこうなったら、散文でござれ詩でござれ、じゃんじゃん書いてお目にかけるぜ」と、到着後三日、つまり九月九日、第一作『葬儀屋』を書きあげた日に、彼は友人プレートネフに宛てて書いている。そして、実際その通りになった。ボルヂノの秋は、コレラと田園と、もう一つ、おそらくは遥かなる許嫁《いいなずけ》の面影とのおかげで、未曾有《みぞう》の豊穣《ほうじよう》な季節になったのである。

それは久しく鬱積《うつせき》していた創作力が、一どきにはけ口を見出したもののようであった。試みにこの秋の収穫を通観してみよう。――まず、彼の畢生《ひつせい》の大作たる『エヴゲーニイ・オネーギン』が、この秋には一応の完結を告げた。すなわち九月の中旬に、のち彼みずからの手で削除された『オネーギンの旅』の章が『第八章』として脱稿され、つづいて同じ月の下旬に『第九章』(現在の第八章、すなわち終章)が、ひとまず完成した。彼自身の計算によれば七年四ケ月十七日にわたった労作が、ここに実を結んだわけである。彼これだけでも既に、ボルヂノの秋は彼にとって記念すべき季節であったに違いない。彼はなお筆をつづけて、愈《いよいよ》とナポレオンの侵入から十二月党の変にまで及ぶ予定であったらしい『第十章』をも、かなり書き進んだのであるが、これは十月中旬になって火に投じてしまった。

その一方、九月初旬から十月中旬に至る四十日ほどの間に、この『ベールキン物語』の五篇が次々に完成された。時間的に見れば、これは右に見たように『オネーギン』の終数章が仕上げられつつあった時期と、全く並行しているわけである。そして、この一連の散文物語の最終作たる『吹雪』が脱稿されるや、彼の創作の情熱は一転して韻文劇へ向かい、十月下旬から翌月初旬にまたがる僅《わず》か半月ほどのあいだに、『吝嗇の騎士』にはじまり、『モーツァルトとサリエーリ』、『石の客人』を経て、『疫病さなかの酒もり』に終わる所謂《いわゆる》四つの小悲劇が、立てつづけに完成を見た。

これに、十月初旬の作であるユーモラスな叙事詩『コロムナの小さな家』と、十一月朔日《さくじつ》に筆を擱《お》かれた未完作『ゴリューヒノ村史話』とを附け加えれば、このボルヂノの秋の完全な作品表を得ることになる。以上が、実に正味二ケ月足らずのあいだの収穫であった。

右に見たように、『ベールキン物語』の制作は、『オネーギン』終章の完結や、四つの小悲劇の成立と、時間的にも或いは相表裏し或いは密接に連続している。ましてや、この短い時期におけるさながら沸騰《ふっとう》するような創作情熱の奔出を目のあたりにするとき、詩人の内部でこれら一群の作品が、どのような陰微な、或いは奥ぶかいつながりによって、たがいに相支え相補っていたものであろうかは、おそらく容易に想像のつくことである。読者も見らるるごとく、『ベールキン物語』五篇のもつ表情は、すこぶる雑多であって、或るものは微笑し、或るものはすすり泣き、或るものは笑いこけ、或るものは取り澄まし、時として鬼面《きめん》人を脅かす趣きをすら呈する。これらの表情から、或る統一した印象を得ることは恐らく困難であろう。何かしら統覚を妨げるものが働いている感じである。そこへ、救いの手を伸べてくれるのが、同じ時期に書かれた他の韻文作である。それらが、この五篇の物語の不可解な表情の秘密を、ある程度まで解く鍵《かぎ》を与えてくれるのである。

周知のごとく『オネーギン』の終章では、あのターニャという深く地《つち》に即した歎賞《たんしょう》すべき個性が、詩人の静かに澄んだ観照のまなざしによって、はじめて完全に定着されている。プロスペル・メリメはこのターニャの性格を評して、「雪に蔽《おお》われた火山」と言ったが、まことにそのような内的構造をもつ永遠に女性なるものの像が、オネーギンの浮動してやまぬ男性像との対照において、実に完璧にとらえられているのである。そこには驚かれるほどの客観の眼の成熟がある。ボルヂノの秋は、詩人の精神的年齢から言っても、まことに黄金の秋であったわけである。そこで詩人は、一転して韻文の劇作へ向かった。思えばバイロンの惑わしを離れて、プーシキン自身の言い方を借りれば「真正のロマンティスム」であるところのシェイクスピア劇への熱烈な傾倒から、最初の戯曲『ボリース・ゴドゥノフ』が産みだされたのは一八二五年のことであった。それ以来五年のあいだに、彼はこの「真正のロマンティスム」ということの意味に一歩一歩ふかく徹して行ったであろう。それは今日の表現でいえば、生ける現実との対決を意味するものにほかならなかった。そして今、実に久しいあいだ彼の脳裡《のうり》を去らなかったターニャの影像が、やっと彼のペンをはなれて創造の画像として彼の外に独立の生を営みはじめたのを機会に、この新たな対決へと詩人が駆りたてられたのは当然であった。身うちには新たな蓄積のいぶく力感のみなぎりがある。その一滴一滴が気ぜわに走る詩人のペン尖《さき》から落ちて、句を成し節をなし曲を成して結晶した。……これが四つの韻文小悲劇の成りたちである。『吝嗇の騎士』では財欲を、『モーツァルトとサリエーリ』では羨望《せんぼう》を、『石の客人』では愛欲を、『疫病さなかの酒もり』では死の恐怖を、という風に、この四つの曲には益《ます》〻《ます》とぎすまされた客観の眼をもって、情熱の悲劇が一つ一つ、殆《ほと》ど古典劇的な正確さをもって探求されている。それは疑いもなく、ロシヤ文学ではおそらく空前絶後の純粋な心理劇であった。

さて『ベールキン物語』五篇は、前にも見たように四つの小悲劇の成立する直前に書かれている。しかも詩人の内部におけるそれらの意想の発生・生成・成熟などの過程について云《い》えば、この二群の作品の互いに深く交渉していることは、おそらくわれわれの想像の上にあるであろう。事実、よしんば日附の上の順序はいかにともあれ、『ベールキン物語』の各篇を、同じ秋に書かれた韻文の諸作品に対比しつつ眺めるとき、一つの動かすべからざる、そしてかなり興味ある事実に気づかざるを得ない。それは、詩人が成熟の余勢を駆って散文の世界へ降りて行って、人間の日常性のうちに新鮮な感興を求めようとしたその成果が、すなわちこれら五篇の物語であったということである。

これについては、また別の外国文学の影響の働いていることも見逃すことができない。プーシキンは、バイロンに憑《つ》かれたり、転じてシェイクスピアに帰向したりする以前には、やはり当時の風潮に従って、スコットやフィールディングやロレンス・スターンに傾倒していたものである。いま齢《よわい》三十歳に達した詩人が、散文の世界へ進み入ろうとして、ヨーロッパの散文文学の動勢に眼を放ったとき、これらの作者の姿があらためて顧みられたことは想像に難くあるまい。なかでもスコットの姿が大きく眼前に立った。時代は鞺々《とうとう》として伝奇小説ないし風俗小説へ向かいつつあると彼は洞察した。このような外国文学の触発もまた、この作集をロシヤ文学最初のロマネスクなものの探求たらしめた有力な理由の一つであったのである。

それとともに、もう一つ一そう具体的に言えることは、作者がこれら散文小説の世界を定めるにあたって、それを主として同じ時期の韻文作品の世界の延長の上に、あるいはその変奏のうちに、乃至《ないし》はそのパロディまたは戯画化の面に求めている、という事実である。したがって得られた作品の調子は、それら韻文作品の世界とのつながりの濃淡に応じて、純粋に悲劇的なものから純粋に喜劇的なものに至る、広い音域にわたって点在することになった。言いかえれば、彼は散文の世界における自分の声量を試そうとして、さまざまなオクターヴを歌ってみた観がある。これもまた、この短篇集の著しい特徴をなしているのである。

『その一発』は制作の順からいえば第四作であるが、これは最も濃く同時期の情熱悲劇の世界につながっている作品である。そこに鋭く追求されているのは、権勢欲の心理であって、これは小悲劇『吝嗇の騎士』における財欲、『モーツァルトとサリエーリ』における羨望と相対して、欲望の三部悲劇が形づくられている観がある。そして偏執と天真らんまんとの対決ということが、この三部作に共通するシチュエーションである。序《つい》でながら、この作の舞台をなしている軍隊の情景は、詩人が嘗《かつ》て南方ベッサラビヤのキシニョフに流謫《るたく》生活を送っていた頃、その地に駐屯するいわゆる第二軍で満喫したものにほかならない。主人公シルヴィオの陰惨な強い性格は、初期のバイロン風の叙事詩『コーカサスの俘虜《ふりょ》』、『盗人兄弟』、『流浪の民』などに登場する浪漫的な主人公の面影をなお色濃くとどめているが、これはキシニョフ時代の同僚であったリプランヂというバルカン風の名前をもった少佐を、モデルにしたものだと言われている。いやモデルといえば、そのシルヴィオと決闘する場面あたりの若き伯爵の姿には、作者その人の若き日の面影が宿ってさえいそうである。と言うのは、一八二一年キシニョフで詩人がズーボフという将校と争い、ついに決闘沙汰《ざた》になった際のことが、次のように伝えられているからである、——

「プーシキンは相手の射《う》つあいだ、桜ん坊を朝めし代りにもぐもぐやりながら立っていた。先に射ったズーボフの一発は中《あた》らなかった。プーシキンの番になると、彼は相手に『満足かい？』ときいた。ズーボフは射てと言う代りに、飛んできて抱きついた。『これはもう不用だ』とプーシキンは言い放って、発射せずに立ち去った。……」云々《うんぬん》。

第五作『吹雪』になると、前半にかなり濃い悲劇の色合いは、やがて最後に明るい諧《かい》謔《ぎゃく》のしらべに交替する。一たい秘密の婚礼とか身代り花むことかいうこの作品の仕組みが、ウォルター・スコットの『聖ローナンの泉』（一八二四年）に酷似していることはしばしば指摘されるところであるが、それはそうとして作者自身の同時期の韻文作品に対応を探《たず》ねるならば、これは『オネーギン』の紛れもないパロディと考えてもよいであろう。従順と情熱、謙虚と浪漫的夢想との美しい融合体であったターニャは、ここでは一変して単に浪漫派小説の主人公をきどる田園の少女マリヤに転身せしめられて、人の世の無常流転、いやむしろハーディのいう「生の小さな皮肉《ライフス・リトル・アイロニィ》」の飜弄《ほんろう》にゆだねられるのである。してみればこの作品は、二重の換骨奪胎という厄介な性格を帯びることになるわけである。ちなみに作中の吹雪の描写は、ボルヂノ到着早々に成った「飛ぶよ雨雲、渦まくよ雨雲」ではじまる詩『悪魔』から借りるところが多い。

『葬儀屋』は五篇のうち最初に成った作品であるが、これは彼のボルヂノ長逗留の原因をなしたコレラ騒ぎを直接の発想源としている意味から、何はともあれ、この秋の収穫の最後にかぞえられる小悲劇『疫病さなかの酒もり』との関聯《かんれん》において眺められなければならない。この小悲劇は、創作というよりも寧《むし》ろ一種の飜訳であった。つまりイギリス湖畔詩人の一人であるジョン・ウィルスン(一七八五―一八五四)の三幕詩劇『疫病の市《ザ・シティ・オブ・ザ・プレイグ》』(一八一六年刊)の第二幕第四場の中ほどだけを抜いて、これを半ば飜案風にあんばいし直したものである。ただしその際のプーシキンの態度はあくまで独自のものであって、その表現や描写は原作に比して著しく簡潔となり、雄勁《ゆうけい》さを加えている反面、原作を支えている背神的な調子はみごとに脱化されて、死の恐怖を絶望の刹那《せつな》的《てき》陶酔によって窒息せしめんとする一種のデカダンスの心理の動きにまで高められている。ところが、このような緊張しきった悲劇的主題も、一たび『葬儀屋』へ移されると、生と屍臭《ししゅう》の交錯を家常茶飯《かじょうさはん》とする主人公の生活の中へ溶かし込まれて、明るい諧謔曲として変奏されるに至る。プーシキンのもつ流通無礙《むげ》な転化と変奏の絶技をうかがうに足る好適例であろう。ついでに蛇足を添えると、十一月四日プーシキンは許嫁に宛てて、次のように書き送っている、――

「このコレラ騒ぎのなかで、相変らずニキーツカヤ街に頑ばっているなんて、よくも恥ずかしくないものですね？　尤《もっと》も町内のアドリアン先生はほくほくものだろうが。なにしろお蔭《かげ》でうんと儲《もう》かるからね。……」つまり、実際にアドリアン姓を名乗る葬儀屋が、モスクヴァのボリシャーヤ・ニキーツカヤ街なるゴンチャロフ家の向かいに住んでいたわけである。

第三作『百姓令嬢』は、同じ秋に書かれた物語詩『コロムナの小さな家』の稍《やや》と毒をふくんだ笑いを転じて、牧歌の匂いなつかしい青春の嬉遊曲《きゆうきよく》にまで純化したものと見てよいであろう。素材や筋立ての上から言えば、令嬢が百姓娘や女中に変装する、それに男主人公が惚《ほ》れ込む、あわや身分の障壁を踏み越えようという段になって、ほんとの令嬢と判明する――といった運びは、マリヴォーの喜劇『愛と偶然の戯《たわむ》れ』(一七三〇年)をはじめとし、その飜案や模倣作がロシヤにも当時流行を極めていたもので、『百姓令嬢』もその作り変えの一種たることは争われず、且つまた、作中の狩の場面のごとき、又してもウォルター・スコットの『ラマームアの花嫁』(一八一九年)の筋立てとの類似が認められている。こうして、この作品も亦《また》プーシキンの「本歌とり」の至芸の一端を示すものにほかならないが、それにしてもバイロン気どりの青年男女を、その仮装によって却《かえ》って天真の姿に立ち返らせるという奇想などに至っては、すぐれたパロディストとしての詩人の面目を発揮して余りありと言わなければなるまい。

右のように、悲劇の世界の延長あるいは裏返しの性格を帯びた作品のあいだに介在して、第二作『駅長』は一種いい解きがたい謎《なぞ》を含んだ作品である。定説にしたがえば、これは単純に一篇の駅長哀話であって、虐《しいた》げられた者への同情の文学として、後につづくゴーゴリの『外套《がいとう》』、ドストイェーフスキイの『貧しき人々』などの源流たるの光栄をになうものと考えられている。しかしこの作品の意味は果してそれに尽きるのであろうか。この一篇を、聖書に有名な放蕩《ほうとう》息子説話の辛辣《しんらつ》なパロディと解したのは、ロシヤ象徴派の批評家ゲルシェンゾーンであった。つまり、せっかく幸福な結婚生活に入ったわが娘を、依然として家長ふうな眼をもってしか眺めることのできない父親の、自滅の物語だというのである。序でに記してしばらく疑いを存することにしたい。

さて、おおよそ以上のような成立ちと性格とをもつ五篇の物語を公刊するに当たって、プーシキンはその発表形式にかなり心を労した形跡がある。彼は当然予期される論敵の攻撃に対して、あらかじめ或る種の武装をととのえる必要を感じたのである。その窮余の一策が、匿名で出版することであった。そこで彼は、スコットの故智に学んで、わざわざベールキンなる人物を引っぱり出し、その蔭にみずからを韜晦《とうかい》したのである。これが巻頭にわざとらしく附け加えられた『刊行者のことば』の由来であって、もともとミスティフィカシオン以外の何ものでもなく、内容たる五篇の物語とは有機的になんの結びつきもないのである。

この序言の作成にあたったのは翌一八三一年の夏のことであるが、その際彼が材料に用いたのは、同じボルヂノの秋の所産である未定稿『ゴリューヒノ史話』の主人公の性格であった。ゴリューヒノとかベールキンとかいう名までがそっくりそのままである。一たいこの『史話』は、ゆくゆくは大きなロマンに生長すべき約束の頗《すこぶ》るスケールの大きい野心作が中途で挫折したもので、その直接の作因は彼がボルヂノという寒村に定住する二百人ほどの農奴の生活や習俗を目《ま》のあたりにした生々《なまなま》しい印象なのである。したがって、地主の蛮風をはじめ、農奴制のもつかずかずの悪習が白日のもとにさらし出されており、現在の未完の形でも既に、頗る手きびしい諷刺的《ふうしてき》年代記をなしている。もとよりそんな作品が当時の検閲を通りようはずはなく、詩人の死後まもなく公刊されはしたものの、それは切りはぎだらけの無慚《むざん》な形においてであり、テキストの整備を見たのはようやく今世紀に入ってからのことである。このような『史話』という全く別系統の作品から拾い上げられて、いきなりこの五篇の頗るしゃれた物語の作者の役を振りあてられたのであるから、ベールキンなる人物の存在がどうも板につかぬ感じのあるのも、けだしやむを得ないであろうが、見方を変えていえば、およそ素朴と没我とを物語作者の第一義とするプーシキン自身の信条が、この愛すべき好々爺《こうこうや》のうちに、仮託されていると見て見られないこともないであろう。

こうして一八三一年十月の末、『ベールキン物語』は刊行された。本が出て間もなく、P・I・ミルレルという男がプーシキンに会った時の話は、ここに書き添えて置く価値がある。ミルレルとしては、作者がプーシキンだということぐらい見当はついていたが、わざと空とぼけて、「このベールキンというのは誰だね」と聞いてみた。するとプーシキンは、「誰だって構わんが、とにかく小説を書くのは正《まさ》にこうあるべきところだ――あっさり、みじかく、はっきり、とね。」……これは佳話である。小説というもののあり方を、簡、短、明の三点に見定めた三十一歳の詩人の昂然《こうぜん》たる眉宇《びう》を、読者は想像してみられるがよい。

このような作者の自信をあざ笑うかのように、評壇はほとんど一斉に冷評を以《もっ》てこの作品集を迎えた。「巧妙な物語りぶりだ――急速に、活々と燃えあがるように、蠱惑的《こわくてき》に……」という『北の蜜蜂《みつばち》』誌の批評などは例外的にお手柔かな方であった。当時の批評の見本として、『モスクヴァ通信』誌から次に数行を抜いてみよう。「なかで『駅長』だけはどうやら、人情に通じていると頷《うなず》かれる個所《かしょ》が若干ある。『葬儀屋』という滑稽談もおもしろい。のこる『その一発』や『吹雪』や『百姓令嬢』に至っては、詩的にしろ浪漫的にしろさっぱり有りそうもない絵空ごとだ。それは簡潔というコルセットで緊《し》めあげた茶番にすぎん」云々。未《いま》だにフランス古典派の尊大趣味が忘れられず、一方すでにドイツ観念派哲学の影響に侵されはじめていた当時のロシヤ文壇が、ロマネスクなものの面白さを遠く解し得なかったことは思えば理の当然であったかも知れない。

＊
＊＊

その後三年をへて一八三三年の夏、プーシキンは『プガチョフ叛乱史《はんらんし》』をまとめるため、その叛乱の現地を見証すべくオレンブルグに赴いたが、その帰途またもボルヂノ村に一ケ月半にわたって滞在した。この滞在中に成ったものには『叛乱史』をはじめとし、叙事詩に『アンヂェロ』、『青銅の騎士』の二篇、お伽詩《とぎし》二篇、および『スペードの女王』がある。これはその多産さにおいて正に第二のボルヂノの秋とも称してよい一季節であった。

右のうち『スペードの女王』は叙事詩『青銅の騎士』と並んで、プーシキン後期の二大傑作をなすものであるが、この両作品はともに所謂ペテルブルグ物であり、ともに幻想と現実との微妙な交錯と対照を生命とするところの謂《い》わば写実的浪漫主義の極致を示している点など、主題的にも構成的にも深くつながるものがある。すなわち両者の関係には、先にわれわれが『ベールキン物語』と同時期の他の韻文諸作との間に観察したのと殆どおなじ一種の変奏の関係がふたたび見出されるわけである。

更に一歩をすすめて考えれば、この二つの作品の根には、その同じ秋に書かれた抒情《じょじょう》詩《し》の一断片、すなわち――

ねがわくは神、われが心を狂せしめたまうことなかれ。
むしろ如《し》かじ、杖《つえ》をつき袋を負いて、さすらいの旅に出《い》でんには、
むしろ如かじ、額《ひたい》に汗して野良《のら》に働き、あるいは飢えに泣かんには。
われはわが理性をひたすら崇《あが》めたるにもあらず、またわれは
わが理性と訣別《けつべつ》するをいとい歎《なげ》くにもあらざれど……

の数行を第一聯とする未完の詩が、共通の動因として横たわっていることを見のがすわけには行かない。詩人の死後数年をへて、その筐底《きょうてい》から憲兵隊の手によって発見された

と伝えられるこの謎めいた断片詩は、さながら狂気の一歩手前にあるかの如《ごと》き詩人の懐疑と畏怖《いふ》とにみちた精神的危機のすがたを如実に伝えるものにほかならないが、それが断片としてとどまった理由はしばらく問わないまでも、とにかく『青銅の騎士』と『スペードの女王』の二篇が、まさにそのような精神の危機を契機として生み出されたものであることは明らかであった。いわばこの二作は、この狂気の詩を地盤として咲きいでた一つは青い一つは紅《あか》い二輪の花だったのである。『青銅の騎士』の主人公エヴゲーニイは、ネヴァ河畔のピョートル大帝の銅像がよみがえって追いすがってくると幻覚して狂気する。『スペードの女王』の主人公ゲルマンは、ペテルブルグの賭場《とば》で自分の引き当てたカルタの女王が、にたりと薄笑いをすると幻覚して狂気する。作品を統《す》べる主調において、一はあくまで現実的、他はあくまで夢幻的ではあるが、このデヌウマンの相似は決して偶然ではなく、深く詩人自身の内的悲劇につながるものがあることを看過してはならぬのである。

ところでこの二作品にそれぞれ独特な色合いをもって転調されている狂気、すなわち前掲の抒情詩断片の主動力をなしていたあの狂気は、果してどこに由来するものであり何を本質とするものであろうか。この問いに答えることは、とりも直さずプーシキンの生活悲劇そのものの本質を解明するかなり大掛りな仕事になるのであって、今は差し当たってこの解説の冒頭にも述べて置いたとおりその時機ではない。ここでは只《ただ》、この同じ一八三三年に起稿され、翌年翌々年と書きつがれた挙句《あげく》についにその完成を断念された『モスクヴァよりペテルブルグへの旅』という、あの有名なラヂーシチェフの旅行記を逆に行ったような妙な題のついた旅行記があり、これが並々ならぬ彼の内的悲劇のあり方を解明する上のよき鍵をなしていることを示唆するにとどめて置きたい。この旅行記の一節に、「同一の国家に二つの都が同じ程度に繁栄し得ぬのは、恰《あたか》も人体に二つの心臓が共存せぬのと同断でもあろうか」という考察がある。この章句が殆どそのままの構成をもって『スペードの女王』の中へ移されて、「二つの固着観念」云々という第六章冒頭の一句をなしていることを読者は見られるであろう。そしてこれは単なる字句の類同とか聯想上の興味とかいうだけの問題では決してない。或る二つの心の「都」、二つの固着観念は、プーシキンの内心ふかく絶えず存在して、互いにその席を争っていたのである。……

さて、もし『スペードの女王』の劇を悲劇と呼ぶことができるとすれば、その悲劇の体現者は主人公ゲルマンにほかならない。彼は「ロシヤに帰化したドイツ人を父とする」不羈《ふき》独立の野望に燃える青年士官である。父というのは勿論その頃のロシヤへ盛んに流入しだしていた外国工業資本の小やかな代表者の一人と推測されるのであって、すなわちゲルマンも亦あの『青銅の騎士』の主人公エヴゲーニイと同じく、新興の野心と反抗心との権化の如き平民出身者なのであった。横顔が「ナポレオンに生き写し」だとして描かれてあるこのゲルマンには、実は明らかなモデルがある。それはあの十二月党の蜂起《ほうき》にあたって南社の総指揮にあたったペステリで、これもやはり帰化ドイツ人の息子であったのみならず、同僚の回想によれば同じくナポレオンに似た風貌《ふうぼう》の持ち主であった。十二月党事件がプーシキンに与えた物心両方面の深い傷痕《きずあと》について今は説く余裕がないが、ともあれ曾て南ロシヤ流謫時代に面識あり、やがて一味の蜂起がむざんな失敗を喫したのち絞首刑に処せられた五名の巨頭のうちの一人として、その血なまぐさい浪漫的な相貌は、思うに幽鬼のごとく、一種の固着観念のごとく、絶えず詩人の想念につきまとって離れなかったでもあろう。そして事実、『スペードの女王』の書かれた頃の日記には、スッツェという公爵と会ってこのペステリの昔ばなしをしたという記載までがあるほどである。第四章のエピグラフは、つい古風な文体に訳してしまったが、これは Homme sans moeure et sans religion！ という元のフランス語をそのまま素直に、「品行の悪い不信心な男さ！」とでもして置くべきだったかも知れない。けだしこの引用句は、そのスッツェ公爵が昔ペステリに何か一杯くわされた怨《うら》みがあり、それを根にもった公爵がプーシキンに向かって故人の人格を罵倒《ばとう》して聞かせた口吻《こうふん》を、そのままに再現したものかとも想像される根拠があるからである。こうして詩人がみずからの痛恨を托《たく》したこのゲルマンの映像は、後に例えばドストイェーフスキイによって『罪と罰』のラスコーリニコフの性格にまで発展せしめられたところの、文学的人間像の貴重な胚種を成したのである。

なおゲルマンは、バルザックが『あら皮』の主人公にしているあの恰も精力と情熱の権化のごときラファエルと、一見すこぶる性格的な類同が認められるであろう。『駅長』の中にも註記して置いた通り、プーシキンはあの『結婚の生理』にまでいち早く親しんでいた形跡があり、この人が既に二年前(一八三一年)の発表である『あら皮』を読んで、ここに感興を汲《く》んでいたという想像は大いに許されることと思われる。徹底的な現実主義者たると同時に深遠な神秘家たり、「顕微鏡を離れると忽《たちま》ちスウェーデンボルグ信者に化した」と言われるこのフランスの巨匠に、プーシキンが親近していたらしいことは極めて興味ある事実といわねばならない。そう言えば同じバルザックの『赤い宿屋』(一八三二年)には、「作家というものはドイツ人だと云えばヘルマンという名をつける」という意味のことが書いてある。ゲルマンはヘルマンのロシヤ訛《なま》りであるからこの命名もやはりバルザックの示唆を受けたものと考えられるかも知れない。

外国文学の影響といえば、アマデウス・ホフマンの影響も勿論いい落とすわけには行かないであろう。一八二二年に死んだホフマンの作品は、一八二九年から三三年に至る数年の間に全部がフランス語に訳されており、プーシキンは仏訳で読んだものに相違なく、現にその蔵書中にはレーヴェ・ヴァイマールの手になる仏訳本第十九版が見出される。かくてゲルマンの風貌に、ホフマンの『賭博の幸運』の主人公メーナルとの或る種の類似が見られるのも敢《あえ》て不思議ではなく、更に、張ったスペードの女王札の顔が生けるものの如くに狂気の男の眼にうつるという一節に至っては、『悪魔の秘薬』に源流するものであることはもはや疑うべくもなく、これまたこの詩人の一特質たる外国文学摂取の上の俊敏さを物語るものに他ならない。

ゲルマンの冒険の肉づけに当たっては、詩人はなおその上に自身の恋愛史上の一挿話をさえ投入していること、『その一発』に於《お》ける決闘の場面に自分の体験を生かし用いたのと同断であった。今は彼の女性遍歴史を繰りひろげる場合ではないが、詩人のペテルブルグに於ける情史に登場する女性の数多い中に、有名なクトゥゾフ元帥の愛娘《まなむすめ》で、エリザヴェータ・ヒートロヴォという未亡人がある。頗る肉づきのよい真っ白な肩が自慢で、夜会ではいつもこれ見よがしにそれを露出しているので、「裸のリーザ」という綽名《あだな》がついていた。十六歳も年長のこの未亡人と詩人の間がらはどういうものであったか、少なくも一種の謎として社交界に賑《にぎ》やかな話題を提供したことは事実であった。ところでその娘のドリーはオーストリヤの大使フィンケルモン伯に嫁いでいたが、そのサロンも母親のそれに劣らず、首都一流の聞こえが高かった。ある夜のこと、この情熱詩人がドリーのもとに忍んでいると、いつの間にか夜が明けてしまった。その寝室からは、隣の伯爵の部屋を通らなければ出て行けない。さすがの詩人もこれには色を失ったが、幸い気転の利く小間使か何かがいて、その計らいでようやく窮地を脱することができた。この苦い体験をみごとに生かしたものが、すなわち第四章の末段なのである。モデルの詮鑿《せんさく》ついでに言えば、賭博クラブの統領チェカリンスキイという人物もやはり、オゴーニ・ドガノーフスキイというモスクヴァ名うてのカルタ師の風貌を写したものだという。秘密警察の記録によれば、その邸《やしき》は一八二〇年代の末ごろ、大勝負の好きな連中の「巣《そう》窟《くつ》」であり、詩人はそこの常連の一人であったのみならず、一八三〇年にはこのカルタ師へ手紙を書いて、二万五千ルーブルの負債の返済を申し送っているほどである。

三枚のカルタの秘密がプロットに用いてあることに就いても、その出所はフランス語で書かれた『カリオストロ伝』だという説がある。この伝記には富籤《とみくじ》の当たりくじを三つ言い当てるところがあるというのである。アレッサンドロ・カリオストロ(一七四三―一九五)は本名ジューセッペ・バルサモ、錬金術やいかさま医学を手品の種《たね》に、後妻ロレンツァ・フェリチアナと相携えてヨーロッパの上流社会を荒らし廻った有名なイタリヤの大山師である。ただしこの出所については異説もあって、それはプーシキン自身が『スペードの女王』を書きあげた年の暮れ、モスクヴァで友人ナシチョンキンにこの作品を朗読して聞かせたとき、次のように言い添えたというのである。――この小説の主な仕組みは作りごとではない。老伯爵夫人というのはモスクヴァ知事ドミートリイ・ゴリーツィン公爵の母親ナターリヤ・ペトローヴナ・ゴリーツィナで、作中に描いてある通りの生活をパリで暮したことがある。その孫が詩人に語ったところによると、あるとき彼が勝負に敗《ま》けてお祖母《ばあ》さんに尻ぬぐいを頼むと、金を呉れる代りに、彼女がその昔パリでサン・ジェルマンから伝授されたという三枚の札を教えてくれた。孫はそれで敗けを取り戻した――云々。このゴリーツィン公爵夫人は、女帝エリザヴェータ、おなじくエカテリーナ二世と数代の宮中に歴仕した女官で、「有髭《ゆうし》公爵夫人」の綽名があり、ルイ十五世、ルイ十六世の頃のパリにも姿を現わして全盛ぶりを発揮した婦人である。一七四一年の生まれであるから、この作品の書かれた当時はもう九十二の婆さんであったわけである。但しこのサン・ジェルマン直伝というのは眉唾《まゆつば》ものだという説もある。彼女が父親に連れられてパリに滞在したのは一七六〇年から翌々年にかけての事であり、次には結婚後七〇年代の末から八七年まで住みついてはいたが、その間この都でサン・ジェルマン伯爵と顔を合わせる筈《はず》がないというのである。この怪伯爵のことは別に註記して置いた。要するにカリオストロといいサン・ジェルマン伯爵といい、十八世紀中末葉のヨーロッパに立ちこめた腐敗せる貴族文化の瘴気《しょうき》から、幻のごとくに出現した巨大な怪人物であったことに変わりはない。

三年まえ『ベールキン物語』が猛烈なヒスを以て迎えられたに反して、『スペードの女王』が一八三四年三月の『読書文庫』誌に現われるや、忽ちに満都の人気をさらってしまった。けだし彼の散文作のうちで一般の好評を博しえた最初の作品である。その年四月七日の日記に、「わたしの『スペードの女王』はすっかり流行《はや》りっ児《こ》だ。賭博者連中は三、七、一と張っている。宮中では、老伯爵夫人がN・P公爵夫人（すなわちゴリーツィン公夫人）に似ているという評判だが、あの連中も腹を立ててはいないらしい」と、作者は甚だ得意げに記している。

但しこの作品に与えたベリンスキイの評言は、次のような一種の条件を附けたものであった。「……ゲルマンの強烈な、しかも悪魔的な利己的な性格もよく出ている。けれど小説ではなくてアネクドオトである。物語としたら名人芸の尤《ゆう》なるものだ」云々（『論評ロシヤ文学史』第二部）。

これに反して、この作品に無条件的な絶讃を捧げた人にドストイェーフスキイがある。ゲルマンがラスコーリニコフの性格の胚種をなしたことは前にも記したが、事実ドストイェーフスキイは一八七五年の作『未成年』の中でこの人物のことに触れ、「ゲルマンは巨大な人物だ。異常な、まったくペテルブルグ的な典型だ――ペテルブルグ時代の典型だ」と語っているのである。

そのような絶讃ぶりは別にしても、思うにこの作品の真底の美しさに観入することの深さにおいても、ドストイェーフスキイのごときは空前にして絶後であったのではあるまいか。少し長いけれどその一八八〇年六月十五日附J・アバザー宛の手紙の一節を、『スペードの女王』評の一種の極点としてここに掲げて置きたい。――「幻想が現実とじつにぴったり接触していて、読者は殆ど幻想を信じないわけには行かないほどだ。プーシキンは殆どありとあらゆる芸術形式を試みているが、この『スペードの女王』では幻想的芸術の絶頂を見せてくれる。しかも読者は、ゲルマンが見ていたのは実は幻視《ヴィジョン》なのだ、それもこの男の世界観に合致した幻視なのだ――と思って読んでゆくのだが、さて小説の結末に至って、つまり読了して、はたと当惑してしまう。――果してその幻視がゲルマンの性質から出たものなのか、それともこの男が実際に別世界との接触を経験した連中の一人であるのか、それがいずれとも決しがたいからである……(交霊術――及びその学説)。これこそ芸術品というものだ！」

国外で最も早く且つ深くこの『スペードの女王』の滋味に味到したのは、いうまでもなくフランスの人々であった。フランス訳としては、一八四三年にポール・ドゥ・ジュルヴェクールという人の手に成ったものが最初であるが、特筆に値いするのは『両世界評論』の一八四九年七月十五日号に現われたプロスペル・メリメの珠玉訳である。この飜訳はその後一八五二年に至ってミシェル・レヴィ版の『中篇小説集』に、『カルメン』

や『アルセーヌ・ギヨオ』などと一緒に収められた。もちろん今日の眼で見れば、このメリメの仏訳にはほほえましき誤読誤訳のたぐいが少なからず見いだされ、細部的には決して忠実さをも正確さをも誇りえないものであるが、にも拘《かか》わらず依然として「珠玉訳」たるを失わず、且つ恐らくは永遠に失わぬであろうと信ぜられる。それは一つにはこの二人の作家のあいだの稟質的《ひんしつてき》な異常なほどの相似のなすわざであり、もう一つは言うまでもなく、メリメが正銘の作家として、細部を超えてじかに原作の実質に参入しうる炯眼《けいがん》の持ち主であったからにほかならない。

　事実この名匠の手に成る仏訳は、かなり久しい間メリメ自身の作品、乃至は仮にプーシキンの名を借りた擬作と信ぜられていた。この擬作という人の悪い手は、メリメが既に『クララ・ガズュル』や『琵琶《ギュズラ》』で使ったことがあったので、世間では又もやその手に乗ることを大いに警戒したわけであった。一八七〇年版の『大ラルース辞典』には「飜案であって飜訳にあらず」とわざわざ断ってあるし、一九〇九年ライプツィッヒ版の『マイエル会話語彙《ごい》』第十二巻のメリメの項に至っては、「彼の小説『コロンバ』、『マテオ・ファルコーネ』、『カルメン』、『スペードの女王』は、まさにこの種のジャンルの典型であって、古典美と大理石のごとき冷たさとを湛《たた》えている」といって、完全にもうメリメ自身の最高作品の一つに数えている始末である。もっともこのような混同を生ずることも寧ろ理の当然であったかも知れない。奥底はともに浪漫的であり、形式はともに古典的であったこの二人の文人は、『スペードの女王』において不思議な出会いをとげたのであるから。……メリメにはなお『その一発』の飜訳があり、叙事詩『流浪の民』ほか短詩二篇の散文訳をも試みているほか、歎賞すべきエッセイ『アレクサンドル・プーシキン』がある。

アンドレ・ジイドもなかなかのプーシキン好きである。一九二三年には『スペードの女王』を、おなじく三五年には『葬儀屋』をシッフランと協力してそれぞれ飜訳している。彼が『スペードの女王』の自訳本に附けた序文は、短いものであるが独特の犀利《さいり》な観察にみちたものであった。

『スペードの女王』のオペラ化の試みは、本国に先駆けて早くも一八五〇年にパリで行われた。スクリーブの作詞、アレヴィの作曲で、三幕の喜歌劇に仕立てられて、同年十二月八日オペラ・コミーク座で上演されたのである。しかし、どうやらこれはアレヴィの責任において失敗であったらしい。

その本格的なオペラ化は、やはり本国におけるピョートル・チャイコーフスキイの出現を待たなければならなかった。作詞は兄のモデスト・チャイコーフスキイで、一八九〇年十二月ペテルブルグに初演されて以来、この三幕歌劇は一九〇二年ヴィーンに於けるグスターフ・マーラーの指揮による上演をはじめ、ミラノのスカラ座、ベルリン、ニューヨークと各地の脚光を順次に浴びたのである。このオペラに於けるチャイコーフスキイの音楽は非常に美しいものであるが、なかんずく名高いのは一幕目第二場でリーザとポーリンがうたうあのどこかホフマンの舟唄を思わせる女声二重唱、三幕目ネヴァ河畔の場面でゲルマンを待ちつつリーザがうたう独唱《アリヤ》、それに二幕目の劇中劇でうたわれる牧歌風の二重唱などであろう。もちろん筋の運びは原作をかなり離れていて、リーザはゲルマンが最後の勝負に賭場へ赴こうとするのを押しとどめようとして果さず、ネヴァの河波に身を沈めてしまうし、ゲルマンは三枚目の札で万事休した瞬間に伯爵夫人の亡霊が現われるのを見て、命をとりに来たものと信じて自刃してしまうのである。

(19. V. 1947 稿)

〔角川書店 飛鳥新書版『プーシキン短篇集』(一九四八年刊)の解説〕

プーシキンとその作品

ロシヤの国民詩人としてのプーシキンの名を知らぬ人は、もはやわが国にも誰一人あるまいと思われる。イギリスのシェイクスピア、ドイツのゲーテ、あるいはイタリヤのダンテなど、もしそれらに匹敵する名をロシヤに求めるとすれば、われわれはプーシキンの名を指すほかに考えようはないのである。ゴーゴリ、ドストイェーフスキイ、トルストイなどは、いずれもプーシキンを母胎とせずには生まれ得なかった人々だったと、われわれは安んじて言いきることができる。

ゴーゴリは言う。――「プーシキンという名をきくと、ただちに思い浮かぶのはロシヤの国民詩人という考えだ。まったく我が国の詩人のなかで、彼ほどに国民的という呼び名がしっくりする人はない。それこそ、まさしく彼に打ってつけの名なのである。彼のなかには、ちょうど字引のように、わが国語の豊かさや力強さや自在さが宿っている。彼は誰にもまして、それ(国語)の境界をおしひろげ、その領域を残るくまなく示した。プーシキンは異常な現われであり、おそらくはまた、ロシヤ精神の唯一無二の現われでもあろう。彼こそはロシヤ人が、その発達の窮極において、つまり二百歳の後において、あるべき姿を示すものなのだ。彼のなかには、ロシヤの自然も、ロシヤの心髄も、ロシヤの言葉も、ロシヤの気質も、ことごとくが映しだされて、さながら光学レンズの凸面に映る風景のように清らかで見事である。……」

また、ロシヤ最大の文芸評論家ベリンスキイは、プーシキンの詩作にみなぎるパトスのたくましさを讃《たた》えて、次のように言っている。――「この大詩人の創造は、なるほど数も多く色とりどりでもあるが、しかもその一つ一つの作品は、おのがじしその生命をいぶいており、したがってそれぞれのパトスを持っている。とはいえ、この詩人の創造の全世界、つまり彼の詩的活動の全容は、それなりにまた単一の揺るぎないパトスを持っており、それに対して彼の一つ一つの作品のパトスは、いわば全体にたいする部分、主想のニュアンスあるいは変奏、あるいは数かぎりない面のうちの一つ、という関係に立っている。そういうことの言えるのは、例えばバイロンのような一面的な詩人たちの場合に限ったことではなくて、例えばシェイクスピアのような、驚くべき多方面さと多彩さを具《そな》えた作品を生みだした人々の場合にも、やはり当てはまることなのである。……」

　このように、暗にプーシキンをシェイクスピア的な多面多彩な詩人になぞらえながら、ベリンスキイは更に言葉をつづけて、彼のリアリズムの特質を、次のように闡明《せんめい》する。——「ゲーテにとって自然は、もろもろの観念を盛った開かれた書巻であった。然《しか》るにプーシキンにとって自然は、無辺無量の、しかも無言の魅惑をたたえているところの、生ける光景であったのだ。」

　さらに、ある意味から言うとプーシキンの最もすぐれた後継者の一人であったドストイェーフスキイは、その偉大な師匠について何と言うか。そのプーシキン論（米川正夫氏訳『作家の日記』河出書房版）から、次のような引用をこころみよう。——「私は断乎として言うが、プーシキンのような世界的共鳴の才能をもった詩人は、またと他になかった。しかもこの際、問題は単なる共鳴ということばかりでなく、その驚嘆すべき深さと、他国民の精神に己れの精神を同化させる力に存するのだ。その同化は殆《ほとん》ど完全無欠であるが故に奇蹟《きせき》的であり、世界じゅうの如何《いか》なる詩人にも、かような現象はくり返されなかったほどである。これは全くプーシキンにのみ見られることであって、この意味において、くり返して言うが、彼は前代未聞の現象であり、我々に言わせれば予言的なものである。……」

すなわちプーシキンは、ドストイェーフスキイによれば既に国民詩人の域をこえて、世界の魂に共鳴し共感する世界詩人なのである。この評価がかならずしも溢美《いつび》でないことについては、最も近代のプーシキン讃美家の一人である象徴詩人メレジコーフスキイの評言を想起することで、読者はうなずかれるでもあろうか。けだしメレジコーフスキイは、その名著『トルストイとドストイェーフスキイ、人および芸術家として』の結びにおいて、トルストイを肉の柱に、ドストイェーフスキイを霊の柱に、それぞれなぞらえたのち、ほかならぬプーシキンをこの霊肉二つの柱のあいだに橋かけるものとして、その予言的ないし未来的な偉大な使命を、高らかに謳歌《おうか》しているからである。

右に列挙した四人のすぐれたロシヤ人の評言は、それぞれ別の立場からではあるが、いずれも詩人プーシキンの並々ならず偉大な民族的ないし世界的な意義について、指摘しつくして殆どあます所がないと言っていい。ではそのプーシキンという詩人は、どのような時代に生きて、どのような生活をした人であったろうか。またその生みだした作品は、すでに以上の証言からして多彩であり多方面でもあったことは分かっているが、はたしてどのようなものであったろうか。それを次に概観しなければならない。

アレクサンドル・セルゲーエヴィチ・プーシキン(Aleksandr Sergeevich Pushkin)は、

一七九九年ロシヤ暦五月二十六日（新暦ではこれに十二日を加える）、モスクヴァに生まれた。昨年（一九四九年）は、その生誕百五十年に当たっていた。

プーシキンの父系は、早く十三世紀からロシヤの歴史に顕《あら》われたと伝えられる古い士族の家がらであるが、もともとプロシヤの発祥とも言われている。また母系から見ると、アフリカの黒人王国エチオピアの血が混っているのであって、決して純然たるスラヴ族の出身とは言いがたい。これは、世に稀《まれ》な情熱詩人の発生を考えるうえで、一応は考慮に置いていい事がらである。

一八一一年の秋、プーシキンは帝都の近郊ツァールスコエ・セロー（帝村）に新たに開設された学習院に入学した。この寄宿学校のかなり自由な壁のなかで、プーシキンは三十人の貴族の子弟にまじって、十二歳から向こう六年間の大切な精神形成期をすごすことになる。

この入学の年はいうまでもなく、ナポレオン一世の極盛期であった。その翌年は彼のモスクヴァ侵入と大敗走の年である。それはやがて、ロシヤ軍隊のフランス進駐ともなれば、また神聖同盟の締結によって、国際政局の檜舞台へのロシヤの初登場ともなる。ヨーロッパの北の隅で眠っていた巨人は、俄然《がぜん》ここにおいて全欧洲の疾風怒濤《しっぷうどとう》のただ中へ投げこまれたわけである。西ヨーロッパに渦まく自由民権の思想は、せきを切ったようにロシヤへ押し寄せ、その君主独裁の岩頭にしぶきを上げた。めざましい時代であった。

そうした時代の新しい息吹きは、帝村の学窓にも遠慮なく吹きこんだ。その教授陣には、ハイデルベルヒ出身の進歩的な自然法学者もあれば、シェリング哲学の優秀な学徒もあれば、さらにフランス大革命の血なまぐさい立役者マラーの実の弟さえもいた。プーシキンは決して勤勉な学生ではなく、詩への熱中は年を追うて強まっていったが、とにかくこの六年間の学生生活が彼にもたらした最大の収獲は、おそらくヴォルテールを知ったということであろう。プーシキンは詩人らしい敏感さで、そののちも次々に外国思潮の影響を摂取していったが、年少の頃に受けたヴォルテールの洗礼は、生涯を通じてついに消えずに残っている。

十八歳で卒業すると、外務庁に名ばかりの職を得たが、その生活は社交と詩作とのうちに明け暮れた。前者において彼は、首都の花やかな生活に酔う騒々しい享楽児であり、後者において彼は、時代の最も尖鋭な自由思想に詩歌の翼をあたえる怖《おそ》るべき革命児であった。当時フランス帰りの少壮将校のあいだには、あるいは立憲制を、あるいは農奴の解放を、あるいは共和政体を目標とする秘密結社がぞくぞくとして生まれ、来《きた》るべき十二月党事件（一八二五年）への気運を準備しつつあった。プーシキンは、それら結社の主だった人々と交わった。のみならず、彼の筆になる『自由』という頌歌《しょうか》や、あるいは『チャダエフに』と題する詩篇などは、もとより専制政治への果敢な挑戦状であってみれば公表さるべくもなかったけれど、人の手から手へ写し伝えられて、革新の意気にもえる青年たちの血を、いやが上にもかきたてた。

その結果は、ついにプーシキンの南方追放になった。彼は一八二〇年の晩春、南ロシヤの開拓使庁へ転任させられることになった。詩人は、その春の初めに完成していた叙事詩『ルスランとリュドミューラ』を置土産《おきみやげ》に、飄然《ひょうぜん》として南方へ去った。

それから四年ほどの間を、プーシキンの南方放遊時代と呼ぶことができる。幸い長官が寛大な人物だったので、詩人はあまり行動の自由をうばわれなかった。のみならずラエーフスキイという教養ぶかい一家の人々と親しくなって、彼の生活は必ずしも寂寥《せきりょう》ではなかった。読書の上でも新たな世界がひらけた。フランス革命の貴い犠牲者アンドレ・シェニエの詩集に接して、その清明な古典調に深く教えられたのもこの頃のことである。それよりも更に一そう大きな事件は、はじめて親しくバイロンの作品に接したことだった。彼はバイロンを読むために、わざわざ英語の手ほどきを受けさえしたほどである。

バイロンの歌はいわば、ナポレオン没落後の西欧という血なまぐさい焦土の中空を、かすめて過ぎた魔鳥の羽ばたきである。おそらくその正体を深く見きわめた者は、当時としては誰もなかったはずであるが、それだけにまたその不気味な羽ばたきのうちに、人々が思い思いの烈《はげ》しい感銘を汲《く》みとったことは事実であった。特にロシヤでは、それはバイロニズムと呼ばれて、滔々《とうとう》たるロマンティシズムの風潮全般を優に蔽《おお》いつくす大きな呼び名とさえなるに至った。宿命への反逆、悪魔的なまでの自我至上主義、社会的因襲からの脱出の当然の帰結としての異国趣味(より的確にいえば東邦趣味)などは、もちろんその基本的な特徴にちがいなかったが、とりわけロシヤにおけるバイロニズムの大きな特質は、それが多年にわたる政治的抑鬱《よくうつ》を吹きとばす革新の原理として、あの十二月党の運動と具体的に結びついた点にあった。実際この秘密結社の指導的地位にあった青年将校たちにして、多かれ少なかれバイロンの心酔者でないものは一人もなかったと言っていい。そしてプーシキンにたいするバイロンの影響の性質も、決してその例外ではなかった。

プーシキンは、はじめて南方の海を見た。それは同時に、バイロンの海でもあった。プーシキンはまたカフカーズに遊び、山間の原始民族たちの営みを見た。古代ギリシャの植民地であったクリミヤ半島も巡歴した。バフチサライの宮殿の遺址《いし》をたずねて、中世の栄華の夢を弔《とむら》いもした。またベッサラビヤの主邑《しゅゆう》キシニョフに住んで、この地方のさまざまな民族の姿や、その荒れすさんだ烈しい生活を見た。その中へ、みずから身を投げ入れさえした。当時キシニョフは、やがて十二月党の叛乱《はんらん》を起こす将校団の南方における根拠地だった。その人々とも親しく交わった。ギリシャ独立の闘士たちも亡命して来ていて、詩人はそれらの人々とも交際した。要するに、この南方の土地は、そのままにバイロンの歌った「東邦」でもあったわけである。熱い恋もあった。決闘沙汰《ざた》もあった。

そうした泡だつような生活のなかから、いわゆるバイロン風の作品が続々と生まれたことに不思議はない。抒情詩《じょじょうし》には有名な『海に寄す』(一八二四年)がある。またナポレオンの死に寄せた長詩『ナポレオン』や、十二月党の人々への贈物ともいうべき激烈な短詩『短剣』(ともに一八二一年)などもある。しかしここで注意しておかなければならぬことは、プーシキンが決してバイロンの悪《あ》しき弟子ではなかったことである。つまりプーシキンにあっては、奔放は決して粗笨《そほん》に陥っていない。いわばシェニエの古典調が、見えざる手綱《たづな》として絶えず働いているのである。ベッサラビヤ時代には、オヴィディウスまでが彼の座右の書であった。これを忘れてはならない。

この時期の叙事詩には、『カフカーズの俘《とりこ》』(一八二一年)を手はじめに、『盗賊兄弟』、『バフチサライの泉』(いずれも一八二一年)、『流浪の民』(一八二四年)など、バイロン的主題によるものが目だっている。韻文による長篇小説『エヴゲーニイ・オネーギン』は、この時期に最初の二章と第三章の半ばが書き上げられたが、これはこの作品の中でも一きわバイロン調の響きの高い部分である。さらに『ガヴリーリアーダ』(一八二一年)という聖母受胎伝説を主題とする瀆神《とくしん》きわまる抒情詩があり、ここには老師ヴォルテールの影響がすこぶる色濃くあらわれている。

一八二四年の夏、プーシキンは南方から更に追放されて、ミハイローフスコエの荘園に閉居謹慎を命ぜられることになった。これはプスコフ県にある母方の領地で、この閉居生活は二年ほど続くことになる。長い期間とは言えないが、これはプーシキンの詩人としての本質が展開される上で、すこぶる重要な時期であった。いわば彼の青春彷徨《ほうこう》はすでに終わって、早くも反省と沈潜の時が来たのである。

バイロンは相変らず彼の座右の書ではあったが、その表題は、もはや『異端外道《げどう》』や『海賊』や『アビドスの花嫁』などの東邦伝奇でも、あるいは『チャイルド・ハロルドの遍歴』でもなくて、すでに『ドン・ファン』であり『マゼッパ』であった。その一方、彼はようやくウォルター・スコットの歴史小説に親しみはじめ、更にシェイクスピアの史劇に行き当たった。特にこの最後の出会いは重要であった。詩人はシェイクスピアのなかに、「真のロマンティシズム」を発見して驚喜した。これを今日のはやり言葉に飜《ほん》訳《やく》すれば、つまり「リアリズム」ということにほかならない。

このシェイクスピアとの出会いが実を結んで、プーシキン唯一の戯曲の大作『ボリース・ゴドゥノーフ』(一八二五年)が成った。すべて二十五場(のちに二十三場となる)、全篇シェイクスピアばりのブランク・ヴァースを以《もっ》て押しとおし、まま散文をまじえている。そして「シェイクスピアの闊達《かったつ》自在な幅のひろい性格描写」を深く学びつつ、はじめて民衆を登場させたロシヤ最初の史劇を書いたのである。

ミハイローフスコエ時代のプーシキンに、かげの人として力強い影響力をもった人物は、幼少のころからの乳母であったアリーナ・ロヂオーノヴナである。彼女は冬の夜のつれづれに、古い民話や、詩人の母方の家の歴史を物語ってきかせた。抒情詩『冬の夕べ』(一八二五年)には乳母の面影が見え、おなじく『ステンカ・ラージンの歌』(一八二六年)には彼女の昔語りの声音が聞きとれる。プーシキンは民間に生き残っているロシヤ言葉の貴さに目を開かれ、それをとおしてロシヤの民の魂の奥へ、深くうかがい入る術《すべ》を学んだ。そして詩人は、急速に成熟していった。バイロン熱は、もはや青春のはかない夢にすぎなかった。

この時期の抒情詩としては、右に挙げたほかに『コーランのまねび』九篇(一八二四年)、『アンドレ・シェニエ』、『ファウストの一場面』(ともに一八二五年)その他があり、叙事詩にはシェイクスピアの物語詩『ルクレチアの辱《はずか》しめ』をもじった『ヌーリン伯』(一八二五年)があり、また『エヴゲーニイ・オネーギン』も第六章まで完成された。

一八二五年の十二月十四日、ペテルブルグで遂《つい》に十二月党の蹶起《けっき》があった。叛乱はあっけなく鎮圧され、その報は数日をへてプーシキンの耳にもとどいた。詩人は直《ただ》ちに、友人の手紙や自分の日記や覚書の類を火に投じた。逮捕された主謀者は、ほとんどみな彼の親しい友人たちだったからである。彼は叛乱に参加するため、急いで上京の途につきさえしたが、これは途中で思いとまった。

いったい十二月党(ロシヤ語ではデカブリストと言い、もちろん後で便宜上つけられた名である）の蹶起は、アレクサンドル一世の思いがけない急死によって生じたわずかな空位の期間に乗じて、あわてて行われたものである。蹶起の日はあたかも、新帝ニコライ一世にたいする忠誠が宣誓される日に当たっていた。これを言い換えれば、ニコライ一世は図らずも血まみれな手をして、帝冠を受けとることになった運命の人である。そのような新しい皇帝に、プーシキンはひそかに政策の転換を期待した。つまり血の教訓が、この帝に自由主義的な眼をひらかせはしまいかと考えたのである。詩人は閉居生活からの赦免を夢み、いろいろと運動をはじめた。

ところが翌一八二六年の夏、十二月党一味にくだされた判決を見ると、主謀者五人は絞首刑に処せられ、百二十人の貴族（そのほとんど全部が近衛《このえ》将校である）はシベリヤへ流刑となり、さらに数千の兵士が笞刑《ちけい》を受けたのちカフカーズへ移されるという、峻厳《しゅんげん》きわまるものであった。しかもその主だった人々の家宅捜索の結果、その誰もが『自由』とか『農村』とかいったプーシキンの禁行の詩篇を、所蔵していることが明らかになっている。これでは赦免とか皇帝の仁慈とかいうものは、とうてい期待しうべくもないばかりか、だいいち詩人自身の運命が、薄氷の上に置かれていたわけである。

そこへ思いがけない運命の転換がおとずれた。その夏の末、旧都モスクヴァで戴冠式《たいかんしき》をあげたニコライ一世は、突然プーシキンの出頭を命じたのである。皇帝と詩人の会見は、余人をまじえずに、モスクヴァの故宮の一室で行われた。その会談の模様については、もちろん録音装置があったわけではないから、はっきりしたことはわからない。が要するに、詩人は持ち前の率直さから、敢《あ》えて自分の所信を曲げようとはしなかった。これに対し皇帝は、一枚も二枚もうわ手の政治家的掛引から、今後の友情と庇護《ひご》とを約し、それと引きかえに詩人の自重を求めたものである。和解は成立した。プーシキンは閉居をとかれて、居住の自由を許されるとともに、今後の一切の著述については皇帝がみずから検閲にあたる、という条件である。

　これは皇帝の完全な勝利だった。血みどろな即位におびえた民心を転換する具に、まんまと詩人は供されたわけである。そればかりではない。与えられた自由は、その実、たくみに張りめぐらされた十重《とえ》二十重《はたえ》のかすみ網にほかならなかったのである。

「解放」された詩人の、その後四年ほどの生活は、概括的にいえばモスクヴァを中心としている。そして文学の面から見ても生活自体の面から見ても、この期間はまぎれもなく彼の黄金時代を形づくっている。

二十一歳の春に南方へ追放されて、いま二十七歳の有名な詩人として帰ってくるまでの六年あまりの歳月は、ただに彼の詩名を高めたばかりではなく、いろいろな伝説をもってその身辺を飾るに十分だった。いわばプーシキンは、伝説の英雄として都入りをしたわけで、彼が一躍社交界の寵児《ちょうじ》になったのに、なんの不思議もなかった。名流の婦人れんは、争って彼をサロンに招待した。

プーシキンを迎える熱意において、文学界はむろん社交界にひけをとらなかった。詩人が文学界へ持ち帰った最も大きな土産は、未発表の戯曲『ボリース・ゴドゥノーフ』であった。彼は友人たちの求めに応じて、それを幾たびか朗読した。熱狂と興奮の渦が、ここでもプーシキンの身のまわりを包んだ。

がしかし、そんな花やかな時は、ほんの束の間《つかま》のことにすぎなかった。時はふたたび詩人の上に牙をむきはじめた。まず、彼が皇帝の許しなしに『ボリース・ゴドゥノーフ』を人前で朗読したことについて、彼は憲兵司令官であり秘密警察の長官でもあるベンケンドルフ将軍から叱責《しっせき》される。そこで早速それを親閲に差し出したところ、皇帝は理不尽な改作を命ずる。やがて彼の未発表の詩『アンドレ・シェニエ』について、厄介な問題がおきる。この詩がいつのまにか『十二月十四日』と改題されて、ひそかに青年士官や学生のあいだに流布していたため、詩人はあらぬ濡衣《ぬれぎぬ》を着せられたのである。この問題が一年以上もくすぶって、やっと落著《らくちゃく》したかと思うと、今度は入れ代りに旧作『ガヴリーリアーダ』の問題が燃えあがる。聖母受胎について、ヴォルテール流の諷刺《ふうし》をほしいままにしたこの叙事詩は、いつか巷間《こうかん》にもれて流布していたのである。もしプーシキンがその作者であることを自認すれば、当然シベリヤ流刑は免れない。この事件は半年ほどもくすぶり、とどのつまり詩人と皇帝の間に密書の往復があって、それでやっと結著した。つまり皇帝はその「仁慈」の首枷《くびかせ》を、もう一つ詩人の首にかけたのである。万事がこの調子だった。詩人は自分に与えられた「自由」の正体を、しだいに悟りはじめた。のみならず彼には、十二月党の事件で自分一人がまぬかれたという良心の呵責《かしゃく》があった。それが絶えず、重苦しく垂れかかっていた。詩人は身もだえして脱出をねがった。そこで或いは国外旅行を、或いはトルコ戦争への従軍を願い出たが、その都度すげなく却下された。出口はないのである。

そのような空気は、何よりもよくこの時期の抒情詩に反映している。『シベリヤへ贈る』、『アリオン』、『三つの泉』(ともに一八二七年)などには、或いはシベリヤに苦役する盟友たちへの熱い友情が、或いは一人免かれた自分への自嘲が、響き高く歌われている。

『思い出』、『一八二八年五月二十六日』、『予感』(以上一八二八年)、『騒がしい街をさまよう時も』(一八二九年)などには、世にも甘美な厭世《えんせい》のしらべがある。『アンチャール』(一八二八年)や『詩人に』(一八三〇年)や、あるいは数多い短嘲詩には、専制君主や衆愚にたいする火のような怒りがこもっている。それらの絶唱が一つに合わさって、プーシキンの抒情詩における美の絶頂を形づくっているのである。

一八二八年の暮れ、詩人はモスクヴァの舞踏会で、はじめて社交界に出た美しい少女を見た。これが後にプーシキン夫人にもなれば、彼の横死の近因ともなったナターリヤ・ゴンチャローヴァで、当時はまだ十六歳だった。翌年の春、詩人はゴンチャローフ家に結婚を申し込んだが、ていよく断わられた。そろそろ産の傾きかけている同家にとって、詩人は必ずしも理想的な聟《むこ》ではなかった。プーシキンは懊悩《おうのう》の極、ついに意を決して、皇帝にも憲兵司令官にも無断で、トルコ戦争の戦線へ奔《はし》った。そして幾つかの戦闘に参加した。あまり進みすぎて、危うく捕虜になりかけたこともある。やがてロシヤ軍のアルズルム入城を見とどけて、プーシキンは北へ帰った。

越えて一八三〇年の晩春、ようやくナターリヤとの婚約が成立した。その年の秋の初め、詩人は父親がしぶしぶ結婚祝いに分けてくれたボルヂノという寒村を、検分するために出向いた。ところがそこへ、モスクヴァ一帯のコレラ騒ぎがおこって、詩人は三ケ月というもの、この寒村に足どめをくうことになった。これがいわゆる「ボルヂノの秋」である。

ボルヂノの秋三ケ月は、プーシキンの文学的生涯を通じて、もっとも多産豊穣《ほうじょう》な時期をなしている。抒情詩は別にしても、叙事詩には才気煥発《かんぱつ》たる『コロムナの小さな家』があり、また韻文小説『オネーギン』の第八章が成って、ついに全篇の完結を告げる。『ベールキン物語』の名で一括される五つの散文小説が、矢つぎ早に書き上げられる。そのあとを追っかけて、四つの韻文小悲劇が立てつづけに出来あがる。ついに未完に終わりはしたが、社会史的なするどい洞察にみちた野心作『ゴリューヒノ村史』も、やはりこの秋の作である。久しいあいだ鬱積《うっせき》したプーシキンの鬼才は、ついにこの秋に至って、けんらんたる五彩の花をひらいたのであった。

以上が、プーシキンの黄金時代ほぼ四年間の概観であるが、あとにはまだ六年ほどの生活が残されている。

この最後の時期を、われわれはもし欲するならば、彼の文学の円熟期と名づけてもいいだろう。この時期をすべる色調は、おしなべて言えば晩秋の色あいである。沈静と調和である。それは何よりもまず、この期の抒情詩にいちじるしい。『こだま』(一八三一年)、『秋』断章(一八三三年)、『黒雲』、『漂泊者』、『わたしはまたも訪れた』(いずれも一八三五年)などは、その好適例であろう。そこにはもはや、往年のローマン的な情熱詩人はおらず、沈鬱でしかも玲瓏《れいろう》たる古典詩人の歌声がこれに代っているのである。

それに伴って、叙事詩や散文の方面になると、尚史趣味がようやく色濃くなってくるのは、避けえられぬ自然の勢いであった。もともとプーシキンの歴史への好尚は、シェイクスピア心酔のみごとな成果である戯曲『ボリース・ゴドゥノーフ』に、最初のあらわれを見せているのであるが、これが自分の家系への誇りと合わさって、やがてピョートル一世の業績や時代にたいする興味にまで生長して行き、未完の歴史小説『ピョートル大帝の黒奴』(一八二七年)を産む機縁をなしたのであった。それが今われわれの前に立っている詩人の晩年になると、ピョートル研究熱はにわかに冷却して、むしろ大帝の「偉業」にたいする烈しい懐疑ないし抗議の結晶ともいうべき叙事詩『青銅の騎士』(一八三三年)が、書かれることになる。そしてピョートルに代って、詩人の情熱は、女帝エカテリーナ二世の治世を震撼《しんかん》した農民革命の巨頭プガチョーフに関する史実の検証へ移されて、貴重な史的研究『プガチョーフ史』(一八三三年)を産み、さらにその余滴として、ウォルター・スコットばりの歴史小説『大尉の娘』(一八三六年)を産むのである。また、スコットの影響は伝奇小説『ドゥブローフスキイ』(一八三三年)の一篇をなし、これにホフマンの影響が加われば、『スペードの女王』(一八三三年)という妖花が、とつぜん咲き出たりもするのである。

とはいえ、この最後の時期六年間の詩人の生活は、決して平穏とも無事とも呼ぶことのできないものだった。そのうち初めの三年間は、まだしも平和の色があったと言えるかも知れない。詩人は一八三一年の二月、ナターリヤ・ゴンチャローヴァと結婚して、以後その生活の中心は、ペテルブルグに移されることになる。プーシキンは三十二歳、新婦は十九歳であった。詩人はふたたび外務庁に椅子《いす》をあたえられ、その所蔵文書の利用をゆるされた。翌年には長女マリヤが生まれ、その次の年には長男アレクサンドルが生まれた。永年の情的彷徨はおさまって、おだやかな家庭生活が訪れたように思われた。

詩人が抒情詩『秋』を作ったり、メリメの有名な偽作からの創作的飜訳ともいうべき『西スラヴ族の歌』をものしたり、伝奇小説『ドゥブローフスキイ』を書き上げたりしたのは、そうした環境のなかであった。一八三三年の夏にはプガチョーフの乱の史蹟をたずねて、カザン、オレンブルグ両県に旅行をゆるされ、その秋には再びボルヂノ村に滞在して、シェイクスピアの『以尺報尺』の叙事詩への翻案『アンジェロ』を作ったり、『青銅の騎士』を書いたり、『プガチョーフ史』を一気に仕上げたりした。

ところがその年の暮れ、プーシキンは思いがけず、カメルユンケル（若年侍従）に任ぜられた。宮内官の端くれであり、わが国の大名の場合に例をとれば、たかだか近習の役目にしか過ぎない。やがて三十五にもなろうという詩人にとって、この任命は滑稽《こっけい》というより、露骨きわまる侮辱であった。ニコライ一世の宮廷は、詩人にたいして愈《いよいよ》とその爪牙《そうが》をあらわしはじめたのである。ほとんど同時に、彼の妻ナターリヤは、その美貌のゆえに宮中に紹介されて、何か催しのあるごとに出席しなければならず、嫉視《しっし》と羨望《せんぼう》と誘惑の危うい渦巻のなかに身をさらすことになる。

こうした生活が、詩人から思索と述作の時をうばうとともに、その家庭の平和をもむしばんで行ったことは当然である。のみならずそれは、多大の出費をさえ伴って、ただでさえ濫費癖のあった詩人の財政状態を、すっかり破綻《はたん》させてしまった。ついに彼は皇帝に請願して、国庫から三万ルーブルの貸附金を仰ぐという始末になった。そうした弱味につけこんで、廷臣たちや文学上の論敵たちが詩人の身のまわりに仕掛ける陥穽《かんせい》は、いよいよ悪どくもなれば露骨にもなった。詩人はひたすらに自由をねがい、脱出の時を夢にえがいた。が、もはや一切は手おくれだった。今や詩人は、完全に宮廷の囚人だったのである。

そして間もなく、最後の破局がおとずれた。一八三六年の秋、詩人はダンテスという若い近衛士官に、決闘を申し込まねばならぬ羽目に追いこまれた。ダンテスというのは、もともとフランスの亡命貴族で、その頃はロシヤ駐在オランダ公使の養子になって、美貌と才智とをもって社交界の人気をあつめていた男である。かねてから詩人の妻ナターリヤに言い寄っていたが、ナターリヤの方でも或る程度その好意にこたえていた形跡があるとも言われ、この二人の関係は久しく社交界の噂のまとだったのである。それがついに、詩人の名誉を甚だしく傷つける怪文書となって現われるに及んで、プーシキンはついにダンテスに決闘状を送ったのであった。

この決闘沙汰は、狼狽《ろうばい》したオランダ公使の苦肉の策や、皇帝自身の介入まであって、はかばかしく進行しなかった。そのあいだに、ダンテスの懸想《けそう》の相手は実はナターリヤの妹であったことを証明するため、この妹とダンテスの結婚式が挙げられるという念入りな一幕さえ演じられた。しかもダンテスは、そんなことで行いを改めるような人物ではなかった。

その秋の末、プーシキンは既に死を決意していたらしい。この巻の抒情詩の部の最後に『詩人の名誉』という仮題のもとに収められている一篇は、ローマの名詩人ホラーティウスの『余《よ》は記念碑を建てたり』という句ではじまる頌歌を換骨奪胎したものではあるが、そこにはプーシキンの詩人としての矜持《きょうじ》が高らかに鳴りひびいているとともに、またさむざむとした告別の意の含まっていることを、読む人は見のがさないであろう。

決闘は翌一八三七年の一月二十七日(ロシヤ暦)の夕方、ペテルブルグの郊外でおこなわれた。ダンテスの一発で、詩人は腹部に致命傷を負い雪の中に倒れながら、しかも闘志を失わず、相手に一弾をむくいたが、これはかすり傷を与えたにすぎなかった。詩人は一昼夜半ののち絶命した。そして憲兵の厳戒のもとに、葬儀は人目をしのんで執行された。

以上われわれは、プーシキンの生涯と文学上の活動について、そのあらましを語ってきた。時代や社会から来るあらゆる悪条件に翻弄されながら、人間の自由と高貴さのために闘いぬいた彼の一生は、じつに悲壮であったと言えよう。だがその犠牲は、けっして無駄ではなかった。ロシヤ近代文学の黎明《れいめい》は、彼とともにひらけたのである。

三十八歳といういわば人生の中道でたおれたプーシキンが、われわれに遺《のこ》した作品の数は、かならずしもぼう大とは言えないかも知れないが、すこぶる多彩でもあれば充実したものでもあった。この巻には十八篇の抒情詩と、七つの叙事詩や小説の類いが収めてある。以下その主なものについて補足的に解説しておくことにする。

『エヴゲーニイ・オネーギン』は、八章からなる長大な韻文小説で、プーシキンの代表作をなすものである。その第一章は詩人の二十四歳の時に書きはじめられ、第八章が三十二歳で完成されるまで、前後七年半に近い日子《にっし》がながれている。この歳月のあいだに、プーシキンの生活や文学観にどのような変化があり、進展があったかについては、すでにのべたところからほぼ想察されるだろう。いやもっと的確に言えば、そうした進展の跡を最も忠実に反映しているものが、この『オネーギン』一篇にほかならぬのであった。けだし詩人は、その最も重要な年齢における観照や思念の最良の部分を、次々に惜しみなくこの一篇に投入しているからである。『オネーギン』を読みすすむことは、とりも直さずプーシキンの人間的成長の跡をたどることにほかならない。

したがってこの作品は、章を追うにつれて主題的にも徐々に変化していっている。たとえば第一章のごとき、それが独立印行された当時の作者の自序にあるように、「一八一九年末におけるペテルブルグの一青年の社交生活が描かれていて、憂鬱《ゆううつ》なバイロンの諧謔的《かいぎゃくてき》な作品『ベッポー』を想いおこさせる」ものがあって、その主人公は明らかにオネーギンであった。いやむしろ、作者はオネーギンをだしに使って、物語の筋などには一向お構いなしに、軽佻浮薄《けいちょうふはく》な当時のロシヤ上層社会にたいする諧謔と諷刺《ふうし》をぶちまけている、と言ったほうが当たっているかも知れない。そうしたバイロン風の本筋からの自在闊達な脱線ぶりは、ある程度まで全篇を貫きとおしているとはいえ、しかし章をかさねるにしたがって、この「チャイルドのマントを着たモスクヴァっ児《こ》」、すなわち、単なるバイロンかぶれの根なし草にしか過ぎぬオネーギンへの作者の批判の眼は、しだいに深まり鋭くなって行って、ついにはタチヤナを主題とする全く別趣の悲劇へまで生長していくのである。ドストイェーフスキイがこの作品を、むしろ『タチヤナ』と名づくべきだったと言ったのは、勿論《もちろん》いささか極端に失しているかも知れないが、さすがに急所をとらえた名言であった。

そうした主題のおのずからなる移りゆきと深まりとによって、オネーギンは当代のロシヤ・インテリゲンツィヤに巣くう病弊をみごとに体現した不滅の典型にまで生長をとげて、つづくレールモントフのペチョーリン（『現代の英雄』）、ゴーゴリのチチコフ（『死せる魂』)、ツルゲーネフのルーヂンなど一連の「余計者」たち、——すなわち自己の生まれた地盤を知らず、徒《いたず》らに疑い悩み、果ては自己をも他者をも国土をも一切を否定するに至るニヒリスティクな諸タイプのための、輝かしい源流をなしたのである。

　このオネーギンにたいしてタチヤナが、大地にしっかり根をおろした、素朴で純情な女性智の典型であることについては、このうえ贅言《ぜいげん》を加えるまでもないだろう。それはまた、西欧に恋し、恋しながら聡明《そうめい》な批判を忘れることのないロシヤの智慧《ちえ》のあり方を、みごとに彫りあげた像といえるかも知れない。ともあれプーシキンが、もしこの『オネーギン』一篇をしか書き残さなかったとしても、彼の名は時と場所を越えて永遠に新鮮であろうことは、疑いのないところと言わなければならない。

『流浪の民』は、一八二三年末から翌年の秋へかけて、すなわち『オネーギン』の第三章とほぼ時を同じうして書かれた。プーシキンがようやくバイロンの影響を清算して、かれ独自の境地を切りひらいた頃の作品である。主題は、厭世の虫にとりつかれた都会児(アリョーコ)のせせこましいエゴイズムと、自然人(老ジプシー)の太古ながらの寛らかな自由の気象との対立で、その点バイロンの『マンフレッド』あたりに通ずるものがあるが、その扱いは全く裏はらになっており、前者は後者によって徹底的に批判されていることを見逃してはならない。プーシキンのたくましい生長を記念する清新な作品である。

『ピョートル大帝の黒奴』は、すでに一言したようにプーシキンの歴史小説の分野における第一作である。彼はこの作品で、アビシニアの小王の子として生まれ、トルコ人に誘拐されてコンスタンチノープルにあり、やがてピョートル大帝に献ぜられて、すこぶる寵愛を受けた自分の母方の曾祖父イブラヒム・ハンニバルの数奇な生涯を描こうとしたのであったが、中途で挫折して未完作として残ることになった。のみならず、イブラヒムの生活史を描こうとする詩人の意図は、かならずしもそのままは実現されず、既に書かれている部分だけでも、史実からの相当の踏み外《はず》しが認められる。その代りこの作品は、新興の意気にもえるピョートル時代の盛んな空気をヴィヴィッドに紙面に盛りあげて、むしろ本格的な歴史小説として、ロシヤ文学に新生面をひらいたのであった。この未完作が、いまだに珍重されるゆえんは、そこにあるのである。

『モーツァルトとサリエーリ』と『葬儀屋』とは、すでに述べたように詩人の黄金時代ともいうべき一八三〇年、ボルヂノの秋の所産である。前者はこの時期に書かれた一聯《いちれん》の小悲劇の一つであり、後者はいわゆる『ベールキン物語』のなかの一篇をなしている。

サリエーリ(一七五〇—一八二五)は、十八・九世紀の交、全ヨーロッパに名を馳《は》せたイタリヤのオペラ作者で、その芸術上の嫉妬と懊悩とから遂にモーツァルトを毒殺したという噂は、一時しきりに巷間に伝えられた。もちろん根も葉もない作り話であるが、プーシキンはその伝説を踏まえて、天真にたいする虚栄の悲劇、つまり嫉妬の心理分析を、みごとにこの小さな戯曲のなかで行ったのである。ベリンスキイが推奨おく能《あた》わざる作品の一つであった。

『葬儀屋』は『ベールキン物語』のなかでも最も小形な作品であって、軽快な笑いとペーソスの好箇の小協奏曲とも言うべきであろうか。ただしこの小作品あたりを出発点として、市井人の生活はようやくロシヤ・リアリズム文学の主題として扱われはじめるのである。その歴史的意義を忘るべきではない。

『スペードの女王』は一八三三年秋の作、ほとんど同時に書かれた叙事詩『青銅の騎士』とならんで、プーシキン後期の円熟した筆力がみごとに発揮された作品である。前者は、さきにも一言したように一味ホフマンに相通ずる趣きのある幻想ものがたりであり、後者は、ピョートル大帝の銅像を中心にした、おなじく幻想と錯乱の物語である。主人公が、前者はゲルマン、後者はエヴゲーニイと、名もシチュエーションも変わりながら、ともに平民出身の平凡人の反抗と敗北を主題としている点は同じである。これらの事実は、詩人晩年の生活悲劇と思いあわせて、われわれの深い省察を強いるものと言わなければならない。

ことに『青銅の騎士』は、プーシキンの叙事詩における絶作でもあり、その幻想性はするどく現実的・歴史的なものによって裏づけられて、あたかもこの詩人の全生活の結晶のような観を呈している。それを、集団的なるものと個人的なるものの対立の悲劇と見るもよく、また全体的なる意志の前に圧《お》しつぶされる人間的尊厳の悲劇と見るのもいいだろう。ともあれこの『青銅の騎士』という凄烈《せいれつ》な一篇の抒情詩が、つづいて展開されるロシヤ・リアリズム文学のための、大きな礎石となったことは事実であった。それは『スペードの女王』の含む問題が、やがてドストイェーフスキイをして『罪と罰』のラスコーリニコフの性格を発展させる動因となったのと、全く同じ事情だったと言わなければならない。そこに国民詩人プーシキンのもつ、偉大な先駆者としての意義があった。

（一九四九年十二月）

〔河出書房版 世界文学全集『プウシキン集』（中山省三郎訳、一九五〇年刊）の解説〕

岩波文庫旧版『スペードの女王 他一篇』（一九三三年刊）の「解題」

十九世紀初頭の露文学は詩の世界では前世紀の相当豊かな遺産を承継《うけつ》いだに反し、散文の方は頗《すこぶ》る貧困を極めていた。プーシキン(Aleksandr Sergeevich Pushkin, 1799-1837)が当時「わが国は韻文の外《ほか》には文学表現の器を有《も》たぬ」と歎《たん》じたのは決して誇張ではなかった。その中で一八一八年に現れたカラムジン(N. M. Karamzin, 1766-1826)の『ロシヤ国史』(Istoria gosudarstva Rossijskovo)十二巻は十八世紀末の仏文学の聊《いささ》か度を失した典雅高尚体を借りて彫琢を縦《ほしいまま》にしたものであるが、これが当代ロシヤ散文を足下に拝跪《はいき》せしめた観があった。この彫琢派に兎《と》も角《かく》も対立していたものには、バンジャマン・コンスタンの『アドルフ』(Adolphe, 1816)あたりの簡潔体から著しい影響を受け入れているヴィヤゼムスキイ公(P. A. Viazemskij, 1792-1878)の峻烈《しゅんれつ》な批評文や、祖国戦争の勇士ダヴィドフ(D. V. Davydov, 1784-1839)の雄健な文章などを数えるに過ぎず、到底《とうてい》彼とともに両翼をなすと迄《まで》は行かなかった。更に芸術的散文乃至《ないし》小説になると以上の人々の作物に比べても大きな逕庭《けいてい》があって、殆《ほとん》ど文学として顧みられて居ない。然《しか》しこの間にも、オシアン(Ossian, IIIc.)やローレンス・スターンに私淑の心を寄せた浪漫派の青年らは、程なく出現するゴーゴリのため道を直くすることを怠らなかった。この傾向の一番明らかな代表者は、三〇年代の最も著名な小説家であり、またプーシキンの莫逆《ばくぎゃく》の友であったベストゥジェフ(A. A. Bestudzev, 1797–1837. 筆名 Marlinskij)であろう。スコットの影響がまだ露文学に現れて居《お》らぬ当時に、彼は仏訳を頼って深く彼に傾倒し、その影響の下に軽妙な筆を揮《ふる》った。その彼が、「誰でも詩が書ける様《よう》になって此方《このかた》、人々は最早《もはや》詩に耳を傾けなくなった。今までは其処此処《そこここ》に散り散りに聞こえた呟《つぶや》きが、今や一つの叫び声に合わさった。曰《いわ》く『散文を、散文を与えよ。水を、清水を与えよ』」と書いているのは、一八二五年前後の露文学界一般の渇望をよく表している。

プーシキンも散文を渇望することにかけては何人《なんぴと》にも引けを取らなかった。しかし彼の素志が、その家庭小説と断じたスコットの流儀に赴くことになかった事は明らかである。一般に彼が散文に手を染めた契機は、前に述べたカラムジンの『国史』であったとされる。如何《いか》にも此《こ》の事実を疑うことは出来ぬ。彼はカラムジンを当代ロシヤ第一の散文家と揚げているし、またこの歴史家を通じてロシヤ史への深い愛、そして深い民族愛を培った。だがスタイルの側から見ると、彼はこの人の豊かな語彙《ごい》やガリシズムを踏襲することに依《よ》って、決してよい影響は蒙《こうむ》っていないと言えよう。彼の散文の一つの特長である句の均斉は、明らかにカラムジンから承継いだものだが、同時に力《つと》めて「散文性」を厳守しようとし、修辞学的な抑揚から奇蹟《きせきてき》的に免れている所に彼の全く別種の努力があり覚悟がある。彼は一八二二年に『スタイルに就いて』(O sloge) という覚書を書いたが、その中に見出される次の言葉はよくこの辺の消息を伝える。「明確と清楚《せいそ》、これが散文の有つ第一の美点だ。散文はあくまでも思想を思想をと追求する。きらきらする表現は散文にとって無用の業《わざ》だ。」ここには既に後年ヴォルテールを指して良識的スタイルの好標本とした彼の姿が明瞭に出ている。また前に記したヴィヤゼムスキイ公の手になる『アドルフ』の露訳の完成を祝って、これは「放肆《ほうし》、且つ利己的で、乾燥しながら尚《なお》夢想に強く牽《ひ》かれる魂と、刺《とげ》だたしく波立ち易い智とを二つながらに有つ時代と時代人の姿を、忠実に反映し得た稀《まれ》な小説の一つ」であると述べ、そのメタフィジィクな表現様式を「調和深く而《しか》も世俗的、屢《しばしば》と神来の声を明かす」ものと指摘して勝《すぐ》れた理解を示した彼の姿もよく出ている。一口に彼の散文の調和と言っても、その中には以上のような二つの対立した力が相争っているのだ。だからその中に、或る人はフランス流の小ざっぱりした明確さを見、或る人は「物質の抵抗力」を感じ、或る人は様式化の美醜を云為《うんい》するのだが、此等《これら》の要素は孰《いず》れも彼の裡《うち》にあるのだ。それを融和して渾然《こんぜん》としたスタイルに押し上げようとした所に、荒地にロシヤ散文の正しい礎を据える為《ため》努力した人の苦しい息遣いがある。彼の散文が後に伝えた影響は大きい。ロシヤのレアリズム小説の開基をゴーゴリとするに勿論《もちろん》異議はないが、プーシキンの散文はこれとは独立にレールモントフを経て、その後の殆ど総《すべ》ての作家に健康な影響を投げている。

『ピョートル大帝の黒奴』(Arap Petra Velikovo, 1827)は彼の試みた最初の散文作であり、カラムジン直伝の尚史精神の第一のあらわれでもある。彼は実在の曾祖父を中心に据えて、その最も得意とするピョートル大帝及びその時代を浮彫《うきぼり》に仕上げる大歴史小説を目論《もくろ》んだのだ。この意味からこれは彼の散文作のうちその複稗への烈《はげ》しい野心の思うさまに流露した作品として重要な価値を蔵している。しかしこの作は六章と数行だけで永遠に完結されずに残った。何故完結されなかったかに就いては、第一章から第二章への転移、更に第三章への転移の間に見逃せぬ作者自身の眼の揺ぎが明らかな鍵《かぎ》を提供するであろう。プーシキンの鋭敏な心は、続く各章の動きが次第に起首のきびしい約束を裏切るのを感じたに相違ない。彼の潔癖はこの裏切りに堪《た》えず筆を投じたのであろう。またそこには、散文小説という一新体を開いてそれを正しい道に置こうと企てた最初の人の肩にかかった責任感の重さも、冥々《めいめい》のうちに手伝っているのが感じられる。これが『オネーギン』(Evgenij Onegin, 1823–33)を十年間の不撓《ふとう》の努力ののちに遂《つい》に完成し得た詩人の、散文に於《お》ける第一の企図が遭遇しなければならなかった運命と思うとき、この未完作のロシヤ文学史上に有つ意義は彷彿《ほうふつ》として浮かび上がると思う。

『スペードの女王』(Pikovaia dama, 1833)はこの様な小篇でありながらそのスタイルの簡潔と凝聚《ぎょうしゅう》とによって、プーシキンの散文作の中では『大尉の娘』(Kapitanskaia doch-ka, 1833–35)を頭に戴《いただ》く他の一群と優に拮抗して、その努力の両極を示す傑作である。そればかりでなく広く露文学史を通じて独特無二な一現象で、方々の国の文学に極めて稀に而《しか》も必ず見掛ける不思議な花のような作品に属する。欧洲的《おうしゅうてき》の意味での単稗にこれほどの美しい達成を示したものはこの国の文学には他に見当たらぬ。従って彼我《ひが》の間の交渉優劣が問題となろうと思われるが、この作を怪奇な味わいの側から見ればそこにポーやホフマンの明らかな影響を見ない訳に行かない。然しながらこの作はスタイルの素朴と柔軟に於《おい》て確かに別種の何物かである。またリーザを描く筆遣いに、ミュッセあたりと一脈相通ずる情緒の深さも認められよう。然しながらこの作は簡潔と聚中力《しゅうちゅうりょく》に於て確かに別種の何物かである。この作の価値と魅力はこの辺に探らなければなるまいと思う。つまりロマンティクな美を基調としながら終始冷厳な刺笑を忘れず、古典のあらゆる制約を却《かえ》って駆使して流動性のある凝聚にまで高め得た所に、既に「ロシヤ的」な単稗の一典型としてこの作の確保する豊かな意義があるのだ。あのドストエーフスキイさえ感嘆の言葉を惜しまなかったと伝えられるこの作の価値は確かにここに発するのであろう。一八四三年にはじめて仏訳が出て以来、メリメもその嘆称すべき訳筆を執《と》り、最近ではジッドにまで移植の筆を染めさせたのも、恐らくはこの魅力のさせる業《わざ》であろう。なお本篇の美しい装いとなった七つのカットは、仏文学者某氏の御好意により挿入し得たものに係る。未見の同氏に厚き感謝の意を表す。

訳　者

昭和八年夏

岩波文庫旧版『ベールキン物語』（一九三九年刊）の「あとがき」

『ベールキン物語』*Povesti Belkina* という題のもとに纏《まと》められた五つの散文小説は、いずれも一八三〇年の秋、プーシキン三十歳の作品である。それは、漸《ようや》く散文の世界にまで円熟したこの詩人にとって最初の、そして当時のロシヤ文学にとっては早きに失した、大胆な実験であった。ということがやがて、この作品のロシヤ文学の中に占める位置を定めるものである。

この年の秋、ボルヂノの村荘でプーシキンの送った三ケ月は、彼自身にとっても、またひろくロシヤの文学にとっても、永遠に記念すべき豊穣《ほうじょう》な季節であった。単に『オネーギン』終章の完成という事だけを挙げても、これは容易に頷《うなず》かれるところであろう。あのターニャという地に即《つ》いた歎賞《たんしょう》すべき個性が、静かに澄んだ観照の眸《ひとみ》によって初めて照らし出されたのである。その上に、この秋は四つの韻文小悲劇を齎《もたら》した。これは孰《いず》れも深い客観の眼をもって欲望や情熱の悲劇を探った作品で、疑いもなくロシヤ文学最初の純粋な心理劇をなすものである。さらにプーシキンは、成熟の余勢を駆って散文の世界へ降りて行って、人間の日常性のうちに新鮮な感興を求めようとした。その成果が『ベールキン物語』であって、これはロシヤ文学最初の小説的《ロマネスク》なものの探求となったのである。

この小説的なものの探求に当たってプーシキンの採った態度は、今日の眼から見ると興味の深いものがあると思う。彼は小説の世界を、自らの悲劇の世界の或いは延長の上に、或いはその変奏の中に、或いはその戯画化の面に求めたのである。したがって得られた作品は、悲劇の世界との関聯《かんれん》の濃淡に応じて、悲劇的なものから喜劇的なものに至る広い音域にわたって点在することになった。これがこの短篇集のもつ著しい特徴である。なかでも『その一発』は、明らかにプーシキンの情熱悲劇の世界に住《とど》まっている作品である。小悲劇『吝嗇の騎士』では蓄財欲の心理を追求し、同じく『モーツァルトとサリエーリ』では名聞欲の心理の探求に専心した作者が、この散文作品では更に権勢欲の心理を解き明かして、欲望の悲劇の三部作を完成したものと見てよい。偏執と天真という相反した影像の対決が、この三部作に共通するモティーフである。

『吹雪』や『葬儀屋』になると、悲劇の色合いは殆《ほとん》ど薄れて、明るい諧謔《かいぎゃく》の調べが高らかになる。そして前者は譚詩《たんし》『オネーギン』の紛うかたないパロディの趣きを具《そな》えており、後者は小悲劇『死の酒もり』の主題を巧みに転化したものと考えてよいのである。従順と情熱と、謙虚と浪漫的な夢想との渾然《こんぜん》たる融合体であった『オネーギン』のターニャは、『吹雪』では単に浪漫派小説の主人公をきどる少女マリヤに変身せしめられて、「人の世の小さな皮肉」の翻弄《ほんろう》にゆだねられる。また、死の畏怖《いふ》をいみじくも絶望の歓楽のうちに捉えた『死の酒もり』の緊張した主題は、生と屍臭《ししゅう》の交錯を家常茶飯《かじょうさはん》とする『葬儀屋』の生活の中に溶かし込まれて、明るい諧謔曲として変奏されている。同様にして『贋《にせ》百姓娘』もまた、この秋に書かれた譚詩『コロムナの小さな家』の稍《やや》と毒を含んだ笑いを転じて、牧歌の匂い懐かしい青春の嬉遊曲《きゆうきよく》にまで純化したものと見てよいであろう。題材の上から言えば、この作品がマリヴォーの喜劇『愛と偶然との戯《たわむ》れ』の作り変えであることは先《ま》ず疑いないにしても、バイロン気取りの青年男女を、その仮装によって却《かえ》って天真の姿に立ち返らせるという奇想などは、優れたパロディストとしてのプーシキンの面目をみごとに発揮したものと云《い》わなければならない。

このように悲劇の世界の延長あるいは裏返しの性格を帯びた作品の間に介在して、『駅長』は一種解きがたい謎《なぞ》を含んだ作品である。定説に従えばこれは純粋に駅長哀話であって、虐《しいた》げられた者への同情の文学として、『外套《がいとう》』や『貧しき人々』の源流たるの光栄を担うものと考えられている。しかしこの作品の含蓄は果たしてそれに尽きるのであろうか。この一篇を、聖書に有名な放蕩《ほうとう》息子説話の辛辣《しんらつ》なパロディと解したのは、象徴派の批評家ゲルシェンゾーンであった。つまり幸福な結婚生活に入ったわが娘を、依然として聖書的な眼で眺める父親の自滅の物語だというのである。序《つい》でに記して姑《しばら》く疑いを存することにしたい。

この短篇集が脱稿ののち一年を経て上梓《じょうし》されたとき、評壇の示した態度は頗《すこぶ》る冷やかなものであった。未《いま》だにフランス古典派の尊大趣味が忘れられず、一方すでにドイツ理想派哲学の影響に滲潤《しんじゅん》されだしていた当時のロシヤ文壇が、小説的なものの面白さを遠く解し得なかったことは極めて自然である。作者はもとよりその事あるべきを予見して、「刊行者のことば」の陰に自ら韜晦《とうかい》したものと考えられる。すなわち『ベールキン物語』という題名を生じた所以《ゆえん》であるが、同時にまたこのベールキンなる人物のうちには、素朴と没我とを物語作者の第一義とするプーシキン自身の信条が、仮託されているものと見られないこともない。同じ秋の未完作『ゴリューヒノ村史話』の中に再び現われるこの人物の言動を思い合わせると、この感は一層深いように思う。それにしてもこれらの作品が、疑いもなくプーシキンの散文の特色である簡素と節制の極をつくしたものでありながら、屢《しばしば》作者のうちなる熱い詩情の痕跡をとどめて、謂《い》わば未だ冷えきらぬ熔岩《ようがん》の美を示していることも否定はできないのである。

一九三九年春　　　　　　訳　者

附記一　この訳稿は曾《かつ》て改造社版『プウシキン全集』に載せた拙訳に手を加えたものである。今回この文庫に収めるについて快諾を惜しまれなかった同社の御好意に謝意を表したい。

附記二　『葬儀屋』に挿入した凸版は、プーシキンが稿本に自ら挿絵として書き入れたペン画である。

〔編集付記〕

一、今回の改版にあたっては飛鳥新書版『プーシキン短篇集』(角川書店、一九四八年刊)を底本とし、読み仮名や送り仮名等、表記の整理を改めておこなった。原則として、漢字は新字体に、仮名づかいは現代仮名づかいに改めた。本書に収録した飛鳥新書版の序「この訳本について」にある通り、神西清(一九〇三―一九五七)は飛鳥新書版において岩波文庫旧版(『スペードの女王他一篇』一九三三年刊、『ベールキン物語』一九三九年刊)の訳文に手を入れ、註解を充実させ、解説をより詳しいものに書き改めているため、訳者生前の最終的な意向が最もよく反映していると判断し、今回はこれを底本とした。

一、付録として、河出書房版 世界文学全集『プウシキン集』(中山省三郎訳、一九五〇年刊)に収められた神西清の解説を収録した。

一、同様に付録として、岩波文庫旧版『スペードの女王他一篇』の「解題」、岩波文庫旧版『ベールキン物語』の「あとがき」を収録した。

一、一九六七年版岩波文庫『スペードの女王・ベールキン物語』において池田健太郎氏によって二箇所訳文が改められており、それは今回の版に反映させた。その二箇所とは次の箇所である。

本書一三ページの八行目「望みのない」となっていたのを「死にもの狂いの」に、三八ページの五行目「誰に教えようと、札の秘伝をいつまでもお守りになるのでしょう。お孫さんに」となっていたのを「誰のために、札の秘伝を守り通すおつもりなのです。お孫さんのために」に。

※なお、本書中に差別的な表現とされるような語が用いられているところが若干あるが、訳者が故人であることも鑑みて、今回それらを改めることはしなかった。

(二〇〇五年三月、岩波文庫編集部)

スペードの女王《じょおう》・ベールキン物語《ものがたり》
プーシキン作

1967 年 5 月 16 日　第 1 刷発行
2005 年 4 月 15 日　第 1 刷改版発行
2011 年 9 月 15 日　第 6 刷発行

訳 者　神《じん》西《ざい》 清《きよし》

発行者　山口昭男

発行所　株式会社 岩波書店
〒101-8002 東京都千代田区一ツ橋 2-5-5
案内 03-5210-4000　販売部 03-5210-4111
文庫編集部 03-5210-4051
http://www.iwanami.co.jp/

印刷・精興社　製本・桂川製本

ISBN 4-00-326042-2　Printed in Japan

読書子に寄す

——岩波文庫発刊に際して——

岩波茂雄

真理は万人によって求められることを自ら欲し、芸術は万人によって愛されることを自ら望む。かつては民を愚昧ならしめるために学芸が最も狭き堂宇に閉鎖されたことがあった。今や知識と美とを特権階級の独占より奪い返すことはつねに進取的なる民衆の切実なる要求である。岩波文庫はこの要求に応じそれに励まされて生まれた。それは生命ある不朽の書を少数者の書斎と研究室とより解放して街頭にくまなく立たしめ民衆に伍せしめるであろう。近時大量生産予約出版の流行を見る。その広告宣伝の狂態はしばらくおくも、後代にのこすと誇称する全集がその編集に万全の用意をなしたるか。千古の典籍の翻訳企図に敬虔の態度を欠かざりしか。さらに分売を許さず読者を繋縛して数十冊を強うるがごとき、はたしてその揚言する学芸解放のゆえんなりや。吾人は天下の名士の声に和してこれを推挙するに躊躇するものである。このときにあたって、岩波書店は自己の責務のいよいよ重大なるを思い、従来の方針の徹底を期するため、すでに十数年以前より志して来た計画を慎重審議この際断然実行することにした。吾人は範をかのレクラム文庫にとり、古今東西にわたって文芸・哲学・社会科学・自然科学等種類のいかんを問わず、いやしくも万人の必読すべき真に古典的価値ある書をきわめて簡易なる形式において逐次刊行し、あらゆる人間に須要なる生活向上の資料、生活批判の原理を提供せんと欲する。この文庫は予約出版の方法を排したるがゆえに、読者は自己の欲する時に自己の欲する書物を各個に自由に選択することができる。携帯に便にして価格の低きを最主とするがゆえに、外観を顧みざるも内容に至っては厳選最も力を尽くし、従来の岩波出版物の特色をますます発揮せしめようとする。この計画たるや世間の一時の投機的なるものと異なり、永遠の事業として吾人は微力を傾倒し、あらゆる犠牲を忍んで今後永久に継続発展せしめ、もって文庫の使命を遺憾なく果たさしめることを期する。芸術を愛し知識を求むる士の自ら進んでこの挙に参加し、希望と忠言とを寄せられることは吾人の熱望するところである。その性質上経済的には最も困難多きこの事業にあえて当たらんとする吾人の志を諒として、その達成のため世の読書子とのうるわしき共同を期待する。

昭和二年七月